금수 의복
경연 대회

금수 의복 경연 대회

— 무모한 스튜디오 지음 —

하빌리스

금수 의복 경연 대회
차례

프롤로그	006
금수 의복 경연 대회	009
1라운드: 운동복	045
2라운드: 아동복	117
3라운드: 빈티지 파티	187
4라운드: 근본으로	307
에필로그	401

프롤로그

아주아주 옛날, 비가 내리는 날.

하늘이 흐려지고, 구름이 까맣게 변하던 날.

인간의 욕심으로 물든 세상을 본 신은 눈물을 흘렸습니다. 한 방울, 두 방울. 그 눈물은 곧 거대한 심판의 비가 되어 대지를 뒤덮었어요. 세상은 점점 물에 잠겼고, 그 속에서 신은 하나의 순수한 빛을 발견했습니다. 바로, N이라는 인물이었지요.

"N이여. 방주를 지어 모든 생명을 한 쌍씩 그 안에 실거라."

신의 목소리는 낮게 울렸고, N은 망설임 없이 손을 움직여 나무와 땀으로 방주를 엮었지요. 그는 날짐승의 바람, 들짐승의 울음을 품었어요. 그리고 마침내, 하늘이 무너질 듯 쏟아지는 빗속에서 방주는 물결을 가르며 떠올랐습니다. 40일 밤낮으로 모든 것이 물 아래 잠겼지만, 신은 단지 끝만을 바라본 것은 아니었답니다.

비가 그치고, 햇살이 새 땅을 비춘 그 순간, 기적이 피어났어요.

동물들의 털과 깃이 반짝이며 빛나더니, 팔다리가 인간의 형상을 띠기 시작한 거예요. 그들은 축복받은 존재, 인간과 동물의 경계를 넘어선 '수인獸人'이라는 존재로 거듭났습니다. 옷을 입는 동물이라는 의미의 '금수錦獸'로 불리기도 했지요. 새로운 땅 위에서 N은 이 수인들과 막역한 친구가 되었고, 함께 새로운 세상을 만들어갔답니다.

그로부터 4천 년 후.

인간의 후손들은 수인들보다 그 수가 적었지만, 지혜와 기술로 세상을 바꾸어갔습니다. 어둠을 밝히는 전등, 대륙을 가로지르는 철도, 굉음을 울리며 하늘을 나는 기계들. 인간은 누구도 예상치 못한 발명으로 세상을 놀라게 했습니다. 하지만 발전의 이면에는 그림자가 있는 법. 번영의 이면에서, 수인들의 질투와 불만이 서서히 자라나기 시작했습니다.

산업혁명의 심장, 영국 런던도 이 어둠을 피할 수는 없었어요. 이 혼란의 중심부, 리틀페어 가의 낡은 골목 한켠에 자리 잡은 양복점 '토퍼스Toppers'. 그곳에는 재단사 W가 살았습니다. 이 거리 유일한 N의 후손, 인간이었지요. 그는 한 번 본 수인의 몸을 완벽하게 기억하는 '체상體狀기억능력'을 활용해 개구리의 둥근 등에 꼭 맞는 조끼를, 호랑이의 넓은 어깨를 감싸는 외투를, 말의 긴 다리에 걸맞은 바지를 지어냈습니다. 그의 마법 같은 손끝에서 태어난 옷은 수인들의 자부심이 되었고, 그 솜씨는 입소문을 타고 널리 퍼져 토퍼스의 문은 늘 북적였답니다.

하지만 변덕스러운 신은 찬란한 문명 위에 새로운 심판을 내렸습니다. 이번엔 폭풍우가 아닌, 뼛속까지 파고드는 한기의 모습으로요. 동물들은 이 추위를 '빅 슬립'이라 불렀습니다. 작물은 얼어붙었고, 길거리에서는 추위에 지친 동물들이 영원한 잠에 빠져 얼음처럼 차갑게 식어갔으며, 기관사들은 졸음에 취해 기차 탈선 사고를 일으키기 일쑤였습니다. 도시 전체가 마치 깊은 겨울잠에 빠진 듯한 모습이었어요.

이 심판에서, 일개 인간 재단사는 무얼 할 수 있을까요?

아무것도 할 수 없을지도 모릅니다. 그저 변두리 양복점에서 가위와 실 그리고 원단으로 평소처럼 옷을 지어야겠죠. 손님이 뚝 끊긴 가게에 벽난로 땔감을 넣는 것만으로도 그는 감사해야 했습니다.

겨울이 지나 봄이 온다면, 이보다는 나을까요?

혹은 다음 겨울을 두려워해야 할까요?

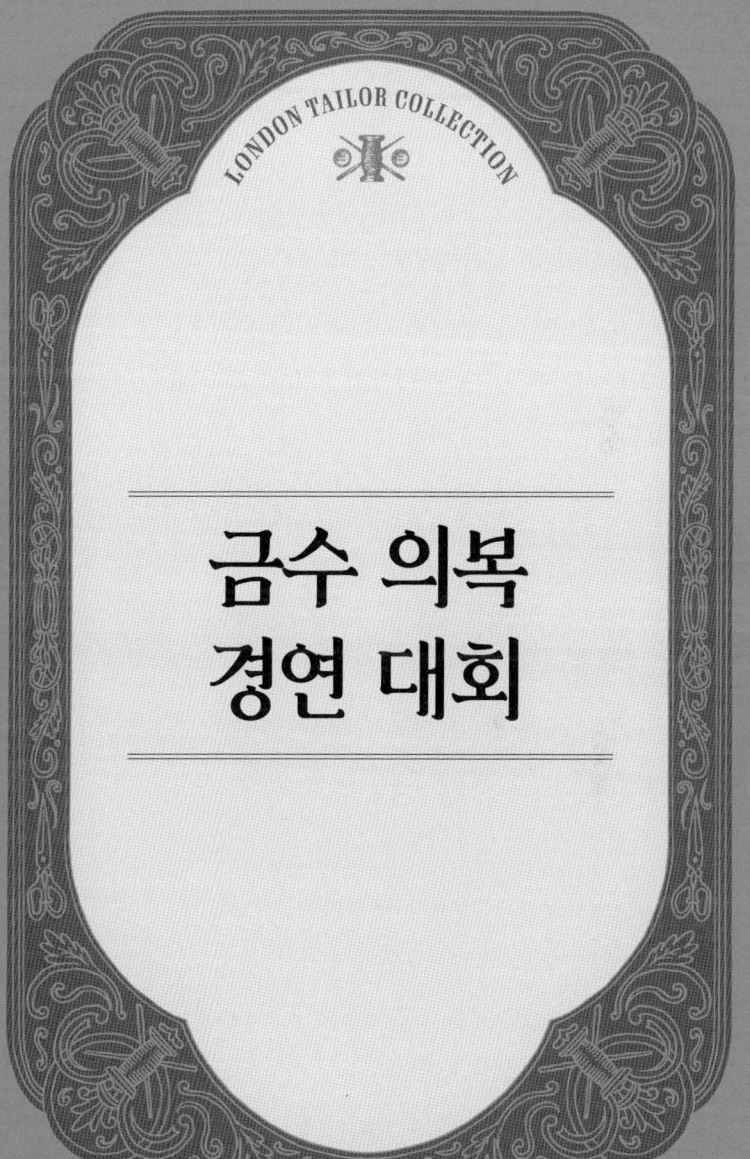

LONDON TAILOR COLLECTION

금수 의복 경연 대회

계절이 어느덧 봄 문턱에 다다랐건만, 하늘은 여전히 잿빛 담요를 덮어쓴 듯 개일 기미가 없었다. 끈적한 회색 눈이나 내리지 않기를 바랄 뿐이다. 양복점 '토퍼스'의 인간 재단사 W는 언제나처럼 아침의 리틀페어 가를 걸었다. 스치는 이 하나 없을 만큼 한적한 거리에는 그의 발소리만이 메아리처럼 울려 퍼졌다.

"어서 오게나. 오늘의 첫 손님이군."

개구리 수인 플랜시 파커다. W는 추위에 약한 양서류인 그에게 서둘러 벽난로 바로 앞의 자리를 내어주었다. 그는 옆구리에 가득 가지고 온 신문 뭉치를 테이블에 던지듯 올려 두었다.

소빙하기에 걸쳐 떨어진 기온은 템스 강뿐만이 아닌 런던 사람들의 생활도 얼어붙게 만들었고, 플랜시를 비롯한 런던 전역에 '빅 슬립'이라는 증후군까지 남겼다. 무기력증 그리고 동면과 흡사한 집단 수면, 신진대사가 급격히 떨어져 변사한 이들까지. 평소 자극적인 것을 좋아하는 언론사들조차 무수히 쏟아지는 악재에 긍정적인 기사를 싣기 시작했다.

"하하, W. 이것 좀 보게. 무슨 사이비 종교 같군."

손만 담요 밖으로 빼꼼 내밀어 신문을 넘기던 플랜시가 W에게 신문 뭉치를 넘겨주었다. 적어도 '날씨 조절 장치 개발 중'이라는 기사는 W의 웃음을 터트리긴 했다. 더 읽을 필요도 없다고 생각한 그는 신문을 다시 플랜시에게 돌려주었다.

그때, 난데없이 새로운 신문 하나가 양복점의 문 밑으로 들어왔다. 플랜시는 모자도 벗지 않고 담요를 판초처럼 뒤집어 쓴 채 문 앞까지 걸어나갔다.

그가 겉에 쓰인 글자를 읽곤 '무얼 하고 다니는 겐가?'라는 눈빛을 보내자, W는 신문을 빼앗아 들었다. 그건 신문이 아니었다. 삼류 일간지의 얇은 종이도 아니었고, 손에 닿는 감촉은 묘하게 따뜻했다. 감색 벨벳 천이었다. 그 위에는 금색 실로 단 한 줄의 문장이 새겨져 있었다.

내일, 밀리오Millio의 메시지가 당신 앞으로 도달할 것.

"근래 본 글 중 가장 흥미로운데. 심지어 따뜻하기까지 하군."
플랜시의 말에, W는 무의식적으로 천을 어루만졌다. 그러다 천 아래쪽에 새겨진 클로버 문양의 로고와 그 밑에 적힌 '밀리오'라는 이름을 발견했다.
"밀리오?"
W는 그 이름을 나지막이 되뇌었다. 그는 '런던의 검은 신사'라고 불리는 거대한 검은 새다. 까마귀를 닮았지만, 그 체구는 평범한 까마귀와 비교할 수 없을 만큼 압도적이었다. 그의 정체는 늘

신비에 싸여 있었고, 그저 신빙성 없는 추측만을 낳을 뿐이었다.

밀리오는 런던에서 늘 화제의 중심이었다. 상원의원 섀클턴 경의 아들이자 차세대 정치 유망주로 주목받던 그의 행보는 세간의 예상을 완전히 뒤엎었다. 명문가의 성씨 '섀클턴'을 과감히 버리고 스스로 '밀리오'라는 이름을 선택한 것도 모자라, 돌연 밀라노로 패션 유학을 떠나버린 것이다. 귀국 후에도 그의 파격은 계속되었다. 'A-패션 아카데미'를 설립하며 영국 전역을 들썩이게 만들었고, 정계 실세의 아들이 패션계로 전향한 전무후무한 사건은 순식간에 전설이 되었다.

밀리오의 이름은 런던 패션의 대명사로 자리잡게 되었고, 이 런던에서 옷에 일말의 관심이라도 있는 자라면, 그의 이름을 모르는 일은 없었다. 하지만 그의 전성기는 공교롭게도 '빅 슬립'이라 불리는 경기 침체와 맞물렸다. 이제는 매년 신입생을 받는다는 소식을 제외하고는 한때 패션계를 뒤흔들던 그의 행적이 잠잠해진 상태였다.

"W, 내가 모르는 새에 A-패션 아카데미와 연관된 비밀 신사 클럽에라도 발을 들인 것은 아니겠지? 리틀페어 가의 모든 클럽을 훤히 꿰고 있는 이 플랜시가 놓친 게 있다면 말일세. 그 신비로운 검은 신사의 클럽에 자네가 이미 가입되어 있다면, 이 친구를 위해 한마디 흘려주면 어떻겠나? 아니면 자네의 그 기막힌 '체상기억능력'으로 그곳의 회원들에 대해 살짝 귀띔해주어도 좋고 말일세."

"유감스럽게도 그런 일은 없었다네."

저명한 신사의 서신이 자신에게 올 것이란 소식에 W는 추위를 잠시 잊을 수 있었다. 하지만 이내 내일의 예약부에 단 한 명의 고객도 없다는 현실이 그를 다시 한기 속으로 몰았다.

다음 날 이른 아침, 낮은 발소리와 함께 한 노신사가 토퍼스를 방문했다. 나이 지긋한 장모 치와와인 그는, 기품이 넘치는 자세로 W에게 악수를 청했다.

"뵙게 되어 영광입니다, 재단사 W님. A-패션 아카데미의 총장이신 밀리오 님의 수석 집사 타운센드라고 합니다. 밀리오 님의 전갈은 이미 받아보셨으리라 알고 있습니다만."

무릎까지 내려오는 프록코트의 단추를 끄르자 그의 조끼를 가로지르는 정갈한 시계줄이 드러났다. 그 끝에 달린 은빛 장식에

는 A-패션 아카데미의 로고가 희미하게 빛났다.

타운센드는 정육면체에 가까운, 독특한 생김새의 서류가방을 조심스레 테이블 위로 올렸다. 코안경을 고쳐 쓴 뒤, 그는 가방의 잠금쇠를 풀었다. 안은 가로로 네 칸으로 나뉘어 있었고, 각 칸마다 가죽 배지에 이름이 음각되어 있었다. 흰 장갑을 벗은 그의 손이 '토퍼스'라 새겨진 마지막 칸에서 세 개의 정교한 부토니에 핀을 꺼냈다.

"밀리오 님께서 전달하고 싶은 이야기는 이것입니다. 그리고 다음 주 월요일자로 런던 전역의 언론에 게재될 보도문이기도 하지요."

타운센드가 건넨 종이 뭉치를 W가 받아 들었다. 두꺼운 양피지 커버를 넘기자, 단정한 필체로 쓰인 글이 눈에 들어왔다.

밀리오, 런던 최초의 대규모 〈금수 의복 경연 대회〉 개최 선언

A-패션 아카데미의 총장인 밀리오는 런던 최초의 대규모 의복 경연 대회, 〈금수 의복 경연 대회London Tailor Collection〉를 개최하겠다는 의사를 밝혔다. 최근 밀리오의 아버지 섀클턴 경이 주도하고 있는 민간 구호 활동과 발맞추어, 기성복 브랜드 '올-레디All-Ready'와 모자 브랜드 '패리어트Parriot'와 협력하여 금년 12월까지 구호 물품을 전달할 계획이다.

경연에 참가하는 팀은 각 지역의 명망 있는 재단사를 주축으로, 햇메이커, 슈메이커를 각각 한 명씩 선발, 총 3인으로 구성될 예정이다.

"토퍼스."

W의 양복점 토퍼스의 이름이 양복점 목록 마지막에 적혀 있었다. 마치 그가 이미 참여를 확정한 듯, 타운센드의 태도는 한 치의 망설임도 없었다. 뒤이어 쓰인 문구를 보니 그럴 만도 했다.

'우승한 팀에게는 상금 4,000파운드(당시 환율로 계산하면 현재 약 60만 파운드. 현재 한화로는 약 11억 1천만 원)와 여왕의 훈장이 수여될 예정이다.'

W는 숨을 삼켰다. 빅 슬립으로 수익이 뚝 끊긴 지금, 4,000파운드는 꿈같은 액수였다. 게다가 여왕의 훈장이라니. 그는 종이를 몇 번이고 반복해 읽다가 고개를 들었다.

***

"1,200파운드."

W에게 받아든 종이 위로 고양이 하나가 황록빛 눈을 치켜들며 말했다. W와 플랜시가 한달음에 도착한 이곳은 리틀페어 가의 가장 끝자락에 위치한 '더 슬리키스트The Sleekest'. W의 토퍼스와 오랫동안 협력 관계를 맺어온 자그마한 모자가게의 주인이자, 아무 인사도 없이 돈 이야기부터 꺼내는 이 당돌한 고양이가 바로 햇메이커 올리버 크라운이다.

"이런 제길, 말문이 막히는군."

W의 옆에 서 있던 플랜시가 궁시렁댔다. 그는 이곳에 들어올 때부터 낀 팔짱을 푸는 법 없이 올리버를 노려봤다.

"이런 건 확실히 해야 하지 않겠나."

올리버는 플랜시의 눈초리를 무시하고 보도문에 시선을 고정했다. W는 속으로 고민했다. 4,000파운드라는 거액은 분명 매력적이지만, 애매한 분배는 갈등을 낳기 십상이었다. 혹시 주최 측이 의도한 걸까? 올리버의 말이 틀린 건 아니었다.

"1,200파운드씩을 나와 슈메이커가 가지고……. 자네는 뭐, 대

장 노릇을 해야 하니 1,600파운드. 아마 W, 자네가 슈메이커로 점찍어 둔 것이 그 덩치 산만한 제이콥 토머스라면 그도 이견은 없을 걸세."

맞는 말이었다. 차액 400파운드만 해도 W 같은 구두쇠에겐 반평생을 버틸 돈이었다.

"이보게 올리버……."

W가 입을 떼려 하자, 올리버가 말을 이었다.

"대신 자네의 400파운드 중 300파운드로는 우리 셋의 남루한 가게를 고치는데 나누어 쓰고 다 같이 따뜻한 곳으로 여행가서 호화로운 시간을 보내는 데에 쓰는 조건도 있네."

"아! 여행. 벌써 기대되는군."

플랜시가 끼어들자, 올리버가 쏘아붙였다.

"자네와 함께 간다는 생각은 추호도 없어, 플랜시."

W는 잠시 토퍼스를 떠올렸다. 리틀페어 가는 한때 맞춤 양복의 성지라 불렸지만 지금은 꽤 쇠퇴한, 하지만 그가 사랑해 마지 않는 골목이다. 그곳에 작은 가게를 둔 것만으로도 만족했건만. 증조부 이전부터 이어온 오래된 가게라 날씨가 궂을 때면 습기와 곰팡이에 내벽이 망가지곤 했다. 혼자 보수하느라 끙끙댄 날이 몇 번이었던가. 지금 서 있는 더 슬리키스트도 다르지 않았다. 모자를 만드는 작업실 외엔 손님 세 명이 겨우 들어갈 공간뿐이었다.

"망할! 올리버, 난 자네를 좋아한다고. 내 자네에게 혹시라도 신경 쓰이게 한 것이 있다면 이 자리를 빌어 용서를 구하겠네."

플랜시가 갑작스레 내뱉자, 올리버가 픽 웃었다.

"그럼 자네, 참여하는 거지?"

"두말하면 잔소리지."

"그럼 같이 제이콥을 만나러 '워커웨이 Walker Way'로 가세."

W는 올리버가 앉아있는 테이블을 등진 채 탑햇을 들고 밖으로 나섰다. 그는 밖에 나가서야 올리버가 준비하는 시간이 남들보다 오래 걸린다는 사실을 기억하고는 다시 몸을 떨며 더 슬리

키스트 안으로 돌아왔다. 문틈으로 새어나온 불빛이 그의 그림자를 길게 늘였다.

안개가 짙게 깔린 리틀페어 가를 지나, W와 일행은 워커웨이의 높은 문 앞에 섰다. 문을 틀어막듯 서 있는 곰 하나가 문지기처럼 그들을 맞았다. 찰리 토머스, 슈메이커 제이콥의 동생이었다.

"형은 작업 중이에요. 나중에 오시죠."

"주말에도? 이런 시기에 참 팔자 폈군. 찰리, 우린 지금 한시가 급해. 저기 제이콥 혼자 앉아 있는 게 뻔히 보이는데, 네 장난을 받을 여유는 없다고."

귀여움만 잔뜩 받은 탓인지, 갓스물이 된 찰리는 마치 귀족이라도 된 양 툭툭 내뱉는 버릇이 있는 녀석이다.

"내키지 않습니다만."

"워커웨이에서 보초라도 설 거라면 손님맞이는 확실히 하는 게 좋을 거야, 찰리. 이런 장난으로 농땡이 부리지 말고! 네 녀석이 조금 영특하다는 이유로 이튼 칼리지 등록금을 마련하겠다고 제이콥이 쉴 틈 없이 일하고 있는 걸 생각하면……. 어휴."

찰리를 보며 플랜시가 고개를 절레절레 저었다.

"플랜시, 워커웨이 손님도 아니면서 귀찮게 하지마시죠."

W도 옆에서 고개를 저었다. 토머스 가의 '워커웨이'는 리틀페어 가가 맞춤 양복의 거리가 되기 전부터 잘 만든 수제 신발 하나를 간판 삼아 걸어놓고 장사를 시작했다. 그런 유서 깊은 가게에서 누이는 일찍이 결혼해 러시아로 떠났고, 듬직하고 일 잘하는

둘째 제이콥이 가업을 떠맡았다. 그리고 남은 건 철없는 막내 찰리. 이 녀석에게 뭘 맡길 수 있겠는가. 영특하다는 소리를 곧잘 듣는 녀석이었지만, 그건 곧 엘리트 대학 등록금을 마련해야 한다는 뜻이기도 했다. 그 짐 역시 제이콥의 몫이었다.

'분명 올리버가 찰리 녀석을 따끔하게 혼낸 적이 있었는데……'

W가 속으로 중얼거렸다.

"무슨 일이야?"

플랜시와 찰리가 실랑이를 벌이는 사이, 뒤에서 느긋한 발소리가 다가왔다. 올리버였다.

"흠, 흠. 들어오시죠."

찰리는 올리버를 흘깃 쳐다보더니 지레 겁을 먹은 듯 불도 붙이지 못한 시가를 주머니에 다시 찔러 넣고 문 옆으로 비켜섰다. 올리버가 담배 냄새가 옷에 배는 것을 질색한다는 걸 기억해낸 모양이다.

"어서 와. 단체 소풍이라도 온 건가?"

방 안쪽에서 낮고 쉰 목소리가 들려왔다. 제이콥이었다.

"제이콥! 잘 지냈나?"

W가 반갑게 인사하며 안으로 들어섰다. 제이콥은 방금 작업을 끝낸 듯, 셔츠 소매가 걷어 올려진 팔에 각반(발톱이 있어 구두를 신지 못하는 조류 등의 수인들이 먼지를 막고 발목과 발등을 보호하기 위하여 신는다) 한 짝을 쥐고 있었다. 듣도 보도 못한 가죽 장식이 달린

 괴상한 물건이었다. 아마도 까다로운 조류 신사의 주문에 애를 먹은 모양이었다. 찰리가 일행을 손님용 테이블로 안내했다. 워커웨이는 토머스 가의 큰 체구에 맞춰 천장이 높이 솟아있었으며 4층 전체를 한 가문이 쓰고 있었기에 들어설 때마다 고성에 발을 들인 듯했다.
 "아, '손님용 보물상자'가 여기있군. 평소에는 잘 입에 대지도 않던 태피가 머리가 복잡하니 간절하지 뭔가."
 W는 흥얼거리며 손님용 테이블로 향했다. 제이콥은 그 모습을

흐뭇하다는 듯 바라보다 말했다.

"콘솔 위의 '제1 보물단지'에는 손대지 말아주게."

"걱정 말게. 자네가 소중히 여기는 것 아닌가. 더구나 그 단지 안에 있는 무지막지하게 단 것 하나라도 집었다간 내 심장이 일찌감치 멎을지도 모르잖나."

W가 웃으며 태피 하나를 입에 넣었다. 혀끝에서 녹아내리는 달콤함이 차가운 공기를 잠시 잊게 했다.

"그나저나, 다 같이 티타임이라도 즐기러 온 건가? 추운 날 애썼네. 오늘은 밀린 작업 때문에 기다려야 할 거야."

"그래도 자넨 일거리가 있군. 난 주문이 끊긴 지 오늘로 한 달째라네."

"올리버, 그래도 자네는 작년 내내 공작부인의 모자 컬렉션을 맞추며 돈을 좀 모았잖나. 난 얼어붙은 도로 때문에 생긴 구두 수선 일이 아니면 이미 이 지붕 아래 사람들 모두가 굶었을지도 모르는 일이라네."

"그나저나 제이콥. 정말 중요한 얘기가 있어. 작업 방해하고 싶진 않으니 짧게 끝내세. 이제 우리 삶의 '빅 슬립'에서 벗어날 수 있는 기회가 온 것 같네."

"무슨 뚱딴지같은 소리야. 자네 설마 요사이 신문에 나오는 허무맹랑한 신흥 종교라도 믿는 건 아니지?"

W는 〈금수 의복 경연 대회〉 이야기를 제이콥에게 전하며 밀리오의 집사가 주고 간 신문의 원고를 건넸다.

'쿵.'

그리고 들고 있던 가죽 상자를 테이블 위에 올렸다. 조심스럽게 열자 먼지 하나 올라가 있지 않은 부토니에 핀이 올리버와 제이콥의 눈앞에서 빛났다.

"W, 이 부토니에 핀은 처음 봤는데. 이것에 대한 얘기는 없었잖은가."

"마침 세 사람이 다 모였을 때 보여주는 것이 좋겠다 생각했을 뿐이네."

올리버의 눈이 금빛 핀처럼 반짝였다. 반면 제이콥은 보도문을 들여다보며 생각에 잠겼다.

"밀리오, 정말 특이한 작자란 말이야."

"그래. 그 상원의원의 골머리를 썩이던 아들이 결국 아카데미 설립 이후로 또 큰일을 냈네. 아마 내일 자 신문에 이 호화로운 경연에 대한 기사가 실릴 거야."

"W, 더 중요한 얘기를 빠뜨리지 않았나. 이 경연, 우승 상금이 4,000파운드나 된다네. 이거라면 자네가 좋아하는 디저트는 물론 이거니와……."

"세 명이 나누어도 찰리의 이튼 칼리지 등록금 대는 데 큰 도움이 되겠어."

제이콥에게 4,000파운드라는 거금은 찰리의 미래에 보탤 수 있는 숫자에 불과할 뿐이었다. W는 슬쩍 찰리의 표정을 훔쳐봤다. 녀석은 '후' 하고 짧게 한숨을 내쉬었다. 제이콥은 원고를 몇 번이나 읽더니, 마침내 입을 뗐다.

"…… 나도 하겠어."

플리데일리 특보: 옷을 둘러싼 격변의 소용돌이
"다시 옷을 입고 거리로" vs "인간 문명의 굴레를 벗어던져라"

런던의 거리가 빅 슬립 이후 그 어느 때보다도 소란스럽다. 이번엔 '옷'이 그 중심. 친인간파 상원의원 섀클턴 경의 아들이자 A-패션 아카데미 총장인 밀리언 S. 섀클턴(이하 밀리오)이 대규모 의복 경연 대회 〈금수 의복 경연 대회〉를 개최한다고 발표해 파문이 일고 있다.

"다시 옷을 입고 거리로"라는 구호를 내건 이 행사는 다양한 의복을 통해 계층과 갈등을 넘어선 연대를 목표로 하고 있지만, 런던 빈민가에서는 "굶주림 앞에서 패션이라니!"라는 분노 섞인 목소리가 터져 나오고 있다.

더욱 주목할 것은 '리그레서 무리Regressors'로 불리는 반인간파 수인 집단의 격렬한 반발이다. 이들은 인간 중심 문명을 거부하며 자연으로 돌아갈 것을 외친다. 날개 달린 자들은 하늘로 날아오르고, 네 발 달린 자들은 땅으로 돌아가야 한다는 그들의 철학은 인간 주도 발전의 현재 사회에 대한 전면적인 도전이다.

리그레서 대변인은 본지와의 인터뷰에서 "〈금수 의복 경연 대회〉는 인간 문명의 상징인 '의복'을 찬양하는 행위"라며 강력히 비난했다. 일부 과격파들은 직접적인 공격을 예고하기까지 했다.

현재 런던은 극심한 빈부격차 속에서 화려한 상류층과 누더기를 걸친 빈민들이 공존하는 도시다. 〈금수 의복 경연 대회〉는 단순한 패션 행사가 아니라 이 도시가 품고 있는 근본적인 갈등을 드러내는 상징으로 떠오르고 있다.

구호의 손길일까, 갈등의 도화선일까. 〈금수 의복 경연 대회〉의 행보에 온 도시의 이목이 집중되고 있다.

집사 타운센드는 금속테가 둘러진 나무 난간을 손으로 쓸며 나선형 계단을 올랐다. 그의 발걸음은 닳아서 반들거리는 석조 계단 위에서 소리를 죽였다. '밀리오'라 정교하게 새겨진 황동 명패 아래, 뾰족한 아치형 문 양편에 선 두 집사가 그를 알아보고는 무

거운 참나무 문을 열었다.

총장실에 발을 들이자, 뭉툭한 사슬에 매달린 흐릿한 가스등 불빛이 타운센드의 얼굴을 희미하게 비췄다. 방 한가운데를 가로지르는 진홍색 카펫과 검은 새 조각상들이 방문자를 양옆으로 줄지어 맞이했다. 마치 밀리오의 책상으로 향하는 런웨이를 걷는 기분이었다. 그리고 카펫의 끝자락에는, 새까만 깃털로 뒤덮인 형체가 의자에 앉아 있었다.

"밀리오 님."

타운센드는 정중히 고개를 숙이며 말했다.

"선별하신 재단사들이 오늘 아침, 전원 참여 의사를 밝혀왔습니다. 더불어 오늘자 신문도 모두 가져왔습니다. 다소 거슬리는 내용이 있는데, 요점만 추려 말씀드릴까요?"

"됐네, 타운센드."

분명한 목소리가 커다란 방을 울렸다. 타운센드는 순간 벽에 걸린 초상화 중 하나가 말을 거는 것으로 착각했다. 열린 창 너머 강 위로 내려앉는 저녁 안개를 응시하던 그가 살짝 고개를 돌리자 강렬한 곡선의 부리가 희미한 불빛 속에 드러났다. A-패션 아카데미의 총장, 밀리오다. 타운센드는 말없이 신문 뭉치를 그의 책상 위에 올려놓았다.

타운센드가 물러나 문을 향해 몸을 돌리려던 찰나, 어디선가 날카로운 바람이 불어왔다. 고개를 돌린 순간, 방금 전까지 의자에 앉아 있던 검은 형체는 흔적도 없이 사라지고, 거대한 검은 깃털 하나만이 총장실 안을 맴돌며 천천히 바닥으로 내려앉고 있었다.

타운센드는 문득, A-패션 아카데미에 처음 발을 들였을 때 서명한 계약서의 특이한 한 구절이 떠올랐다. '총장이 갑자기 사라지더라도 의문을 갖지 않는다.' 그는 입술을 굳게 다문 채 밖으로 걸음을 옮겼다.

1층 홀과 복도는 서로 다른 색의 제복을 입은 직원들과 학생들이 오가며 어느 때보다도 분주해 보였다. 곧 열릴 개회식 준비로 아카데미 안의 누구도 밖에서 나부끼는 회의적인 이야기에 발목 잡힐 틈이 없었다.

그 사이, 런던의 언론은 이 성대하고 기묘한 경연을 두고 떠들썩했다. 한물간 저널들은 앞다퉈 '친인간파의 이미지 세탁인가?', '구호 활동을 가장한 정치 공작' 같은 자극적인 제목으로 가판대를 채웠다. 일거리가 없던 비평가들은 사설란에 저마다의 추측을 늘어놓느라 바빴다. 빅 슬립 이후 얼어붙었던 언론계는 이 사건으로 오랜만에 활기를 되찾은 듯했다.

＊＊＊

"그래, 리그레서들이 이때를 놓칠 리가 없지. 안 그런가, W?"
 토퍼스의 창가에서 홍차를 마시고 있던 플랜시가 중얼거렸다. 서리가 내린 창문 너머로, 마치 증기 기관차의 화덕에서 석탄을 넣다 막 일을 마치고 나온 노동자들처럼 보이는 무리가 눈에 들어왔다. 그들은 셔츠도 입지 않은 채 어깨에는 멜빵만 겨우 걸친 모습으로, 리틀페어 가를 위협적으로 횡단하고 있었다. '동물의 명예를 위해!' 족제비 리그레서가 들고 있는 푯말에 쓰인 문구다.
 "인간을 몰아내자!"
 리그레서들이 이와 같은 구호를 외치며 리틀페어 가를 지날 때면, 그들의 주적이나 다름없는 인간 재단사 W는 어쩔 수 없이 작업실 안쪽 그림자로 몸을 숨겨 존재를 지워야만 했다.
 "어휴······."
 W의 모습을 본 플랜시가 긴 한숨을 쉬었다. W의 표정에서는

작년 가을의 불쾌한 기억이 떠오르는 것이 역력했다. "인간이 이 거리에 있어서는 안 된다!"며 소리치고 가위와 자를 집어던지는 바람에 플랜시가 시궁쥐 리그레서 하나와 맞붙기까지 했다. 경찰이 출동한 이후 직접적인 침입은 줄었지만, 리그레서 무리에게 W를 포함한 런던의 인간들은 여전히 가장 큰 눈엣가시였다. 그래서 그들은 일부러 리틀페어 가를 지나치며 소리를 크게 질러대는 것이었다.

전보, 증기기관, 전구 등. 인간이 고안한 신문물은 그들의 공격 대상이었으며, 옷을 입는 행위 자체가 '동물적 타락의 증거'라 여겼다. 초기에는 극단적인 성향 때문에 대중의 관심 밖이었지만,

빅 슬럽이 남긴 상처 속에서 약해진 동물들의 마음을 교활하게 이용한 리그레서들은 재작년부터 차츰 그 세력을 불려가기 시작했다.

"한파가 가신지 얼마나 되었다고, 벌써 뛰쳐나와 거리에서 활개를 치는군."

플랜시가 W만 겨우 들릴 만한 작은 목소리로 중얼거렸다.

"저 놈들이 〈금수 의복 경연 대회〉를 노골적으로 반대하는 것 같아 우려되네. 반인간주의 찌라시까지 만들어 뿌려대던데, 거기에 '옷은 우리의 본능을 억제하는 족쇄'라고까지 쓰여있더군. 주최 측은 이런 걸 다 고려하고 경연 대회를 준비하는 거겠지?"

"안 그래도 주최 측에서 편지가 한 통 오긴 했네만."

리그레서들이 리틀페어 가 골목 안쪽으로 들어가자 W는 작업실 서랍에서 편지 한 통을 꺼내 플랜시에게 건넸다. 플랜시가 이미 뜯겨져 있는 종이를 꺼내어 읽었다.

각 팀별 엠블럼을 제작하고,

개회식 날 부토니에 핀을 착용하고 오시오.

다른 소식은 〈전서구일보〉에 직접 싣겠소.

- 밀리오 -

"…… 이 뿐인가?"

플랜시가 편지를 뒤집어 보며 물었다.

"그렇네. 리그레서들 걱정은 미뤄두고 엠블럼이나 제작할 생각을 해야겠어. 여기 4월 첫째 주까지라고 써 있으니 당장이라도 올리버와 제이콥을 만나 재촉해야겠군."

리그레서 때문에 몸을 사릴 W가 아니기에, 플랜시는 그저 한마디만을 덧붙였다.

"쯧, 그래. 행운을 빌지."

***

패션의 봄은 4월 15일. 금수 의복 경연 대회의 개막식과 함께 〈전서구일보〉 머리기사에 개막식의 날짜가 실렸다. 그날 첫 번째 주제도 함께 발표하는 모양이었다. 경연 대회의 공격적인 홍보와 반대로 밀리오의 아버지인 섀클턴 경이 '밀리오가 하는 일은 본인과 관련이 없으며 참여할 의사도 일절 없다'라고 선을 그으며 불거진 부자간의 불화설은 〈금수 의복 경연 대회〉 티켓 판매에 날개를 달아주었다.

무채색의 길바닥에 이끼와 잡초가 녹색 격자무늬를 수놓았다. 그 위로는 뉴스보이가 '경연 대회 티켓 완판'이라는 전단을 뿌리며 뛰어다녔다. 경연 대회 참가팀이 발표된 뒤로는 토퍼스의 창 너머에서 기웃거리는 사람들도 심심찮게 보였다. 플랜시는 브로커라는 특수 직업을 가진 자신이 곧 바빠질 것이니 미리 W의 얼굴을 많이 봐두어야 한다는 별난 이유를 대며 거의 매일 토퍼스를 찾았다. 그와 동시에 손님들이 많이 방문한 덕에 구비해 둔 명함이 전부 사라졌다. 뭐, 다들 비슷한 지갑사정을 가진 탓에 양복한 벌 맞추려는 이는 없었지만. 그럼 어떠랴, 전에 없던 활기가 지금 가게에 돌고 있지 않는가.

신문에 광고했던 날씨 조절 장치는 개발이 덜 된 것이 분명하다. 지난 몇 주 중 가장 안개가 짙게 낀 오늘이 바로 개막식이었기 때문이다. 악천후를 대비해 이르게 출발한 W 일행은 다행히 늦지 않게 워털루 역에 도착할 수 있었다.

"A-패션 아카데미 학생들인가 보군."

"아, 저들이 없었다면 오늘 이 역사 안은 지하실이나 마찬가지였을 거야."

플랜시가 〈금수 의복 경연 대회〉를 홍보하기 위해 깃발을 들고 소규모로 행진하고 있는 학생들을 보며 말했다. 시계 대신 동전지갑을 주머니에 넣어 다니지만, 시간 약속에는 철저한 올리버가 투덜거렸다.

"일찍 와서 놀자던 플랜시 녀석이 제일 늦는구만. 난 근처를 좀 돌고 오지."

"그러도록 하게. 나와 W는 여기 있겠네."

올리버가 자리를 뜨고, 학생들도 시야에서 사라졌다. 워털루역의 자랑이라 할 수 있는 거대한 차창도 이 정도의 안개는 어찌할 수 없는 것이 분명했다. 해는 아직 낮은 하늘에 떠있음에도, 역

사는 지하같이 축축하고 어두웠다. 제이콥이 피워 올린 시가 연기도 안개 속으로 숨어들었다. 큰 소리를 내며 지나던 열차도, 웃으며 걸어 다니던 학생들도 사라지고, 무겁게 깔린 공기 속에 제이콥과 W만 긴 의자에 앉아 있었다. 제이콥이 코를 킁킁거렸다.

"W, 허리를 숙이게."

제이콥이 낮은 목소리로 말했다.

"무슨 일인데 그런……."

W의 몸이 제이콥 뒤로 완전히 숨겨졌다. 제이콥의 표정을 본 W는 잠자코 낮은 자세를 유지하기로 했다.

"아우우우."

기이한 소리가 들려왔다.

"리그레서 무리야."

리그레서 시위대가 안개 속에서 한 명씩 모습을 드러냈다. 그들의 표정은 전쟁이라도 치르려는 사람들처럼 비장했다. 시위대의 수는 적었지만, 덩치가 큰 코뿔소와 흑곰, 사다새와 같은 동물들이 무리지어 있던 탓에 역사 안은 그들로 가득 찼다. 뒤에서 행진하던 몸집이 상대적으로 작은 아카데미 학생들은 본능적으로 몸을 움츠렸다. W는 쿵쾅거리는 심장소리를 숨기기 위해 모자를 더 깊이 눌러 썼다.

"아……!"

리그레서 쪽에서 외마디 비명이 들려왔다.

"이건 무슨 일인가, 제이콥?"

제이콥은 고개를 저으며 한 손으로 지긋이 W의 허리를 눌렀다. 우두머리로 보이는 코뿔소 리그레서가 학생이 들고 있던 깃발을 빼앗아 깃대를 무릎으로 박살낸 소리였다. 허리가 꺾인 깃발은 바닥에 힘없이 내동댕이쳐졌다. 학생들은 리그레서에게 한 마디도 따지지 못하고 벌벌 떨고 있었다.

"인간을 위한, 인간이 만든 옷 같은 건 필요 없다!"

사다새가 이미 쉬어있는 목소리로 고래고래 소리쳤다. 리그레서 무리는 깃발을 무참히 짓밟았다. 그 위에는 신발을 신지 않은 리그레서들의 때묻은 발자국이 그대로 찍혔다.

"그대로 있어."

W는 요동치는 몸을 겨우 붙들어 다시 의자에 고정시켰다. 시위대의 목소리가 점차 멀어지고, 플랜시와 올리버가 돌아왔지만 W는 앉아 있던 의자에서 쉽게 일어서지 못했다.

***

A-패션 아카데미 앞 밀리언 가든에 도착했을 때, W 일행은 이미 축제의 열기로 들썩이는 현장을 마주했다.

공원 안쪽으로 웹앤퍼Web&Fur, 데니스Dennis, 파필드Farfield, 토퍼스의 이름이 쓰여진 천막이 보였다. W와 올리버, 제이콥의 팀 이름은 W의 양복점 '토퍼스'에서 그대로 따왔다. 올리버가 나서서 '대장'의 가게 이름을 팀명으로 쓰자 제안했고, 제이콥은 엠블럼을 자신이 그리겠다는 조건으로 흔쾌히 동의했다.

"우리가 오른쪽 끝이군."

W가 중얼거렸다.

가든의 원형 펜스 둘레를 따라 늘어선 휘장은 역사에서 아카데미 학생들이 들고 다니던 깃발보다 다섯 배는 커 보였고, 그 옆으로 입장을 기다리는 사람들이 긴 줄을 이루었다. 눈 녹은 거리를 걷던 W는 문득 거리가 평소와는 다른 분위기라는 것을 깨달았다.

봄이다. 시민들의 얼굴이 꽃망울이 터질 듯, 한껏 부풀어 있었다.

그들은 공원을 무대 삼아 워킹을 선보이고 있는 학생들을 지나 '참가자 부스-토퍼스'라고 적혀있는 천막으로 들어갔다. 제이콥이 그린 엠블럼은 천막 안 거대한 깃발에 수놓아져 마련되어 있었다. 밖에서 트럼펫 소리가 울리며 유랑악단의 경쾌한 연주가 시작됐다.

"안녕하십니까. 사회를 맡은 A-패션 아카데미의 학생회장, 뮤토입니다. 경연에 오신 모든 분들께 환영 인사를 올립니다."

토퍼스의 천막 근처에서 환호성과 휘파람 소리가 터져 나왔다. 정면의 간이 연단 위로, 각 경연 팀의 깃발이 세워져 있었다.

"참가팀들이 모두 모였군요. 자, 이제 이 경연 대회의 주최자이자 A-패션 아카데미 총장, 밀리오 님을 소개합니다!"

연단의 아래 그늘에서 한 형체가 서서히 계단 위로 올라왔다. W가 지금껏 본 어떤 조류보다도 거대한 남자가 연단의 한가운데 우뚝 섰다. 케이프 코트 아래 숨겨진 검은 날개 깃으로 마이크를 휘감듯 감아쥐었다.

"밀리오입니다."

마이크로 울려퍼진 그의 목소리는 워털루 역 기차에서 갓 내린 사람들까지 들을 수 있을 정도로 분명하게 울려퍼졌다. 침묵이 연단 아래로 내려앉자, 그는 하늘을 향해 고개를 쳐들었다.

"여러분, 〈금수 의복 경연 대회〉에 오신 것을 진심으로 환영합니다.

　빅 슬립이라는 차디찬 겨울은 우리 모두를 시험했습니다. 동물들은 온기를 잃고 추위 속을 헤매었고, A-패션 아카데미도 그 혹독함에서 자유롭지 못했지요. 패션은 잊혔고, 옷감은 이불로, 땔감으로 변해 사라졌습니다.

　하지만 이제 추위가 한 발 물러선 지금, 지금이 적기입니다! 희망의 씨앗이 피어날 때가 왔습니다. 재단사, 슈메이커, 햇메이커 여러분. 빅 슬립의 고통을 발판 삼아, 다시 찬바람이 몰아쳐도 우리가 온기를 잃지 않을 수 있도록 의복을 지읍시다. 그렇게 되면 패션은 언제나 그래왔듯, 얼어붙은 세상을 녹이고, 우리의 삶과 웃음을 되찾아줄 것입니다!

이제, 옷을 입고 거리로 나아갑시다! 이 자리에서, 여러분의 손끝에서 새로운 패션의 미래가 태어납니다. 자, 〈금수 의복 경연 대회〉의 막을 올립니다! 모두에게 영광과 행운이 함께하기를!"

밀리오가 검은 부리를 다물자, 대기하던 기자들의 플래시 소리와 관중들의 함성이 밀리언 가든을 뒤덮었다. 밀리오는 마이크를 사회자인 박쥐, 뮤토에게 넘기고 케이프 코트 자락을 휘날리며 연단 아래로 내려갔다. 곧 심사위원들이 뮤토의 소개와 함께 차례로 연단 위로 올라왔다.

"가장 먼저 소개할 분은 기성복의 거장, '올-레디' 사의 대표 오스카 L. 고든!

두 번째는 아동 모자 브랜드의 선구자이자 '패리어트' 사의 경영자, 패리어트 W. 니콜라스!

세 번째는 사교계의 화려한 별, '맨 오브 코랄' 조나단 R. 해리슨!

마지막은 비스포크 재단사라면 모를 리가 없죠. 밀리오 님과 함께 'A-패션 아카데미'의 공동 창립자이자 맞춤 양복의 전설, 랜돌프 B. 허먼!"

"이제 참가팀을 소개하겠습니다. 기사를 접하신 분들이라면

심 사 위 원

LONDON TAILOR COLLECTION

오스카
L. 고든

패리어트
W. 니콜라스

조나단
R. 해리슨

랜돌프
B. 허먼

런던 전역에서 가장 유명하고 실력 좋은 재단사, 햇메이커, 슈메이커로 선발했다는 것을 알고 계시겠지요. 제가 각 참가팀을 호명할 테니 연단 위로 올라와 주시기 바랍니다."

"우우우!"
 마지막 팀인 토퍼스가 호명되자 낮고 긴 울음소리가 뮤토의 목소리를 가르며 공원을 뒤흔들었다. 난데없는 괴성에 놀란 몇몇 사람들이 소리의 출처를 찾으려 허둥지둥 고개를 돌렸지만, 또다시 '우우우!' 소리가 메아리쳤다. 하이에나들이었다. 그들은 입고 있던 상의를 벗어 하늘로 내던지며 자신들의 무력행사를 거리낌 없이 내보였다. 신호를 보내는 것처럼, 허리를 숙이고 두 손으로 땅을 짚은 채 점점 더 거세게 울부짖었다.
 또 다른 소리가 다가왔다. 하이에나들은 진격 나팔 역할이었다. 땅을 쿵쿵 짓밟는 낯익은 굉음과 함께 토퍼스 팀이 역사에서 맞닥뜨렸던 리그레서 무리가 등장했다. W는 발밑의 진동에 다리가 경직되며 공포가 스며드는 것을 느꼈다.
 "인간을 위한, 인간이 만든 옷은 필요 없다!"
 "옷의 사슬을 끊어라!"
 사방에서 터지는 성난 외침이 공기를 찢고, 관중들은 공황에 휩싸여 뇌우를 맞은 듯 갈팡질팡 흩어졌다. 리그레서 무리는 입구에 세워진 깃발을 꺾고 찢으며, 겁에 질린 군중들을 헤치고 행사장으로 돌진했다. 연단으로 뒷걸음질 치는 이들, 가족을 감싸고

콜렉션 팀 구성

LONDON TAILOR COLLECTION

웹앤퍼—이스트엔드
재단사 터너(오리너구리)
햇메이커 하버(비버)
슈메이커 라프트(수달)

파필드—이스트엔드
재단사 리처드(사자)
햇메이커 해머(하이에나)
슈메이커 볼트(치타)

데니스—엔필드 구 북쪽
재단사 에릭(여우)
햇메이커 벌키(토끼)
슈메이커 휴즈(땃쥐)

토퍼스—리틀페어 가
재단사 W(인간)
햇메이커 올리버(고양이)
슈메이커 제이콥(곰)

공원 밖으로 달아나는 이들이 그들과 뒤엉키며 개막식은 순식간에 아수라장이 되었다. 리그레서 무리는 참가팀이 선 연단을 향해 거침없이 밀고 나왔다. 이 와중에도 기자들은 또 다른 기삿거리를 얻었다는 생각인지 카메라를 꽉 쥐고 자리를 지키고 서서 플래시를 터트렸다. 앞장선 코뿔소 리그레서가 발을 구르며 연단의 계단을 밟아 올라왔다.

"까-악."

갈라진 날 것의 울음소리. 대홍수 이전에나 들을 법한 원시의 소리가 아니던가? W는 그 소리에 눈을 질끈 감았다 뜨며 출처를 의심했다. 연단의 주인은 리그레서가 아닌, 밀리오였다. 마이크도 없이 오직 육성으로만 낸 그 울음에 계단을 오르던 코뿔소도, 그 뒤를 따르던 리그레서 무리도 멈추고 그를 올려다보았다. 그들에게도 낯선, 진짜 짐승의 울부짖음이었다. 배에서부터 옅은 소름이 끼쳐 올라와 몸 안 곳곳을 찌르는 듯 전율했다.

폭풍이 잠잠해지듯 소란이 잦아들었다. 밀리오의 눈이 짙은 안개 속의 흑진주처럼 은은한 빛을 내며, 방금 전의 울음이 환청처럼 느껴지게 했다.

"정숙하시오."

밀리오의 목소리가 돌아왔다. 그 소리는 고요한 울림으로 변해 공원을 덮었다. 밀리오의 이 돌발적인 행동에 군중들은 눈을 떼지 못한 채 땅을 가만히 짚고 서 있을 뿐이었다.

그 순간, 근처에서 대기하던 경찰들이 들이닥쳤다. 연단에 채

 오르기 전에 리그레서들은 뿔뿔이 흩어졌다. 재빠른 하이에나들은 네 발로, 사다새는 날개를 푸드덕거리며 경찰에게서 달아났지만, 우두머리 코뿔소는 붙잡혔다. 콧구멍을 벌름거리는 것이 눈에 보일 정도로 분노에 휩싸여 씩씩대며 화를 주체하지 못하는 것 같았다. 그는 수갑이 채워져 끌려가는 와중에도 밀리오에게서 끝까지 눈을 떼지 않았다.
 "흰코뿔소가 저리 화내는 건 처음 보는데, 꽤나 분한가 보군."
 올리버가 나직이 중얼거렸다.
 밀리오는 빠르게 상황을 정리했다. 그는 아카데미 관계자들에게 부러진 깃발을 거두라 지시한 뒤, 다시 연단에 섰다. 그 표정은 승리의 여유 대신, 무언가를 준비하는 듯한 수수께끼의 고요를 품었다.

"잠시 소란이 있었군요. 이 경연을 격렬히 환영해 준 이들 덕분입니다. 다시 말씀드립니다. 저는 금수 의복 경연 대회에 오신 모두를 차별 없이 환영합니다. 자, 첫 번째 주제를 발표하겠습니다."

LONDON TAILOR COLLECTION

1라운드

운동복

"오스카 고든, 그는 아주 단순한 사람이야."

개막식이 끝난 뒤, 첫 번째 라운드 준비로 골머리를 앓고 있던 W에게 플랜시가 느닷없이 말을 건넸다.

"자네 그게 무슨 말인가?"

"그저 세상이 자신을 중심으로 돌아가기만 하면 되는 사람이란 말이지. 이 점만 지킨다면 서로 편해질 수 있어."

플랜시는 이 말만 하고서 "쉴 틈없이 바빠졌다"며 훌쩍 사라져 버렸다. 걱정해서 돌아올 작자도 아니었거니와 지금 오스카가 제시한 1라운드 주제에 대해 신경 쓰는 것만으로도 W는 머리가 아플 지경이었기에 나중에 전보라도 쳐야겠다 생각할 뿐이었다.

리그레서들의 소란 이후, 되려 더 많은 군중들이 모여든 밀리언 가든. 기대감에 찬 그들의 시선이 무대를 향하는 가운데, 뮤토가 심사위원 오스카 고든에게 마이크를 넘기려던 차였다. 갑자기 오스카가 메두사라도 본 것처럼 얼굴이 완전히 납빛으로 질려버린 것이다. 그는 여타 카멜레온처럼 감정에 따라 피부색이 바뀌는 모습을 공식 석상에서 보인 적이 없었기에, 올리브빛 피부가 푸르스름한 회색빛으로 변하는 광경은 모두를 놀라게 했다.

"…… 안녕하십니까."

오스카는 간신히 팔을 들어 자신이 어떤 상태가 되었는지 확인한 모양이었다. 이윽고 오스카는 겸연쩍은 듯 마이크를 단숨에 빼앗아 관객들을 향해 인사를 올렸다.

"〈금수 의복 경연 대회〉의 영광스런 첫 라운드를 맡게 된 '올-레디'의 사장, 오스카올시다."

그 말이 끝나자, 그의 피부가 특유의 올리브빛으로 돌아왔다.

"제가 꽤 긴장했나 보군요. 빅 슬립 이후 이런 화려한 행사는 처음이라서 말입니다. 자, 각설하고 봄의 시작을 알리는 이 경연

의 첫 라운드 주제를 발표하겠습니다."

무대 뒤에 있던 아카데미 학생 두 명이 암녹색 커튼에 매달린 줄을 당겼다. 커튼이 양옆으로 걷히자, 기다리던 주제가 모습을 드러냈다.

'운동복'

"바로 운동복, 스포츠웨어입니다! 참가팀은 각자 배정된 모델의 의견을 수렴하고 그 모델과 어울리는 스포츠를 매칭해, 옷을 만들어주시면 됩니다. 자세한 내용은 사회자 뮤토 씨가 설명해 줄 겁니다."

주제 발표를 마치고 난 후 오스카 특유의 침착하고 나긋한 목소리는 원래대로 돌아왔고, 여유를 되찾은 그는 사회자에게 부드럽게 마이크를 넘겼다.

"네, 오스카 회장님의 주제 발표였습니다. 체형에 관계없이 착장자가 편안함을 느낄 수 있도록 만드는 건 모든 재단사가 필히 갖춰야 할 덕목입니다. 이 라운드의 주제 역시 이러한 철학과 맞닿아 있죠. 각 팀은 배정된 모델과 원활히 소통하며 최고의 옷을 제작해 주시면 됩니다. 참고로 이번 모델은 1차 티켓 오픈 당시, 티켓 구매자들 중 신청자를 받아, 추첨을 통해 선정되었습니다."

- 웹앤퍼: 모이시스 P. 포스테리(황제펭귄)
- 파필드: 잘렌 M. 스파니엘(파피용)

- 데니스: 브로디 C. 키토(아르마딜로)
- 토퍼스: 네이선 L. 포타모스(하마)

무대 뒤편에서 토퍼스 팀 쪽으로 거구의 네이선 포타모스가 천천히 걸어 내려왔다. 그는 놀라울 정도로 커다란 신사였는데, 최근 리그레서 무리에서 봤던 코뿔소를 떠올리게 할 정도였으며, 험상궂은 인상은 그보다 더했다. 하지만 그의 걸음걸이는 다소 의외였다. 커다란 몸집과는 달리 지팡이를 짚으며 걸어오는 모습은 상당히 유려했다. 그리고 가장 눈에 띄는 것은 네이선 포타모스 씨의 피부였다. 무언가를 잔뜩 바르고 온 모양인지, 얼굴에 번들번들한 윤기가 돌았다.

"안녕하세요, 네이선 포타모스 씨."

W가 키가 큰 네이선 씨를 위해 고개를 들고서 조심스레 인사를 건넸다.

"편하게 네이선 씨라고 불러주시오. 그쪽이……, W? 아, 이런 시국에 인간 재단사라면 이름은 밝히지 않는 게 당신 신상에 좋겠군, 흠."

'흠'이라는 소리와 함께 네이선이 내뿜는 콧김이 어찌나 강하고 뜨거운지, W가 쓰고 있는 안경에 김이 서릴 정도였다.

"내 옷을 만들기 전에 알아둬야 할 것이 있다오."

네이선은 W를 똑바로 바라보며 고개를 한껏 치켜세웠다.

"난 피부가 예민하고 특히 햇빛에 아주 약한 편이니, 이 점을

고려해서 작업해야 한다는 것을 명심하시오. 내가 1라운드의 모델로 참가한 이유는 말이오, 지금까지 만나 온 재단사들은 내 요구를 맞추지 못했기 때문이오. 해서, 이번 경연을 계기로 옷을 제대로 맞춰보려 하니, 실망시키지 않길 바라오."

   W는 네이선이 마치 거대한 요리를 덮은 투박한 금속 돔 뚜껑 같다고 생각했다. 그 안에 들어 있는 것을 알아내려고 했지만, 강

력한 증기와 같은 그의 콧김에 밀려 반 발자국 물러설 수밖에 없었다. 네이선의 시선이 재단사에게서 슈메이커로 옮겨졌다.

"지금 내가 신은 신발은 프랑스에서 맞추고 왔던 것이오. 흠, 당시 마르세유에 있는 별장 소유권 다툼 관련 자문으로 갔을 때, 의뢰인이 뇌물이랍시고 비싼 곳에서 구두를 맞춰 준 건데, 내 발에 어찌나 잘 맞던지 평생 신어도 좋을 정도라오."

"예, 그러시군요."

제이콥이 나직이 대답했다. 이런 드센 손님들과 그는 꽤 잘 맞는 성싶다. 네이선은 제이콥의 칼라가 흔들릴 만큼 강한 콧김을 뿜었다.

"그렇소, 그렇소."

네이선이 이번에는 햇메이커를 불렀다.

"내 당신처럼 표정이 나쁜 햇메이커는 처음 보오."

올리버는 양쪽 입꼬리를 둘 다 올리는 것은 버거웠는지, 한쪽 입꼬리만을 간신히 추켜올리는 것으로 대답을 대신했다.

"흠, 배려라곤 없는 작자들이군! 내 그렇게나 햇빛에 예민하다 했거늘, 기어코 이런 땡볕에 세워 놓다니!"

네이선은 구름 사이로 내리쬐는 햇빛을 눈으로 흘기며 재킷 주머니 안에서 유산지 봉투를 하나 꺼냈다. 안에는 '윌로우 진흙 크림 8호'라고 쓰여 있는 원형 틴트 케이스 하나와 면 손수건이 있었다. 그는 시선 따위 아랑곳 않고 손수건에 크림을 묻혀 얼굴에 펴 바르기 시작했다. 눈꺼풀이 반쯤 내려가며 그의 목소리도 차

즘 안정을 찾았다.

"흠, 여튼 햇메이커. 잘 부탁하오."

"그래요. 일단 지금 쓰고 있는 모자보다는 훨씬 나은 것으로 맞춰주지."

"하!"

엄청난 콧김. 이번에 불어오는 것은 올리버가 눈을 질끈 감을 만큼이나 강한 것이었다.

"지당한 말씀."

그는 크림을 바르며 올리버에게 말을 붙이고 또 붙였다. 모자챙은 얼마나 길어야 하는지, 무게는 어느 정도여야 한다는 식이었다. 올리버의 탐탁잖은 표정이 오히려 그의 고집을 부추기는 듯했다. 반면 W와 제이콥에겐 둘에게서 고개를 돌릴 여유정도는 가질 수 있게 해 주었다.

한편 무대 아래, 조명 속에 선 듯 눈에 띄는 인물이 있었다. 파필드 팀 모델, 잘렌 스파니엘. 산들바람에 넘실대는 그의 근사한

털은 탄성을 자아낼 정도였다. 쭉 뻗은 잔근육의 체형은 어떤 옷이든 값비싸 보이게 만들 터였다. 무심코 그를 바라보던 W와 잘렌의 눈이 마주쳤다. 그러자 그는 동그랗게 뜬 눈으로 토퍼스 쪽을 쳐다보고는 다시 고개를 파필드 팀 쪽으로 돌렸다. 숙일 줄 모르는 길쭉한 코는 이미 무언가를 쟁취했다는 듯 하늘을 찌를 듯했다.

"저렇게 잘생긴 데다 붙임성도 좋다니. 저쪽 재단사와 벌써 친해진 것 좀 보게."

제이콥이 옆에서 중얼거렸다. 잘렌과 파필드 팀의 대화는 서로 10년지기 동네친구처럼 보일 정도로 무르익어 있었다. 특히 과묵하기로 유명한 햇메이커 해머가 저렇게 신나 보이는 것은 처음이다.

"이봐, 햇메이커! 내 얘기에 집중하지 않고 어딜 가는 것이오!"

네이선의 목소리가 울리자, 올리버가 제이콥과 W 사이로 도망치듯 끼어들었다.

"저 정도면 이미 서로 아는 사이 아닌가? 혹은 근사한 털을 가진 놈들끼린 통하는 게 있을지도 모르지. 저 휘날리는 것 좀 봐."

"올리버, 어서 가봐. 고객이 부르잖아."

"쳇, 어련히 알아서 할 텐데. 내 지금껏 만난 손님 중 가장 극성이란 말이야."

제이콥이 타일렀건만 올리버는 네이선을 요리조리 피해다니기에 정신없어 보였다. 나중에 알게 됐지만, 올리버의 말이 맞았다. 귀가 밝은 제이콥이 파필드 팀의 대화에서 들은 바에 따르면, 잘렌 스파니엘과 해머, 리처드까지 모두 〈멋쟁이 갈기털 클럽〉의 절친한 사이였다.

***

지붕이 없는 오래된 회색 차 한 대가 새로 지은 듯한 단독 주택 앞에 한쪽으로 기울어진 채 멈췄다. 제이콥이 내리자마자 차가 무게 중심을 되찾았다.
"혼자 한 채를 통째로 쓰나보군."
올리버는 명함을 꺼내 명패와 한번 더 비교해 보았다.
'네이선 포타모스, 변호사'
작은 은색 명패에 또박또박 새겨져 있었다. W가 차에서 내리기가 무섭게 젊은 메이드가 나와 일행을 맞았다.
"들어오세요. 선생님께서 이른 아침부터 기다리고 계셔요."
깔끔한 벽에는 눈높이에 맞춘 표창장들이 열을 지어 토퍼스 팀을 맞이해 주었다.
"흠, 흙 좀 잘 털고 들어오시오."
올리버가 저택에 발을 들이자 네이선이 복도 끝 방에서 투덜대며 걸어 나왔다.
"이봐, 마야. 내가 뭐라 그랬어? 제이콥 씨는 단 걸 좋아하니 네덜란드에서 들여온 사탕 세트를 꺼내어 놓으라 했잖아!"

"항상 물건을 꽁꽁 숨겨놓으시는 선생님께서 어디 두시는지 제가 알 턱이 있나요. 뭐라도 사다 놓았으니 된 것 아니겠어요?"

메이드 마야의 카랑카랑한 목소리가 저택 안에 퍼졌다. 소등쪼기새인 그녀는 양손 가득 디저트 접시를 들고 복도에 나타났다. 제이콥은 사탕 이야기에 저도 모르게 소리가 난 쪽을 향해 귀를 움찔했다.

"뭐, 난 그쪽이 주제 발표 날, 단 걸 참지 못해 주머니에서 간식 케이스를 하나 꺼내 먹는 걸 봤을 뿐이오."

네이선의 말에 제이콥의 굳은 표정은 슬며시 누그러졌다.

"하지만 제이콥 씨. 그렇게 단 것을 많이 입에 넣었다가는 큰일 날 수도 있다오. 최근에 내가 맡았던 사건인데, 신문에 이렇게 났더군. '단 것을 수시로 내어주는 여주인 때문에 생긴 당뇨? 역대 가장 달콤한 법정'이라 말이오. 흠, 그렇게 먹다간 당신에게도 법정이 열릴 수 있다는 말이오."

올리버는 그 말을 듣자마자 쿡쿡 웃었다.

"제이콥. 나도 마찬가지야. 자네가 걱정돼."

그 말에 올리버는 아예 웃음을 참을 생각일랑 저 멀리 치워두고서 배를 잡고 끅끅대기 시작했다.

"걱정해 주셔서 감사합니다. 올리버도 고맙네."

올리버는 웃음을 멈추더니 '쳇' 하는 소리와 함께 고개를 홱 돌렸다.

마야는 손님들을 응접실로 안내한 뒤 목례만 하고 쏜살같이 사라졌다. 응접실은 채광이 좋은 곳에 자리잡고 있었고, 각 자리에는 토퍼스 일행의 이름이 정성스레 써 붙여 있었다. '네이선/클라이언트', 'W/재단사', '제이콥/슈메이커' 그리고 '시건방진 고양이/햇메이커'. 즐거워 보이던 올리버의 표정이 다시 딱딱하게 굳었다.

"언제 보아도 재미있는 표정이군, 당신은."

네이선이 웃으며 자리에 앉았다.

"손님을 초대한 건 정확히 2년하고도 52일만이라오. 그동안 이 응접실은 그저 내 기분전환용 식당으로만 쓰였지. 의뢰인들껜 내 직접 찾아뵙는 것을 원칙으로 하고 있으니 말이오."

커다란 창문 한가운데에 두꺼운 커튼이 쳐져 있어 네이선의 자리만 어둡게 그늘져 있었다. 그의 앞에는 커트러리 대신 윌로우 크림, 나무 스쿱, 면 손수건이 함께 준비되어 있었다. 그는 토퍼스 일행이 의자에 앉기도 전에 옷 이야기를 꺼냈다.

"저번에도 말했다시피, 햇빛은 내 적이라오. W, 제이콥 그리고 햇메이커⋯⋯. 올리비아라 했지? 특별히 신경 좀 써 주시오."

"이제는 일부러 기억을 못하는 척 하는군. 벽면 가득 표창장을 걸어놓을 만큼 저명한 변호사 양반께서."

"흠, 칭찬 고맙소."

올리버와 네이선이 실랑이를 벌이는 동안, W는 한 가지 의문에 사로잡혔다. 바로 응접실의 바로 옆에 있는 유리 온실(콘서바토리)이었다. 문에서 곧장 걸어 들어오면 마주하는 이 온실은 전

면이 유리로 되어있고, 이국적인 식물과 도자기로 꾸며진 화려한 곳이었다. 특이한 점이 있다면 작은 가든 테이블 한 세트와 그에 비해 커다란 욕조가 하나 있다는 것.

"네이선 씨. 혹시 이 옆방 온실은 햇빛을 쬐기 위한 장소가 아니던가요? 햇빛을 싫어하신다고 들었는데요."

"아, 온실 말이군. 난 아주 흐린 날, 혹은 비가 올 때나 밤에만 진흙 목욕을 위해 사용한다오. 다른 날에는 마야와 다른 메이드

들에게 가끔 허락하는 용도이지. 메이드들은 날씨가 좋은 날이면 꼭 밖에 나가서 재잘재잘 떠드는 걸 좋아하더군. 나는 그런 날이면 혼자 햇빛 없는 내 서재에서 보내고는 한다오.

흠, 흠. 이제 바로 본론으로 들어가는 건 어떻소? 손님을 이 집에 오래 두는 것을 좋아하지 않아서."

제이콥은 '경연 대회 회의록'이라 적힌 수첩을 꺼내어 첫 장을 넘겼다. W는 들고 있던 홍차 잔을 내려두고 마른 손을 비볐다. 경연 첫 라운드, 첫 회의다.

"자, 그럼 먼저 혹시 네이선 씨가 즐겨하는 운동에 대해서 알 수 있을까요? 아시다시피 이번 라운드의 주제가 '운동복'이니까 말이지요."

W가 물었다.

"운동에 대해서는 완전한 문외한이오. 관심도 없거니와."

"주변에서 권유하는 스포츠는 없으신가요?"

"흠, 없소."

W는 잠시 말문이 막혔다. 그래, 햇빛에 예민한 그가 운동을 좋아할 리가 없지. 처음 봤을 적 이후로 네이선의 표정은 보통 불만에 가득 찬 표정이었는데, 지금은 유난히 더 그렇다. 칼라를 만지작거리던 W는 목을 가다듬었다. 제이콥과 올리버는 W를 바라보았다. 그래, 지금이 바로 인간 재단사의 체상기억능력을 발휘할 때가 아닌가.

"제 의견을 말씀드려도 될까요, 네이선 씨?"

W가 입을 열었다.

"말해보시오."

"제가 보기에 네이선 씨의 체형은, 겉보기와는 달리 지방량이 상당히 적습니다. 이런 추론을 하게 된 이유는 네이선 씨의 걸음걸이가 무척 유려하더군요. 특히 골반과 허리의 움직임이 부드럽고 안정적입니다. 이런 체형은 단순히 타고난 것일 수도 있지만요.

또한, 어깨와 팔의 근육 상태를 보았을 때, 스윙 동작이나 던지는 운동과 잘 맞아 떨어질 것 같습니다. 제 추천으로는, 골프나 투포환 같은 스포츠가 가장 네이선 씨와 적합하지 않을까 싶습니다. 골프는 활동성과 품위를 고루 갖춘 스포츠니, 이를 바탕으로 골프 웨어를 제안 드립니다. 실외뿐 아니라 실내나 여유로운 환경에서 활용하시기도 좋으며, 무엇보다 네이선 씨와 잘 어울리실 것 같습니다. 어떠신지요?"

"흠……!"

"물론 햇빛을 싫어하는 네이선 씨께 스포츠를 권하는 것은 아닙니다. 그저 오랜 시간 옷을 맞춰 온 리틀페어 가의 재단사로서의 판단으로 믿어주시면 좋겠습니다."

네이선 씨의 거대한 콧김이 불어왔다. 사막에서 불어오는 것과 같이 뜨거운 콧김이 아니라, 나무 그늘 아래에서 불어온 것처럼 시원했다.

"재미있군. 뭐, 아직까지 골프채를 잡아본 적도 없지만."

> ### 4월 넷째 주, 제이콥의 회의록
>
> **장소: 네이선 씨 저택 | 참여자: 토퍼스 팀 전원, 네이선 씨**
>
> - 네이선 씨는 햇빛에 예민. 올리버에게 챙이 긴 모자 요구. 올리버 승낙.
> - 아예 운동에 관심이 없음.
> - W가 제안한 골프 웨어에 긍정적 반응(일단 싫다고는 하지 않았다).
>
> +W 추가
>
> - 근육의 너비가 커서 조금만 움직여도 금방 옷이 터지거나 하는 문제가 생길 수 있음을 유의.
> - 회전근개와 대퇴부 쪽에 신경을 써야할 것. 너무 밀착시켜 제작하기보다 주름을 좀 넣어 여유분을 두는 것도 좋을 것 같다. 몸 치수 잴 때 재확인 필요.

"네이선 씨가 런던에 온 이유를 알겠군. 이 칙칙한 동네가 그에겐 최선이었을지도 모르겠어."

회의는 빠르게 끝났다. 아니, 정확히 말하면 토퍼스 팀은 1시간도 채 되지 않아 거의 쫓겨나다시피 했다. 마야가 일행을 배웅하며 작은 위로의 말을 건넸다.

"불같은 네이선 선생님의 성정을 고려하면, 여러분은 그나마 신사답게 대접받으신 편이에요. 이곳을 방문한 손님이 다섯 손가락 안에 꼽힌다는 걸 감안하면 말이죠."

땅거미가 질 무렵, 토퍼스 팀은 제이콥의 차를 타고 리틀페어가로 향하고 있었다.

"잠깐, 제이콥. 올-레디 사가 이 근처가 아니던가?"

W가 입을 열었다.

"멀지는 않지만, 들르게 되면 저녁 식사는 물 건너가게 될 텐데."

"이 길을 다시 지날 기회가 흔치 않으니 한번 들러보는 게 어떤가? 오스카가 심사위원이란 점을 차치하더라도, 우리 비스포크(맞춤 의복)와는 달리 대중성을 겨냥한 최초의 반맞춤 의복 제조소잖나. 적을 알아두는 것도 전략이지 않겠어?"

"저녁을 거르는 건 제이콥의 문제지, 나와는 무관하네."

올리버가 중얼거렸다.

한쪽으로 기울어진 토퍼스 팀의 낡은 회색 차가 덜컹거리며 반 시간 정도를 달렸을까, 가로등 불이 켜지고 있는 화려한 첼시 거리 한복판에 마치 성벽처럼 자리잡고 있는 올-레디 사의 4층짜리 건물이 보이기 시작했다. 얼마나 큰지 건물이 한눈에 전부 들어오지도 않을 정도의 크기였다.

"별관 공장 가동률은 빅 슬럼 이후로 절반으로 줄었다고 하더군. 그리고 저 본관 옆에 보이는 작은 테라스 하우스, 저게 바로 올-레디 사의 기숙사인 걸로 알고 있네."

"기숙사가 있다고? 무슨 명문 학교도 아니고서야."

"뭐, 런던 최대의 직물 겸 의복 회사가 아닌가. 놀라울 것도 없지."

"W, 자네 올-레디 사에 사심이라도 있나? 들떠보이는군."

W의 친절한 설명에 올리버는 의아한 듯 물었다.

"사심? 있다면 있지. 어릴 때부터 보고 자랐고, 런던에서는 직물과 면업에서 가장 섬세하고 앞서 있지 않나? 아버지도 자주 얘기하셨고, 나도 신문에서 많이 봤지. 적어도 내 샘플북의 2할 정도는 올-레디 사에서 나온 거라네. 아, 도착했군. 잠시 들렀다 가자고."

W는 차가 완전히 멈추기도 전에 문을 열고 내리더니, 올-레디 사의 정문 쪽으로 성큼성큼 걸어갔다. 그의 의욕적인 모습에 제이콥은 등뒤로 웃음을 지었다.

"오늘따라 아주 불타오르는구먼. 하긴 우리 대장이라면 그 정도의 열정은 있어야지."

그때, 밤눈이 밝은 올리버의 확장된 동공에 익숙한 형체가 들어왔다. 얼마 전 개막식에서 본 심사위원 오스카였다.

"운이 좋은데, 재단사! 그가 우릴 내치지나 않으면 좋으련만."

뒷짐을 지고 여유를 부리던 올리버도 서두르기 시작했다. 거리가 점점 가까워지면서 또 다른 익숙한 얼굴들이 차례로 외벽등 아래로 드러났다. 리처드, 볼트, 해머. 모두 파필드 팀이었다. 그들 주위에는 검은 옷의 경호원들이 둘러싸고 있었고, 해가 지평선 아래로 내려가자 그 모습도 그림자에 가려져 갔다.

"다들 집 근처라 마실이라도 나온 건가? 첼시 부호들은 역시 여유가 넘치는군."

"쉿, 올리버."

제이콥이 올리버의 입을 막아버렸다. 올리버는 투박한 제이콥의 손이 혀에 닿았는지 헛구역질을 했다. 이내 조용해진 거리에 제이콥과 올리버의 귀가 쫑긋 솟았고, 오스카와 파필드 팀의 대화가 귓가에 들려왔다. W도 가던 걸음을 급히 멈추고 옆 건물에 몸을 숨겼다.

"…… 하하, 아닙니다. 오히려 저희가 감사할 따름이죠. 그나저나 정말 다행입니다. 저도 이리 잘 될 줄은 몰랐죠. 잘렌 씨라면 사교계에서 인기 있는 인물이라 들었습니다. 파필드 팀에도 딱 어울리는 분이네요."

"그러니까요. 잘렌이 우연히 해머와 같은 클럽 멤버여서, 걱정은 전혀 하지 않으셔도 됩니다. 잘렌은 저희 파필드 팀이 패션계에 순조롭게 진출할 수 있도록 힘써보겠습니다."

리처드가 호탕한 목소리로 말했다.

"역시 의원님 가문의 후광이 대단하군요, 리처드님. 후에 의원님께 올-레디 사가 덕분에 큰 신세를 지고 있다고, 감사의 인사를 꼭 좀 전해주십시오. 화이트 던 스타디움의 준공 프로젝트에 많은 도움을 받았으니까요. 아, 여러분들을 모실 자동차가 모두 준비되었나봅니다. 다음에 방문하실 땐 더 화려하게 대접해드리지요."

오스카의 시원한 웃음소리가 한바탕 흘러나오더니, 거리의 가로등이 완전히 켜져 갈 무렵에는 이미 앞에 주차되어 있던 최고급 자동차 세 대가 바스커빌 사의 엠블럼을 번쩍이며 사라진 뒤였다.

"오스카 고든 회장님!"

W는 오스카가 사라질세라 골목에서 나와 그를 향해 다가갔다. 올리버는 누가 봐도 열정적인 이 재단사의 모습에 회장님이 감복이라도 하지 않을까 하고 생각했지만, 이는 오산이었다. 오스카의 얼굴 위에 있는 수 만 개의 돌기 중 하나조차 조금의 미동도 없었다. 회장님을 약속도 없이 불러낸 것이 이리 없는 취급을 받을 일인가. 듣지 못한 척, 오스카는 지팡이를 딱딱거리며 정문 안으로 다시 발걸음으로 옮기려 했다.

"잠시만 기다려주십시오! 회장님. 저는 토퍼스 팀의 재단사 W

입니다."

큰 목소리에 그제야 오스카가 겨우 왼쪽 눈을 굴려 W를 바라봤다. 그의 오른쪽 눈과 목은 그대로인 채로.

"흠, 무슨 일이라도?"

오스카의 목소리가 많이 낮아져 있었다.

"모델인 네이선 씨의 자택에 들러 회의하고 오던 길에 운 좋게 회장님을 뵙게 되었습니다. 비록 사전에 연락은 드리지 않았습니다만, 잠시라도 시간을 내주실 수 있겠습니까? 실례를 무릅쓰고 말씀드립니다."

"이리 불쑥 찾아오면 나로서는 당혹스러울 뿐입니다. 그리고 나는 1라운드의 심사위원으로, 공정성을 해칠 수 있는 행위는 삼가야 합니다. 이만 들어가겠습니다."

"방금 전 파필드 팀은 신나게 배웅해주지 않았습니까."

W의 뒤에서 제이콥이 다가왔다.

"인사가 늦었습니다. 저는 토퍼스 팀의 슈메이커 제이콥 토머스입니다."

"일 없습니다."

오스카의 목소리가 고집스럽게 끓었다. 그는 걸음을 멈추지 않았고, 서서히 열리는 올-레디 사의 정문 안으로 들어가려 했다. 환한 불빛이 새어나오며 덩치가 산만한 두꺼비 하나가 나와 그를 맞았다.

"들어오십시오, 회장님. 뒤에 계신 분들은 손님이십니까?"

오스카는 여전히 왼쪽 눈 하나만 뒤룩뒤룩 굴리며 한동안 입을 열지 않았다. 그리곤 비죽, 웃음과 함께 입을 떼었다.

"불청객도 손님이라면 손님이지. 응접실로 안내해."

그 말이 떨어지자, 그제야 올-레디 사의 거대한 문이 토퍼스 팀 앞으로 열렸다. 그들은 직원들의 무심한 안내를 받으며 응접실로 들어갔다. 그들이 들어서는 내내 두꺼비의 따가운 눈총도 따라붙었다.

"네이선 씨 자택에 직접 찾아갔다면, 제대로 먹고 나왔을 리 없겠군. 여기, 이 몽상가들에게 한 상 대접해줘."

오스카는 방금 전까지 응접실을 정리하던 메이드를 다시 불렀다. 그리곤 그녀에게 하이 티(오후 늦게나 이른 저녁에 티와 함께 먹는 음식)로 빠르게 준비해 달라 지시했다. 곧 각종 샐러드와 케이크 그리고 다양한 쿠키들로 빠르게 식탁이 채워졌다.

"알다시피 난 이미 파필드 팀과 티타임을 한 번 가졌기에 배가 고프진 않네. 먼저 들도록 하게나. 자네들을 위해 특별한 메뉴도 하나 내오라 했으니."

오스카가 미소를 흘리며 손짓했다. 제이콥은 그의 말이 끝나기가 무섭게 3단 디저트 트레이 위 잼 스콘을 집어 신나게 먹기 시작했다. 옆에서 그 모습을 보고 있던 올리버는 고개를 설레설레 젓다가도 이내 단정히 차려진 차와 간식을 들었다. 반면 W는 컵의 손잡이에 손도 대지 않았다.

"W라 했지? 재단사님께서는 메뉴가 마음에 들지 않으신가?"

오스카의 눈이 좁혀졌다.

"오스카 회장님께서는 네이선 씨에 대해 잘 알고 계시는 것 같습니다."

"물론이지. 모델로 정해진 이들은 제비뽑기로 추첨이 되자마자 내가 모두 한 번씩 만나뵈었으니까. 나 또한 네이선 씨와는 또 특별한 인연이 있기도 해서, 마침 자네들의 실력이 궁금하던 차였네. 너무나도 갑작스러운 티타임을 갖게 되어 다소 놀랍긴 하군."

그의 말끝마다 비아냥이 묻어 있어서일까, W는 컵의 손잡이를 세게 쥐었다. 오스카는 파필드 팀과도, 잘렌 스파니엘과도, 네이선 씨와도 모두 연결고리가 있다.

"그나저나 인간 재단사 씨는 이래저래 고충이 많겠구만. 요즘 시국에 옷을 맞추는 사람이 얼마나 되겠나? 올-레디 사도 큰 고비였는데 비스포크 재단사들에겐 더 큰 위기였겠지. 이번 경연은 어쩌면 민간 구호라기보다 자네들과 같은 처지를 위한 경제 살리기 운동에 가까운 걸지도……. 하, 더구나 이런 상황에 리그레서들까지 궐기하고 있으니 말이야."

"예, 아무래도 그렇습니다. 그래도 금수 의복 경연 대회가 열리기도 했고, 함께하는 팀원들도 있어 제겐 천혜와 다름없죠. 최선을 다할 겁니다."

"좋구만. 젊은 인재야."

오스카가 잔을 내려놓으며 미소지었다. W도 식기를 테이블 위에 가지런히 내려놓았다.

"회장님, 저는 꽤나 오랜 시간 올-레디 사를 알고, 존경해 왔습니다. 그래서 제게는 이 자리가 굉장히 각별합니다. 아까 말씀하셨다시피 반인간주의를 표방하는 리그레서 무리로 세간이 떠들썩하고, 빅 슬립이 닥쳐 입에 풀칠하기도 바쁜 시기죠. 때문에 옷을 만든다는 것 자체가 저희 비스포크 재단사들과 올-레디 사 모두에게 큰 도전이 되었습니다. 어떻게 보면, 저희 토퍼스 팀과 사장님의 노선이 같다는 말이지요. 아까 환영해주신 파필드 팀과도 마찬가지입니다. 그런데 어째서인지 오늘 대접에서 느껴지는 차별은 왜인지 궁금합니다. 사장님의 길과 저희의 길은 다른 것입니까?"

'딱.'

오스카가 손가락을 튕겼다.

"아, 잠시. 맥을 끊어 유감이네만. 아까 특별히 내오라고 한 음식이 나왔나 보군."

정장을 차려입은 웨이터 둘이 커다란 서빙 카트를 끌고 들어왔다. 올-레디 사의 로고가 음각으로 새겨진 길쭉한 돔 뚜껑은 어찌나 큰지 두 웨이터가 쟁반에 달린 양 손잡이를 잡고 테이블로 힘껏 올려야 할 정도였다.

"욱."

제이콥이 들고 있던 식기를 바닥에 떨어뜨리며 얼굴을 돌려 헛

구역질을 했다. 올리버는 비명을 지르려는 입과 코를 함께 두 손으로 막으며 눈까지 질끈 감았다. 형언할 수 없는 악취가 응접실 안을 가득 채웠다.

"어떤가? 이런 음식은 본 적도 없을 자네들을 위해 내 특별히 아주 희귀한 거대종으로 준비했다네. 어서 맛보게나."

오스카의 말은 틀림없었다. 이런 음식은 듣지도 보지도 못했다. 그러나 이 통구이에서 풍기는 냄새는 더 참기 어려웠다. 이틀은커녕 일주일 동안 아무것도 먹고 싶지 않을 정도로 끔찍했다.

"아, 재단사. 아까 뭐라고 했지?"

W는 코를 쥐어짜듯 막았다. 그러나 식탁으로 고개를 돌리는 것만으로도 벅찼다.

"'저희의 길은 사장님과 다른 것인지'에 말, 말씀을……. 콜록, 콜록."

토퍼스 일행의 표정을 더 즐기려는 듯, 오스카는 대답에 뜸을 들였다. 코를 벌름거리며 상황을 한껏 만끽했다.

"흐음……."

오스카의 표정은 기괴했다. 그의 오른쪽 눈알은 정확히 W의 얼굴을, 다른 쪽은 꽃무지 통구이를 향했다.

"일단, 리그레서? 올-레디 사의 장애물은 아니야."

올-레디 사의 회장은 나이프를 통구이의 연약한 관절로 찔러 넣었다.

"처음에야 거슬리는 무뢰한이라 생각했네만, 그들도 적당히 구슬리면 우리 올-레디 사가 양복계의 정점에 오르는 데 쓰일 좋은 도구가 될 거라네."

통구이 안에 들어간 나이프 끝에서 귀에 거슬리는 소리가 났다.

"지금은 말이야, 재단사들이 신경 써야 할 것은 '옷' 그 자체가 아니라네. 피부와 맞닿아 있는 이 '옷'으로 어떻게 착장자, 나아가 군중들의 마음을 어찌 움직일 수 있느냐지. 나는 이 회사를 설립할 때부터 시종일관 그리 생각하고 있다네. 나와 함께 나아갈 사람들은 그런 거대한 것을 움직일 사람들이고……. 토퍼스 팀 자네들이 고수하는 고리타분한 양복 신념은 아주 오래전, 내 스스로 길바닥에 던져 놓았네. 그러니 이제 충분한 대답이 되었는가?"

***

안녕한가, W.

편지로 인사하는 건 처음이군.

이전에 말했던 대로 나는 정말 정신없이 바쁘게 지내고 있어. 이곳 저곳 파티에서 얼굴을 팔면서, 빅 슬립 때문에 생긴 기상천외한 보험 상품들, 예컨대 '고드름 상해 보험'이나 '얼은 식재료 보상 보험'과 같은 것들에 얽힌 일도 돕고 있다네. 왜 내가 자취를 감추었는지 궁금할 테지? 내가 없으니 순탄히 굴러갈 일들도 삐걱대곤 하지 않나? 빅 슬립에서 날 구해준 자네에게 늘 감사를 표하네. 지금 자네의 안부가 무척 궁금하기도 하고.

편지가 이상하게 길어졌군. 내 일평생 떠든 이야기 중 오늘 이야기가 가장 어려운 이야기일지도 모르니, 양해를 구하네. 자네를 처음 만났을 때부터 '고아에 독신'이라고 소개했던 것 기억하지? 그 이후론 내 가족에 대해 서로 이야기 한 적이 없었지. 그걸 지금 이야기하고자 하네. 그리고 이건 내가 자네 곁을 떠나 있는 이유와도 맞닿아 있어. 어느정도.

혹시 이번 라운드의 심사위원인 오스카를 따로 만났나? 웬만하면 만나지 말게. 그는 자네와 완전히 사고방식이 다른 사람이야. 야망 넘치는 영리한 파충류지. 내가 그에 대해 이리 경고하는 이유는, 다름 아닌 그가 내 대부이기 때문이라네. 정확히는 전前대부라 해야겠지.

내 부모님은 모종의 이유로 요절하시고, 당시 5살이던 날 넘겨 받은 게 비스포크 재단사로 지내던 시절의 오스카였다네. 당시 아버지는 오스카와 꽤 친했나봐. (정확한 이유는 모르네. 두 분이 어깨동무한 사진이 예전 내 방 서랍장 위에 있던 것으로 유추할 뿐이지.) 오스카는 영특한 날 아주 아꼈네. 내 꼬리 길이가 한 뼘 정도로 줄어들 때까지만 해도 말이지.

아마 그 무렵이었을 거야. 오스카가 완전히 변한 시점 말이네. 친인간파 의원인 섀클턴 경과 어울리기 시작하고, 경 주변의 부유한 인간들과 만나게 되었지. 지금은 와해된 비밀 친인간파 클럽, '빅 브레인즈'가 설립된 것도 그 시기였다네. 섀클턴 경이 그 클럽에 오스카를 소개한 덕에, 그 중 몇몇이 오스카에게 옷을 맞추는 대가랍시고 1만 파운드를 제시했어. 오스카에 대한 일종의 투자금인 셈이지, 한 벌에 10파운드도 겨우 받던 재단사가 그런 거액에, 또 그걸 굴리는 사람들에 둘러싸이다 보면 무슨 생각이 들겠나? 일개 비스포크 재단사가 시시하다고 느낄 법도 하지 않겠나?

"이제 이 오스카는 손님들에게 괄시나 당하는 재단사가 아니라 창창한 사업가의 길을 택하려 한다. 그리고 영특한 플랜시, 넌 이제 조수가 아니라 내 전속 비서가 되는 거다."

그가 말하더군. 뭐, 돈을 좇는다는 그의 생각이 납득되지 않는 것은 아니었지만, 비스포크 재단사로서의 오스카를 오랜 시간 존경해온 나로서는 그의 제안을 시원하게 거절할 수밖에 없었지. 그리고 혹시나 하는 마음에 그가 속하게 된 '빅 브레인즈'의 뒤를 캤어……. 흠, 이게 내 실수였네. 오스카를 걱정한 것 말이야! 어떻게 되었겠나? 오스카에게 들켰고, 부와 명성에 눈이 먼 그는 날 배신자로 낙인찍었지. 이후로는 서로 으르렁대기 바빴다네. 그렇지 않아도 비스포크 재단사로서 타성에 젖어있던 오스카는 정말 지독하게 까다로운 손님을 만나 완전히 돌아선 상태였다네. 끝내 그는 내게 작별을 고했어.

"내가 널 잘못 들인 게 틀림없다. 제 아비를 반만큼이라도 닮았으면 좋았으련만, 너도 내 과거로 둬야겠다. 다시는 내 눈앞에 나타나지 마라."

아, 그 때 나의 대답이 어리석었어. 시원하게 욕이라도 했어야 했는데, "당신은 변했어!"라는 어정쩡한 말을 했지 뭔가!

뭐, 이후로는 알다시피 우리는 남과 다름없이 지내왔다네. 주위 들은 바로는 새로운 양아들을 들였는데, 덩치 큰 두꺼비라고 하더군. 대체 왜 또 다른 양서류인지, 원. 나와 다르게 멍청하긴 하지만 순종적이라 일단 쓸 만한 모양이야.

아, 다시 최근으로 돌아오자면 무슨 불만인지는 모르겠지만 개회식에서 그와 눈을 마주쳤을 때 낯빛이 내가 어릴 때 자주 봤던 색으로 완전히 탁해지더군. (그는 화가 나면 얼굴이 어두운 색으로 변하는데, 평소에는 잘 드러내지 않으려고 한다네. 말했다시피 오스카는 지금과는 달리 심한 다혈질이었어.) 그 때부터 나는 어쩌면 내가 토퍼스 팀과 함께 있는 것만으로도 피해가 될 수도 있다는 생각이

들었지.

W, 나도 이 노친네가 편파적인 결정을 내리지는 않을까 하는 생각에 나름의 조치를 생각해 놓았어. 그러니 너무 걱정 말게. 나는 자네와 꽤 가까운 곳에서 문제없이 지내고 있다네. 혹여 나에게 연락할 일이 생기거든, 우리가 예전에 식사했던 '나탈리' 앞으로 편지를 보내주게. 발신자나 수신자는 적지 않아도 되네.

플랜시 보냄

"화도 내던 사람이 내야 잘 내지."

W는 중얼거리며 편지를 도로 접어 안주머니 깊숙이 찔러 넣었다. 한동안 그는 생각에 잠겼다. 과연 오스카가 단순히 플랜시의 존재만으로 토퍼스 팀에게 반감을 보이는 걸까? 아니면 복잡한 사연이 더 있는 건가?

그러기엔 공과 사를 확실히 구분하는 사람인 것 같은데. 공식 석상에서 늘 명민하고 이성적으로 보이던 오스카가, 최근 전혀 다른 사람처럼 느껴지는 것이 의아하게 느껴졌다.

***

오늘 3시 토퍼스 방문 예정.

몸 치수와 모자, 신발 사이즈 측정을 부탁하오.

- 네이선 포타모스

"이번 고객은 항상 뭔가 갑작스럽군. 뭐, 빠를수록 좋긴 하지만."

가게를 정리하고 헐레벌떡 토퍼스로 뛰어온 올리버가 투덜거렸다. 급한 와중에도 그는 세월의 흔적이 느껴지는 오래된 세르비에트(아코디언 모양으로 접히는 서류 가방) 안에 머리 크기와 모양을 측정하는 도구인 햇 콘포메타와 줄자 등을 빠짐없이 챙겨왔다.

"지난번 회의 때 골프 웨어 이야기를 했었지."

"그래, 그도 싫지 않은 눈치였어."

"제이콥은 아직인가?"

"좀 늦을 거라더군. 당장은 가게를 비울 수 없는 모양이야."

2시 45분 경, 차 한 대가 토퍼스 앞에 나타났다. 헌팅캡을 쓴 메이드 마야가 능숙한 솜씨로 토퍼스 옆 골목에 주차했다. 그녀는 차에 머물겠다며 기다렸고, 뒷좌석에 있던 네이선 씨만 커다란 가죽가방을 들고 가게 안으로 들어섰다.

"네이션 씨, 직접 찾아주셔서 감사합니다. 제이콥은 일이 있어 3시 반 즈음 도착한다는군요."

W가 정성스레 네이션 씨를 맞아들였다.

"흠."

네이션은 문밖에서 신발에 묻은 먼지를 툭툭 털더니 인사도 없이 응접 테이블에 자리를 잡았다. 그는 테이블 위에 가지런히 정돈된 옷감 샘플북 중 하나를 집어들었다. '토퍼스 양복점 취급 안감, 1816년부터'라는 문구가 가죽에 정성스레 새겨져 있었다.

"아, 그건 안감 샘플북입니다. 겉감 샘플은 바로 그 옆에 있습니다. 제이콥이 오기 전까지 한번 보시겠습니까?"

"안감을 먼저 고르고 싶소."

"그렇다면 카테고리의 뒤쪽의 별책을 봐주시면 됩니다."

안감부터 고르는 사람은 재단사로서 처음 보는 유형이었다. 보통 겉감을 고른 뒤 안감을 매칭하는 것이 일반적이었기에. 하지만 네이션은 피부에 닿는 부분을 더 중요하게 여기는 듯 했다. 한동안 양복점 안은 홍차를 홀짝이는 소리, 간식 접시가 옮겨지는 소리 그리고 종이와 원단을 넘기는 소리로만 채워졌다. 네이션은 샘플북의 페이지를 하나하나 만지며 꼼꼼히 살폈다. 그러던 중, 그의 손이 한 페이지에서 멈췄다.

"아, 오스카!"

네이션의 손가락 아래엔 '단종, 1891년부터 수급 안 됨'이라는 종이쪽지가 붙어 있었다. 그러나 네이션의 눈은 환히 빛났으며

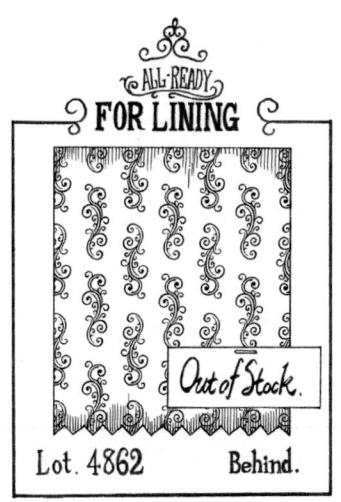

귀는 쉴 새 없이 팔락였다.

해당 안감은 천연 소재의 은은한 광택이 있는 것이 특징으로, 이름은 '올-레디 사의 베힌드'다. 거친 옷감이 주로 생산되는 런던 생산품치고 이렇게 부드럽고 내구성 좋은 안감을 내는 것은 흔치 않을뿐더러 가격도 나름 합리적인 편이었다.

"이 '올-레디 사의 베힌드' 말인가요? 단종된 원단입니다. 보시다시피 수급이 어려워 이걸로 제작하려면……. 꽤 노력이 필요할 겁니다. 불가능할 수도 있어요."

"흠……! 꼭 마음에 드는군. 내가 찾던 것이 바로 이거요."

"일단 알겠습니다. 차선으로 안감을 하나 더 골라주시겠습니까?"

"아니오, 이걸로 됐소."

"…… 그렇군요."

그는 다른 대안을 고려할 기색조차 없었다.

"그나저나, 방금 '오스카'라고 하셨는데. 이번 라운드의 심사위원님과 아는 사이십니까?"

"흠……."

네이선은 잠시 생각에 잠긴 듯했다.

"그렇소. 그는 내 옷을 맞춰주려고 한 적이 있소. 결과적으로는 실패했지만. 내가 당시 지금처럼 안감에 크게 신경을 썼는데, 오스카는 내가 원하는 안감을 찾겠다며 동분서주했지. 원단을 파는 데라면 어디든. 흠, 그렇게 열정적인 재단사는 본 적이 없었소."

5월 첫째 주, 제이콥의 회의록

장소: 토퍼스 양복점 | 참여자: 토퍼스 팀 전원, 네이선 포타모스

- 몸 치수 및 모자, 신발 사이즈 측정 완료.
- 진행 속도는 매우 순조로움.
- 모자는 컨트리 캡, 구두는 버튼 부츠. 전체적으로 골프/헌팅 슈트.
- 단종된 '베힌드'라는 안감을 무조건적으로 원하고 있음(베힌드는 가벼운 무자극 안감으로, 원체 흔치 않은 공법으로 제작되어 수지타산에 맞지 않아 빅 슬립 이후로 완전히 단종됨).

안감을 고른 네이선 씨가 떠난 자리에는 답답한 공기가 맴돌았다.

"옷 종류를 고르고 치수를 재는 일만큼은 일사천리로 끝났군."

올리버가 작은 한숨을 쉬었다.

"나와 올리버는 딱히 큰 문제는 없겠지만, W가 걱정이야. 네이선 씨가 저 안감이 아니면 안 된다 못을 박아뒀으니……."

제이콥이 덧붙였다.

"결국 올-레디 사를 한 번 더 찾아야 하는 걸까? 그 오스카라는 사내, 주름은 셀 수 없이 많아도 비집고 들어갈 틈은 전혀 없어 보이던데……."

올리버는 피곤하다는 듯이 말했다.

"그뿐만이 아냐." W가 천천히 입을 열었다. "그가 유독 우리에게만 감정적으로 구는 것 같더군. 나쁜 방향으로. 하지만 지금 달리 방법이 없잖나."

올리버와 제이콥은 지친 표정으로 고개를 떨궜다.

턱을 괴고 있던 W가 일어났다.

"일단 뭐라도 하는 수 밖에."

그는 상황이 순조롭지 않다는 내용을 담은 편지를 한 아이에게 동전과 함께 쥐어주며 '나탈리' 음식점 앞으로 보냈다. 그리고 오스카에겐 정식으로 약속시간을 잡고 싶다는 전보를 쳤다.

하지만 다음날 토퍼스로 돌아온 것은 단 두 글자, '거절'이었다. W는 다시 전보를 쳤다. 그러나 다음 날에 돌아온 것도 '거절'. 이후에도 사흘에 한번 꼴로 보내봤지만 돌아오는 것은 한결같았다.

***

"여기가 어디라고 나타난 거냐, 플랜시?"

오스카의 목소리가 사무실의 정적을 깨뜨렸다.

W가 나탈리로 보낸 편지가 도착한 다음 주, 플랜시는 올-레디 사와의 대면을 약속했다. 오스카는 편지에서 플랜시의 예명인 '마당발'을 확인하자마자 치를 떨었지만, 곧 표정을 가다듬었다. 두꺼비 비서에게 그는 담담히 말했다.

"어쩔 수 없지. 이놈은 내 약점을 많이 알고 있어."

그리곤 한때 양자였던 남자를 다시 사옥으로 맞이했다.

"오랜만에 뵙습니다, 오스카 회장님. 사업 번창하신 것 축하드릴 겸 사업 이야기를 좀 하러 왔습니다."

"허."

"회사가 몰라보게 커졌더군요. 이 블록의 거리의 절반을 먹을 줄 누가 알았답니까. 특히 이번 화이트 던 스타디움 건설을 무사히 마친 건 정말 놀라운 일이 아닙니까? 그 프로젝트가 얼마나 오래 걸렸는지 제가 누구보다 잘 아는데. 게다가 금수 의복 경연 대회까지. 이젠 면직업계에선 런던에서 감히 넘볼 수가 없는 위치로 가시는 것 같던데요."

플랜시는 쉴 새 없이 떠들더니 싱글거리며 웃었다. 여유를 보이려는 고도의 술수라 하기에 그는 정말이지 해맑게 웃고 있었기에, 이것을 본 오스카는 어쩐지 불쾌해졌다.

"본론은?"

"아이고, 여전히 성격이 급하십니다. 본론이 그렇게 궁금하다니, 저와 사적인 이야기는 하고 싶지 않으신가요? 저와 꽤 가까운 사이지 않았습니까."

오스카는 묵묵부답이었다. 플랜시는 어깨를 으쓱하더니 들고 있던 차를 단숨에 들이켰다.

"실례, 차에 독을 타진 않으셨네! 이렇게 저를 환대해주시다니 감동입니다."

오스카의 표정은 점차 석상처럼 굳어졌다.

"제가 온 이유는 간단합니다. 이 마당발의 정보망에 의하면, 경연 모델 선정 과정에서 조금 이상한 점이 발견됐거든요. 대부님께서 경연 대회에 힘을 좀 과하게 쓰시는 것 같단 말입니다."

"금시초문이군."

플랜시가 본론을 말하자 되려 오스카의 표정이 누그러졌다. 사업이라면 익숙한 오스카는 오히려 이편이 나았다.

"참, 농담도. 제가 확증이 없으면 움직이지 않는 것 잘 아시지 않습니까. 잘렌 스파니엘, 어쩌면 네이션 포타모스 씨도. 후자는 심증만 있지만 전자는 물증도 가지고 있으니 발뺌은 마시죠.

뭐, 파필드 팀에 잘 보이고 싶었던 거겠죠. 이해합니다. 백 번도 이해할 수 있죠! 리처드의 아버지뿐 아니라 해머, 볼트 모두 대단한 정치계 부모를 두었으니까요. 그 긴 혀를 너무 낼름거리는 것이 아닌가 싶습니다. 대부님."

플랜시는 들고 온 서류 가방 안에 있는 종이 뭉치들을 꺼내 흔들어 보였다. 잠시 플랜시의 손에 머물던 오스카의 왼쪽 동공은 곧 정면으로 돌아왔다.

"날 대부라 부르는 건 삼가게. 원하는 게 뭐야. 이 되도 않는 종이쪼가리를 가지고 올-레디 사를 상대로 협박이라도 하겠다는 거냐?"

"역시 잘 아시는군요. 제가 원하는 게 있다는 걸요. 제가 원하는 건 단종된 올-레디 사의 '베힌드' 5야드입니다. 더 넉넉히 주시면 좋고요."

"네가 지금 네 입으로 말하지 않았나? 단종됐다고."

"마련해 주셔야죠."

"그러기엔 네가 준비한 카드가 별 볼일 없구나, 플랜시."

오스카가 슬며시 웃었다. 굳어있던 말투도 점차 누그러졌다. 플랜시는 알고 있다. 이는 자신이 우위에 있다는 것을 직감했을

때 나오는 오스카의 오랜 버릇이다.

"뭐가 널 이렇게 만든 거지? 그 인간 재단사 말이야. 그에게 저당 잡힌 것이라도 있나?"

"은인입니다. 제가 보기엔 회장님이 더 안달복달하는 것 같습니다. 왜 그리 토퍼스 팀을 못 잡아먹어서 안달이죠?"

"…… 말싸움은 이쯤에서 끝내고 네 형편없는 카드에 내가 조건을 추가로 걸어줄 테니 거래나 이어서 하지. '베힌드', 내 기억으로 본관에 샘플로 두 롤 정도는 남겨두었으니 5야드는 충분히 줄 수 있다."

플랜시는 어깨를 으쓱였다.

"조건은 두 가지야, 플랜시. 이 조건을 지키지 못하면 넌 지금 하는 한심한 브로커 짓은 그만두고 내 비서로 일하는 거다. 평생, 무보수로."

***

네이선 씨는 유난히 토퍼스를 자주 찾았다. 체상기억능력 덕에 특별히 가봉 단계에서 수정을 거의 하지 않던 W였지만, 이번만큼은 달랐다. 네이선은 변덕을 부리기 일쑤여서 가봉 상태에서만 보름 동안 수정을 반복해야 했다. 그뿐 아니라 W는 새벽부터 직물 공장, 양복점, 심지어 원료를 생산하는 펄프 공장까지 돌아다니며 베힌드 안감을 찾아다녔다. 서툰 이탈리아어를 써가며 밀라노의 양복점에도 몇 통이나 편지를 보냈지만, 실망스러운 내용뿐이었다.

네이선 씨도, 올-레디 사도 끊임없이 설득해봤지만 소용없었다. 런던이 이리도 가혹해 보이는 것은 처음이다. W는 주중에 양복점에서 바느질을 하다가 삐끗대기라도 하면 자신의 손을 원망하며 그렇게 보름 정도를 보냈다. 오늘 역시 두 곳의 양복점을 방문하고, 편지를 대여섯 통이나 보내고 나서야 겨우 몸을 집으로 옮길 수 있었다. 집을 향하던 그는 문득 값싼 와인을 사들고 제이콥의 워커웨이로 방향을 틀었다.

"쉽지 않군. 올-레디 사도, 네이선 씨도."

제이콥은 구두 밑창을 뜯고 수선 중이었다. 작업대 위에는 뜯어내다 만 신발이 올라가 있었다.

"그러게 말이야. 나도 엊그제께 네이선 씨에게 한소리 들었다네. 프랑스에서 맞춘 신발과 똑같이 해달라는 요구 때문에 한바탕 실랑이가 벌어졌거든. 그런데 자네, 잠은 자는 거지?"

W는 고개를 끄덕이며 주머니에서 와인 오프너를 꺼내 와인 뚜껑을 땄다.

"이봐, 언제부터 술꾼이 된 거야?"

"이건 값싼 와인이야. 잔 따윈 사치라네."

"무슨 말을 그렇게 하나! 어이, 찰리. 오늘 아침에 사 온 스콘과 사탕 좀 가지고 와봐."

"남은 게 어디 있어. 다 형 입으로 들어갔잖아!"

"그럴 리가. 내가 직접 찾아볼 테니, W 자네는 그거 마시지 말고 기다리게."

W는 무거운 눈꺼풀을 반쯤 내리고서 우두커니 스툴에 앉았다. 항상 혼자 작업하는 자신과 올리버와 달리, 제이콥의 워커웨이는 가족들이 함께 지내는 공간이라는 점을 새삼 느꼈다. 오늘처럼 지친 주말 저녁에 W는 괜한 부러움을 느꼈다.

떠들썩한 부엌을 뒤로 하고 제이콥이 간식과 잔을 들고 왔다. 작지만 멋진 한 상이 차려졌다. 새벽부터 바싹 긴장했던 W의 몸이 조금씩 풀리는 것을 느꼈다.

"······ 제이콥, 오스카가 한 말이 계속 마음에 걸리네."

"음, '길바닥에 던져졌다는 양복 신념' 말이지? 꽤 신경 쓰는 눈치더군."

"그에게 엄청난 대우를 바랐던 것도 아니고, 나와 결이 크게 다른 사람이라는 것도 알고 있다만, 재단사로 시작해 성공한 그를 늘 존경해왔거든. 그런데 이제 와서 내가 뭘 잘못하고 있는 것은 아닌지 의심이 든다네. 오스카가 나뿐 아니라 자네와 올리버까지 그런 취급을 하니 마음이 쉬이 진정되지 않아."

W가 와인을 몇 모금 넘겼다.

"대체 올-레디 사의 베힌드는 어디서 구할 수 있는 거지? 그리고 플랜시, 이 친구는 대체 어딜 간 거야······."

W의 목소리가 조금 떨렸다.

"하하, 고민을 들어주는 쪽은 항상 W 자네였는데, 이번에는 내가 들어주는 차례로군. 기분이 묘하네. 첫 라운드의 부담이 그렇게나 심한가? 집중이 잘 안 되는 것은 나도 마찬가지지만 자네의 어깨가 유독 무거워 보이는군.'

제이콥의 말에 W는 천천히 고개를 떨궜다. 와인 잔 안에 담겨 있던 달빛이 W의 움직임과 함께 흩어졌다.

"W, 그런데 아무리 생각해도 자네가 좌절할 만한 일인지 잘 모르겠네. 인정받지 못하고, 미움받고, 멸시받는 것을 두려워할 게 아니라, 만족스럽지 못한 오늘 밤이 우리의 유일한 두려움이지 않나. 나는 망치를, 자네는 바늘과 실을 들고 우리 방식대로 오늘을 마무리 지을 뿐이지."

제이콥의 말에 W는 와인 잔을 다시 들어올렸다. 미적지근한 붉은 액체가 식도로 넘어가고, 흐트러진 안경을 고쳐 쓰고 나서야 W는 작은 심호흡을 할 수 있었다. 오늘따라 제이콥이 준비한 디저트가 유달리 달고 맛있어서, W는 제이콥과 함께 그릇을 깨끗하게 비웠다.

W는 이튿날 네이션을 전보로 호출했다. 아니나 다를까 답장은 금세 도착했다. 방문 시간은 저녁 7시. 아무래도 베힌드 안감에 더 이상 기대를 걸 수 없기에, 그는 옷을 완성하기 위해서라도 대안을 설득해야 했다.

'똑똑.'

문이 열리고 네이션 씨가 모습을 드러냈다. 문이 채 닫히기도

전에 W는 애써 준비했던 말을 쏟아냈다.

"네이선 씨. 더 이상 올-레디 사의 베힌드를 구하는 건 불가능합니다. 제가 공장 십여 곳, 이 안감을 취급했을 양복점 서른 곳, 심지어는 이탈리아와 프랑스까지 편지를 보냈습니다. 모두 헛수고였습니다. 완전히 단종된 안감이에요. 안감의 소재가 얼마나 중요한지는 재단사인 저도 잘 알고 있기에 한 행동입니다. 하지만 안감 하나 때문에 옷을 완성하지 못한다는 것은 재단사로서 도저히 용납할 수 없습니다. 부디 차선으로 다른 안감 하나만 선택해 주십시오. 원하시는 베힌드만큼은 아닐지 몰라도, 그에 걸맞는 정도의 완벽한 한 벌을 맞추어 드릴 자신 있습니다."

W의 눈밑은 이미 피곤에 찌들어 검게 물들었지만, 그의 눈빛만큼은 안경 너머로 열기가 전해질 정도로 뜨겁게 타고 있었다.

"흠."

네이선은 깊은 콧김을 내쉬었다. 그 바람에 테이블 위에 잔뜩 쌓여있던 패턴을 스케치한 종이와 줄자가 벽까지 날아가 부딪혔다. 그는 W의 얼굴을 가만히 응시했다. 피곤해 보이는 이 남자의 행색을 하나하나 찬찬히 살피려는 듯이.

"내 지금과 비슷한 일을 하나 얘기해주겠소. 예전에 오스카가 비스포크 재단사를 포기하기 전, 마지막으로 받은 의뢰가 바로 내 양복 한 벌이었소. 내 예민한 피부로 오랜 고초를 겪었다는 것은 이전에 얘기했었지. 주문이 지연된 지 한 달이 다 되어갈 때즈음, 나는 그를 직접 찾아갔소. 그의 열정에 감복해 '다른 안감을 골라보겠다' 말할 참이었지. 그런데 내가 그의 양복점 문 앞에서 들은 말이 뭔지 아시오?"

네이선은 잠시 말을 멈췄다. 그의 콧김소리조차 없는 무거운 침묵이 흘렀다.

"'물뚱뚱이'라는 말이었소."

그는 낮게 웃었다.

"…… 내가 스무 살 적, 그러니까 첫 사교 시즌 무도회에 갔을 때 누군가 내게 붙인 별명이오. 그때 난 모두의 웃음거리가 되었지. 이후 난 사교 목적의 그 어떤 연회도 가지 않게 되었지. 사람을 만나는 것도, 연미복을 입는 것조차도 두려웠소. 그런 내게 오스카가 이를 극복할 수 있도록 도와주겠다고 했소. 그러나 내가 그의 양복점에 간 날, 그는 혼잣말로 중얼거리더군…….

나는 실망이 너무 커서 그 길로 의뢰를 취소하고 비용을 전액 지불했소. 그렇게 오스카에게 내 의뢰는 재단사로서 첫 실패한 의뢰이자 마지막 의뢰가 되었지. 이후 그는 재단사를 그만두고 사업가의 길을 택했지.”

네이선은 숨을 한번 고르고, 다시 말을 이었다.

"이 베힌드라는 안감은 내가 보기엔, 오스카가 자신의 실패를 인정하지 못해 만든 작품같소. 8년 전 올-레디 사가 막 상장했을 때, 〈전서구일보〉에 이런 제목의 작은 기사가 났소. '준비된 업체, 올-레디. 척박한 런던에서 깃털과 같은 옷감 개발!' 토씨 하나 안 틀리고 똑똑히 기억하오.”

W가 멈칫했다. 그 또한 그 기사를 접한 기억이 있다.

"난 베힌드를 재단사 당신의 샘플북에서 처음 만져본다오. 그때는 전혀 몰랐는데, 만져보니 비로소 알겠더군. 이 안감은 실패를 극복하고자 한 오스카만의 방식이었다는 것을. 그도 만만치 않게 고집스런 남자였다는 것을 말이오.

나도 어떻게든 옷에 대한 두려움을 극복하고 싶소. 흠, 그래서 경연 대회에 지원했고, 우연히도 뽑혀서 토퍼스 팀과 만나게 된 것이오. 처음엔 내가 완전히 꽉 막힌 하마였던 것을 인정하오. 당신도 그와 같은 재단사일 것이라 생각하며 그다지 신뢰하지 않았지. 그리고 내 고집을 어떻게든 밀고 나가고 싶었소.

하지만 당신은 달랐소. 끝까지 날 진심으로 생각하더군. 날 그저 악성 의뢰인이 아닌 네이선 포타모스로서 대해주었소. 그래서 난 당신을 믿고 싶소.”

W는 그의 말을 가만히 들으며 고개를 끄덕였다.

"감사합니다, 네이선 씨."

W와 네이선, 두 얼굴에 모두 화색이 돌았다.

"아니, W. 그래서 결국 베힌드를 포기를 하지 않겠다는 건가?"
"그렇다네."
"이 고집불통 재단사 같으니라고! 대체 무슨 수로 해결하겠다는 건가?"

올리버가 테이블을 내리치며 물었다. 그의 뻣뻣해진 수염은 마치 피뢰침 같았다.

"방법이 없는 건 아니잖나. 올-레디 사에 또 직접 찾아가서……."

"그래, 그러다 그 덩치 큰 두꺼비에게 흠씬 두들겨 맞아 코뼈라도 부러지지 않으면."

"그리고 이탈리아의 비엘라 면직 공장에서 뭔가 알아보겠다고 회신이 왔어. 그리고 서레이의 오래된 양복점에서도 예전에 사용한 적이 있다는 답신이……."

"이탈리아라면 심사가 끝날 때 즈음에나 원단이 도착하면 다행이겠군."

올리버가 말끝을 날카롭게 쏘아붙였다.

"일단 올-레디 사에 가겠다는 통보식 전보를 하나 쳐야겠어."
"W, 제발. 지금 시간이 얼마나 촉박한지 알잖나. 안감 없는 옷으로 심사를 받으면 탈락은 불 보듯 뻔한데, 그걸로 괜찮겠어?"

"지금 가장 중요한 건 네이션 씨의 옷 한 벌이야. 적어도 난 모두 각오하고 있어. 단종됐다 해도, 어딘가에 남은 옷감 롤이 하나라도 있지 않겠는가? 혹은 빅 슬립이 약해진 추세를 타 공장을 재가동을 하게 되면 베힌드를 수급하는 것은 그저 시간이 해결해 줄 문제라는 생각이네. 방법이 없다 보진 않아."

"……."

올리버는 결국 두 손을 들고 의자에 털썩 몸을 맡겼다. 곧 "끈질기다"는 말을 시작으로 궁시렁대기 시작했다.

"나도 사실 이번에 제작할 모자가 소프트 햇이라 그 안감으로 베힌드를 써야 해. 한 사분의 일 야드 정도. 아무래도 자네가 만들 옷 안감과 맞추는 게 가장 좋은 선택지니까……. 휴, 그뿐인가. 네이션 씨가 최근 내 가게로 찾아 와서 챙의 길이를 32등분 자로 줄이고 늘이는 정성을 보여주었네."

바느질하던 W의 입꼬리가 슬며시 올라갔다.

"그럼 난 가보겠네. 머리를 좀 식히고 나서 작업을 해야겠어."

올리버가 모자를 고쳐 쓰고 문을 향해 걸어갔다.

쾅, 누군가 문을 아주 경박스럽게 열어제꼈다. 개구리 플랜시였다.

"조심 좀 하게나!"

올리버의 투덜거림에 플랜시가 모자를 슥 들어올렸다가 다시 눌러 썼다.

"…… 난 가네."

나가려는 올리버의 어깨를 플랜시가 붙잡았다.

"올리버, 가지 말게! 할 이야기가 있어! 자네와 W, 토퍼스 팀 모두에게 말이야. 제이콥에겐 나중에 따로 전해주게. 아, 입이 근질거려서 앓아누울 지경이었네!"

플랜시는 오스카 특유의 말투를 따라하며 상황극을 시작했다.

"조건은 두 가지야, 플랜시.

첫째, 안감은 심사가 시작되기 일주일 전에 보내겠다. 그 때까지 플랜시 너는 W에게 옷감을 구했다느니 하는 얘기를 일절 해선 안 되며, 만나서도 안 된다. 그리고 옷감을 전해주고 난 뒤론 이 경연 대회에서 손을 완전히 떼도록 해.

둘째, 경연 대회 1라운드에서 토퍼스 팀이 2등 안에 드는 것이다."

"파필드 팀, 아니 잘렌 스파니엘의 1등을 장담이라도 하시는 모양입니다."

"자신이 없는 게냐?"

"전혀, 베힌드 안감 5야드에 1등으로 하시죠."

"건방진 녀석! 신문이라도 좀 읽었으면, 네가 인간 재단사 옆에 붙어있는 것 자체가 얼마나 큰 도박인지 모르는 게냐?"

"이제 와서 걱정이라도 해주시는 건가요? 받아들이는 걸로 알겠습니다, 오스카 회장님."

"아무 말 않고 턱만 괴고 있는 오스카 앞에 W, 자네의 명함을 탁 내려놓고 나왔지. 방 밖으로 나오니 덩치 큰 두꺼비 하나가 엿듣고 있었는지 놀란 표정으로 서 있더군. '네가 내 대신이라니, 수고가 많다' 하고 토닥여줬지. 아무튼 그렇게 제가 그 귀한, 단종된 베힌드를 5야드나 가지고 왔다는 이야기입니다!"

"상한 와인이라도 마셨나? 아니면 이제 완전히 돌아버린 거야? 1등이라니! 베힌드를 2주 전에 가져왔어도 모자랄 마당에!"

올리버의 윽박에도 플랜시는 싱글싱글 웃는 얼굴로 태연하게 대답했다.

"난 자네들을 믿은 게 아니라, 내가 지금 입고 있는 이 양복을 믿은 것뿐이야. 난 전 대부님과 한 말이 있어서 여기까지. 멋진 결과를 기대하겠네."

플랜시는 턴업이 들어간 바지를 여유롭게 쭉쭉 뻗으며 토퍼스를 걸어나갔다.

"후, 저 개구리 녀석이 활개치는 걸 보니 봄이 제대로 오긴 왔나 보군."

올리버는 한숨을 쉬었다.

"훌륭해."

W는 테이블 위에 올려진 원단을 매만지며 경탄을 금치 못했다.

"정말 좋은 원단이야. 런던에서는 다시는 볼 수 없을 정도의 정밀한 직조 기술이군. 네이선 씨의 안목은 확실해. 덕분에 오래전부터 써보고 싶었던 안감을 얻는 행운을 얻었잖나."

올리버는 W를 보며 고개를 절레절레 저었다.

"그래, 1등할 자신은 있나보군."

"물론이지."

"……그래, 한시가 급하니 바로 작업을 시작하지. W, 지금 당장 플랜시가 가지고 온 원단에서 내 몫을 가지고 가겠네."

화이트 던 스타디움, 〈금수 의복 경연 대회〉와 함께 치르는 이색 완공식

빅 슬립으로 한바탕 곤욕을 치른 스타디움의 건립이 마침내 완료되었다. '실용성 VS. 예술성'이라는 상반된 견해의 두 유명 건축가의 대립으로 인해, 당초 7년으로 예상했던 건축 기간이 무려 10년으로 연장되었다. 이 경기장의 큰 지분을 차지하는 올-레디 사의 회장, 오스카 고든은 "경연의 1라운드를 이 화려한 건축물의 완공식과 함께 진행할 수 있어 영광"이라는 입장을 밝혔다.

4층 규모의 이 건물은 동서남북으로 총 4개의 문을 갖추고 있다. 그러나 대중들이 사용할 수 있는 문은 남문뿐이며 북문은 선수들이나 귀빈만이 드나들 수 있는 전용 공간으로 설계되었다. 폐쇄적인 입구와는 대조적으로 남문으로 들어온 관람객들은 개방된 테라스에서 경기를 관람할 수 있는 독특한 구조를 자랑한다.

올-레디 사의 VIP와 경연 대회 관계자들로 귀빈석은 일찍이 티켓이 품절되었다는 소식이 들려왔다. 이런 사치스런 경기장에 대한 소식은 비판적인 여론을 몰고 오기 충분했지만, 어째서인지 호평일색이었다. 심

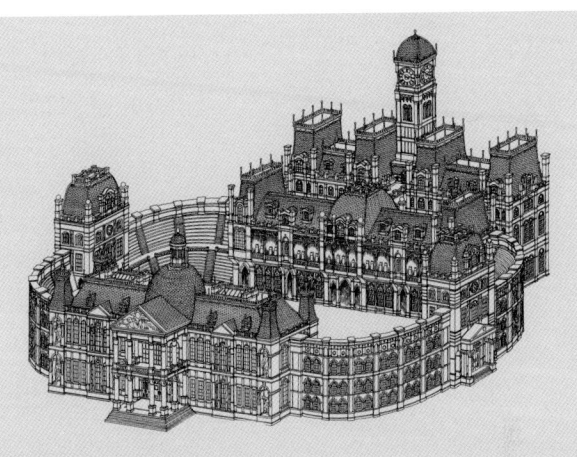

지어 리그래서의 간부 중 하나는 〈플리데일리〉에 '화이트 던 스타디움은 신체적으로 우월한 동물의 모습을 보여줄 수 있는 최적의 장소'라는 저널을 싣기까지 했다. 올—레디 사의 회장은 이번에도 시류를 잘 탄 것이 틀림없다.

한편, 토퍼스 팀은 경기가 치러지는 마지막 날까지 작업을 마무리 짓느라 숨 돌릴 틈도 없었다. W와 제이콥, 올리버는 그날 아침 짧은 회의를 마친 뒤 각자의 작업실로 돌아갔다. 회의에서 나온 결론은 단 두 문장.

'우리의 바느질과 망치질이 헛될 리 없으니, 마지막까지 최선을 다할 뿐. 심사가 어떻든 나머지는 임기응변으로.'

그리고 이들이 내린 결론은 어찌저찌 맞아 떨어졌다.

'화이트 던 스타디움'은 신문에 올라온 사진에서 본 것과는 비교도 되지 않을 정도로 웅장했다. 건물 한 층 높이만큼 솟은 조각상과 외벽을 가득 채운 아치형의 창문은 압도감을 선사했다.

'옷에만 집중하길 잘했어. 이런 경기장이라면 무슨 말을 준비했어도 소용없었겠군.'

토퍼스 팀은 속으로 그렇게 생각했다. 경기장의 웅장함에 감탄하기도 잠시, 안내에 혼선이 있었는지 그들은 VIP가 아닌 일반 관객을 위한 남문을 통과해 대기실로 가야했다. 겨우 티켓 부스를 지나칠 때조차 관객들 속에서 허우적거려야 했다. 안내를 돕는 아카데미 학생의 설명은 거대한 경기장에서 한데 뭉쳐진 관객들의 웅웅거리는 소리에 묻혀 들리지도 않았다.

토퍼스 팀을 마지막으로 경연 참가팀이 경기장에 모두 모이자, '쾅, 콰앙' 하는 요란한 소리와 함께 사면의 문에서 축포가 터져 나왔다. 각 팀은 무대를 중심으로 일정한 간격으로 둘러 세워져 있는 깃발의 아래로 가 섰다. 사회자인 뮤토가 무대 한가운데로 성큼성큼 걸어 나왔다. 그는 A-패션 아카데미 배지가 붙은 트림 블레이저를 입고 양팔을 벌려 한 바퀴를 빙글 돌았다.

"아, 이 열기! 굳어있는 제 몸 구석구석 피가 다시 도는 기분입니다!"

그는 마이크가 터져나가도록 소리 질렀다.

"금수 의복 경연 대회의 첫 번째 라운드, 바로 시작합니다!"

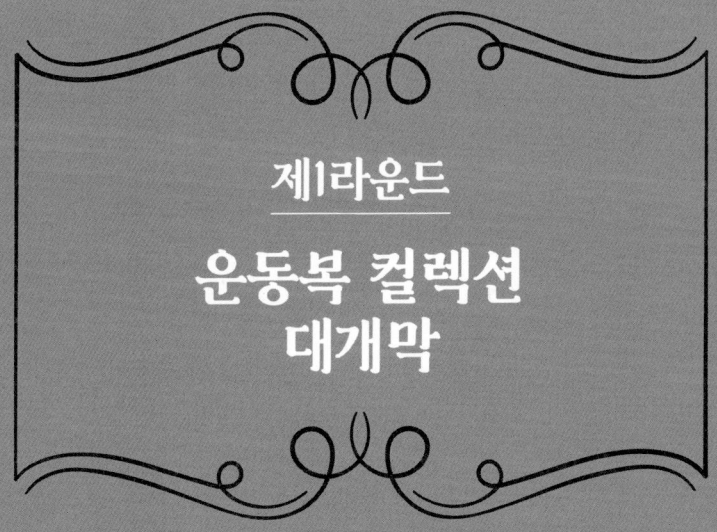

웹앤퍼

경기장의 서문에서 자동차 한 대가 들어왔다. 위가 훤히 열려 있는 자동차였다.

"웹앤퍼의 모델, 모이시스 포스테리 씨입니다!"

포스테리 씨는 능숙하게 경기장을 넓게 한 바퀴 돌며 시선을 끌더니, 무대 앞에 멈춰섰다. 그리고 천천히 차에서 내려 계단을 올랐다. 그의 보폭이 워낙 짧아 무대의 중앙까지 걸어오는 데 상당한 시간이 걸렸다. 관객들이 박수를 치다가 지쳤는지 그 소리가 잠시 잦아들었다가, 모이시스가 무대 끝에 섰을 때 다시 박수 소리가 커졌다. 그가 배를 내밀고 당당히 서 있는 모습이 꽤 귀엽게 보였기 때문이다.

"카 코트군요! 모델과 아주 잘 어울리는 디자인입니다. 각반이 코트 아래로 살짝 보이는 것이 포인트가 되어 아주 좋은데요."

뮤토는 모이시스의 앙증맞은 움직임에 눈을 떼지 못하며 칭찬을 이어갔다.

포스테리 씨의 깃털은 흑백의 대비를 이루며, 윈도우 페인 체

크 패턴의 코트와 자연스럽게 어우러졌다.

"저는 보시다시피 빠르게 걷지 못해서 스피드를 즐길 수 있는 자동차 경주를 취미로 삼고 있습니다. 빠른 속도로 경주를 즐기다 보면, 바람을 필연적으로 많이 맞을 수밖에 없죠. 그래서 제 체형에 맞는 근사한 카 코트를 하나 제작해 주시면 좋겠습니다."

웹앤퍼의 재단사 터너는 그의 체형에 맞는 패턴을 제작하는 데 큰 어려움이 없었다. 얼굴이 자신보다 훨씬 작은 점을 제외하면, 전체적인 체형은 놀랍게도 자신과 비슷했기 때문이다. 하지만 이번 의상에서 가장 큰 찬사를 받을 사람은 터너도, 각반으로 포인트를 준 슈메이커 라프트도 아니었다. 그 영광은 바로 햇메이커 하버에게 돌아갔다. 하버는 바람을 맞는 상황을 고려해 모이시스의 둥근 머리와 기름 코팅된 깃털에 딱 맞는 모자를 제작했다. 챙의 곡선과 땀받이 처리까지 완벽하게 설계해, 어떠한 바람에도 모자가 벗겨지지 않도록 했다.

포스테리 씨는 무대를 내려갈 때도 끝까지 배를 내밀며 당당하고 뒤뚱거리는 걸음으로 관객들의 박수를 받았다. 서문으로 돌아갈 때는 자신이 카레이서임을 자랑이라도 하듯, 검은 매연을 뿜으며 순식간에 경기장을 빠져나갔다.

- 모자

  양옆에 가죽을 덧댄 헌팅캡이다. 패브릭 소재는 코트의 겉감과 통일. 챙 부분은 윤이 나게 칠한 나무 소재를 사용하였다.

- **옷**

  차 지붕과 창문이 없어 그대로 내부로 바람이 들어오기 때문에 방한복은 필수. 기장이 길고 목 부분을 완전히 감싸는 디자인. 보온성을 극대화하기 위해 트위드 원단의 윈도우 페인 체크 패턴을 적용했다. 겉감은 비바람을 막기에 적합한 거친 소재를 사용했으며, 더블 브레스티드 디자인으로 옷감이 여러 겹 겹쳐져 체온 유지에 효과적이다. 칼라 부분은 높고 빳빳하게 제작되어 목을 완벽히 감쌌지만, 다소 지나친 설계로 인해 포스테리 씨는 '목이 불편하다'는 불평을 남기기도 했다. 착장자의 체형에 맞춘 세심한 설계도 눈에 띈다. 허리 라인을 강조하기보다는 밑단으로 갈수록 약간 퍼지는 형태를 채택해 활동성을 높였으며, 이는 카레이서의 역동적인 움직임을 효과적으로 돕는다.

- **각반**

  펭귄 발의 독특한 형태를 고려해, 맞춤 디자인으로 제작된 이 각반은 방한 기능과 편안함을 동시에 만족시켰다.

파필드

"와아아!"

이번에는 관객들의 탄성이 꽤 일찍 터져나왔다. 아카데미 학생들이 블레이저를 입고 3열 종대로 서문에서 걸어 나왔다. 그 중심에는 잘렌 스파니엘 씨가 있었다. 그는 회색의 블레이저와 회색 헌팅캡을 쓰고 있는 학생들과 다르게 흰 보터 햇에 흰 니트 스웨터로 햇빛을 반사하며 완전한 주인공으로 등장했다. 무대 계단 앞에 멈춰 선 잘렌은 한 학생에게 라켓을 건네받았다. 그는 라켓을 크게 한 바퀴 돌리더니 어깨 위로 가볍게 올렸다. 그리고 중앙 무대에 우뚝 선 그는 모자를 벗어 머리를 한번 좌우로 가볍게 털었다. 흰 모자보다도 찬란하게 빛나는 그의 풍성한 검은 털이 햇빛 아래 환히 빛났다.

특히 경기장 북동쪽의 앞줄 좌석에는 '멋쟁이 갈기털 클럽'이라는 현수막을 든 무리가 "잘렌! 잘렌!"을 외치며 열성적인 환호를 보냈다.

"뭐야, 이건 완전히 잘렌 스파니엘의 데뷔 무대잖아."

올리버가 어처구니가 없는 듯 중얼거렸다.

파필드 팀 내의 회의는 예견되었다시피, 순조로웠다. 재단사이자 팀의 리더인 리처드의 호탕한 성격은 둘째요, 잘렌과 각별한 사이였던 해머가 그를 너무나 잘 알고 있었기 때문이다. 회의 전, 해머는 리처드에게 이렇게 속삭였더랬다.

"잘렌은 자기가 원하는 것만 들어주면 그다음엔 군말 없이 따라. 그러니까 요구 조건만 정확히 맞춰주자고."

유일한 고민은 어떤 스포츠를 선택할지였다. 잘렌은 어릴 때부터 크로케, 펜싱, 사이클링, 당구, 테니스 등 해보지 않은 스포츠가 없을 정도였으니 말이다. 결국 가장 최근에 시작한 스포츠인 테니스로 결정됐다.

"필요한 게 따로 있으신가요?"라는 올-레디 사의 전언이 도착했을 때, 잘렌 스파니엘은 태연히 답했다.

"라켓 하나와 그걸 건네줄 학생만 있으면 됩니다."

그의 자신만만한 태도는 무대 위로부터 관객석까지 고스란히 전달되었다. 동그랗고 반짝이는 검은 눈은 흔들림 없이 여유로웠다.

- **모자**

    파나마 보터 햇. 보터 햇과 생김새는 같지만 파나마 햇을 만들 때 쓰는 소재를 사용해 통기성이 우수하다. 리본은 남색 바탕에 세 줄의 노란색 가로 스트라이프를 더해, 퍼블릭 스쿨 보트 클럽 제복을 연상시키는 장식으로, 젠틀한 품위를 더한다.

- **옷**

흡수성이 좋은 면 혼방 소재의 백색 바지와 셔츠 그리고 짙은 남색으로 포인트를 준 케이블 패턴의 백색 스웨터로 전형적인 테니스 슈트 세트다. 물론 위에 걸치는 가늘고 옅은 파란색 스트라이프 패턴이 들어간 남색 블레이저도 만들었지만 모델의 고집으로 블레이저 없이 스테이지에 섰다.

활동성을 생각하면 스웨터의 두께를 얇은 것이 좋겠지만, 역시 모델인 잘렌의 취향을 적극 반영되어 두께감 있는 케이블 패턴의 스웨터로 결정되었다. 스웨터의 패턴은 리처드가 디자인한 것으로 알려졌지만, 그의 솜씨 좋은 안주인이 스웨터를 짜 주었을지 모른다는 뒷 이야기가 어렴풋이 들려온다.

- **구두**

클래식한 옥스포드 스타일로, 구두코 장식을 플레인 토로 디자인하여 캐주얼하면서도 고급스러운 느낌을 동시에 살렸다. 테니스 복장에는 보통 캔버스 소재의 고무 밑창 신발이 더 보편적이지만 모델인 잘렌의 취향을 반영해 진갈색 구두로 특별히 제작되었다. 이 선택은 클래식한 매력을 의상 전반에 더했다.

데니스

 이번에는 서쪽에서 얇고 긴 나팔 소리가 울려 퍼졌다. 이끼도롱뇽 여섯 마리가 바퀴 달린 커다란 욕조를 힘껏 끌며 등장했다. 욕조 안에는 작은 요트가 있었고, 그 요트 안에는 데니스 팀의 모델, 브로디 키토 씨가 앉아 있었다.
 "오! 데니스 팀이 준비한 것은 보팅 슈트네요!"
 둥둥거리는 낮은 타악기 소리에 맞춰 이끼도롱뇽들이 욕조를 천천히 끌고 갔다. 그들은 붉은 줄무늬가 들어간 블레이저를 맞춰 입어 마치 퍼레이드의 일원처럼 보였다.
 "저런 것까지 준비했다고?"
 올리버가 어이없다는 듯 중얼거렸다. 사실 토퍼스 팀은 저런 장치나 연출 같은 화려한 준비가 전혀 없었다.
 "일주일 전에 안감도 겨우 받았는데 우리가 뭘 어쩌겠나."
 제이콥이 팔짱을 낀 채 담담히 지켜보았다.
 키토 씨가 요트에서 내렸다. 그가 입은 옷은 조정 경기에서나 볼 수 있을 법한 화려한 블레이저였다. 작은 체구의 키토 씨에게

맞춰져있었지만, 넓은 경기장의 모든 관객이 쉽게 알아볼 수 있을 만큼 눈에 띄었다.

"아, 이런 옷이라면 당장이라도 교외로 나가 뱃놀이를 즐겨도 좋겠는데요. 전체적으로 어두운 피부 톤에 어울리도록 원색에서 톤을 살짝 다운시킨 색 조합이 아주 인상적입니다."

사실 키토 씨는 본래 내성적인 성격이었다. 데니스 팀의 회의에 참여했을 때도 능글맞은 여우 재단사 에릭에게 끌려다니듯 의상이 제작되었다. 하지만 덕분에 진행은 빠르게 되었고, 슈메이커 휴즈의 개인 요트를 빌려 퍼포먼스를 기획할 여유까지 있었다.

'너무 튀지 않는 옷이라 그나마 다행이야.'

얇은 지팡이를 짚으며 무대 위를 걷던 브로디 키토 씨는 속으로 생각했다. 하지만 그는 제작 과정 내내 "네"와 "잘 부탁합니다" 외에는 말을 거의 하지 않았기에, 이 옷에 그의 의견이 반영되었다고 보기는 어려웠다. 그럼에도 불구하고 데니스 팀의 자유로운 분위기, 따스해진 날씨 그리고 독특한 퍼포먼스 덕에 관객들은 크게 호의적인 반응을 보였다.

하지만 심사위원 랜돌프 허먼의 눈에는 데니스 팀이 그의 의견을 잘 묻지 않은 것이 보였는지 무대 이후 그의 상태를 걱정해 따로 만남을 가졌다고 한다. 다행히 키토 씨는 내성적인 것과는 달리 무대를 즐기는 성격이었다.

- **모자**

  톱니 형태로 짜인 짚 소재의 보터 햇이다. 밝은 브라운 바탕에 가장자리가 금색 실로 장식된 미색 스트라이프 패턴의 리본이 포인트.

- **옷**

  플란넬 소재로 제작된 보팅 슈트는 야외 활동을 위한 옷으로, 크리켓, 조정 또는 뱃놀이 같은 활동에 이상적이다. 교외 나들이에도 적합하지만, 가까운 공원에서 입기에는 다소 눈에 띄는 편이다.

  옷은 옅은 미색과 다홍색 스트라이프 패턴이 들어간 플란넬 블레이저와 면 소재의 백색 바지로 구성되며, 바지 밑단은 턴업 처리로 깔끔하게 마무리되었다. 조끼는 모와 마가 혼합된 원단으로 제작되어 다소 거친 질감이 느껴지며, 따뜻한 황토색이 특징이다. 여기에 더해진 버건디 컬러의 보타이는 흰색 도트 무늬와 은은한 광택으로 고급스러운 디테일을 더했다.

- **구두**

  브라운과 미색의 가죽을 조합한 스펙테이터 윙팁 슈즈. 발끝에 W자로 짙은 색 가죽을 덧대어 오염 방지는 물론 디자인적 포인트를 동시에 만족시켰다. 넓은 발과 두터운 발톱을 무리 없이 감싸는 세심한 마감으로 높은 평가를 받았다.

토퍼스

W는 입술을 깨물었다. 앞서 등장했던 모델들의 화려한 연출과 퍼포먼스에 네이션 씨가 위축되지는 않을까 하는 걱정이 스쳤다. W는 전날 밤 늦게까지 손수 바느질해 완성한 양복을 입고 거대한 무대에 설 네이션 씨를 긴장과 함께 기다렸다.

키토 씨가 떠난 무대는 텅 비어 보였다. 마치 성대한 파티가 끝난 후, 아무도 없는 넓은 연회장을 바라보는 듯한 허전함이었다. 이내, 서문에서 커다란 형체가 보이기 시작했다. 지금까지 등장한 어떤 모델보다도 큰 존재감이었다. 네이션 씨였다.

경쾌한 이전의 의상과는 대조적으로, 갈색의 옷을 입고 나온 네이션 씨는 언뜻 위에서 내려다보면 큰 그림자처럼 보였다. 그는 햇빛이 내리쬐는 무대를 꿋꿋이 걸어 나왔다.

어떠한 특별한 연출도 없었다. 대신 그는 무거운 침묵에 뒤섞여 울렁이는 경기장의 중앙을 가로질렀다. 어느새 그는 무대 한가운데에 도달했다. 지금까지의 노력이 결실을 맺을 순간이 다가오고 있었기 때문일까. 토퍼스 팀의 얼굴에 가만히 미소가 떠올

랐다.

 네이선 씨는 왼손으로 지팡이를 들고 땅을 '톡, 톡' 하며 리듬감 있게 짚었다. 그가 평소에 그토록 싫어하던 햇빛은 올리버가 각도를 치밀하게 계산해 제작한 곡선과 챙의 길이가 완벽히 조화를 이룬 모자로 자연스럽게 가려졌다. 그는 동에서 북, 북에서 서, 그리고 남쪽 향해 무대 위에서 작은 원을 그리며 걸었다. 그의 눈은 관객 한 명 한 명을 거침없이 마주했다.

 "흠."

 그의 콧김이 뿜어져 나왔다. 남쪽에 세워진 토퍼스 팀의 깃발이 그의 바람에 맞추어 힘차게 나부꼈다.

 "완벽하오!"

 그의 한마디가 울려 퍼졌다. 마이크조차 필요 없는 당당하고 웅장한 목소리였다. 무대 위를 걸어왔던 당당하고 편안한 걸음걸이, 그것과 같은 떨림 없는 목소리였다.

- **모자**

  옷과 동일한 원단으로 제작한 헌팅캡. 크라운은 여섯 조각을 이어 붙여 완성되었으며, 챙은 단단한 펠트 심지 위에 원단을 덮어 견고함을 더했다. 올리버는 햇빛을 효과적으로 가리면서도 전체적인 비율을 해치지 않도록 챙의 길이를 세심하게 조정했다.

- **옷**

골프 슈트에 헌팅 슈트의 디테일을 가미한 디자인. 이 의상은 네이션 씨가 운동할 때뿐 아니라 어디에서든 편하게 입을 수 있도록 제작되었다. 적갈색 바탕에 짙은 그레이 체크무늬가 크게 들어간 패턴의 조끼는 모직을 사용해 차분하고 고급스럽다. 타이는 코트와 대비되는 올리브 그린 컬러로, 흰색 도트 무늬가 있는 무광택 소재를 선택했다.

처음에는 브리치즈(무릎 아래까지 내려오는 짧은 바지)를 입는 것에 거부감을 보였던 네이션 씨는, W가 "무릎 근처에서 졸라매는 바지가 허벅지에 비해 얇은 종아리를 강조해 맵시를 살릴 수 있다"는 설명으로 설득했다.

- **구두**

활동성을 고려해 높이를 낮춘 버튼 부츠. 갑피는 다크브라운 색, 발등과 발목을 감싸는 소재는 옷에 사용한 것 보다는 약간 밝은 갈색의 스웨이드를 사용했다. 단추는 갑피와 같은 다크브라운, 양말은 넥타이 색상에 맞춘 올리브 그린 색을 선택했다.

✳ ✳ ✳

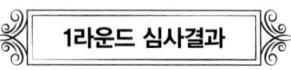

ROUND	1	2	3	4	총합
웹앤퍼	6				6
파필드	7				7
데니스	6				6
토퍼스	9				9

〈심사평: 오스카〉

- 웹앤퍼: 소매의 마감 처리가 아쉬웠지만, 그 외의 완성도는 훌륭합니다. 특히 모델의 직업과 요구사항을 세심히 반영한 점은 매우 긍정적이며, 추가 점수를 부여할 만합니다.
- 파필드: 모델에 맞는 스포츠(테니스) 선택이 탁월합니다. 젊고 활기찬 분위기가 주제와도 일치하여 전체적으로 균형 잡힌 무대였습니다.
- 데니스: 경기장이라는 설정에 걸맞은 유쾌하고 창의적인 퍼포먼스였습니다. 다만 모델의 요구를 충분히 반영했다고 보기는 어렵습니다. 그럼에도 불구하고 결과물에 대한 모델의 만족도가 높다는 점은 긍정적입니다.
- 토퍼스: 모델의 까다로운 요구를 충실히 수용하면서도, 높은 수준의 재단 기술을 선보였습니다. 요구사항과 완성도의 균형을 유지한 점은 재단사로서 매우 모범적입니다.

심사가 끝난 뒤, 오스카의 피부색은 봄에 새로 핀 새싹을 닮은 연둣빛을 띠고 있었다. 이 또한 종전의 납빛처럼 공식 석상에 보인 새로운 색이었지만, 기자들은 이를 그다지 궁금해 하지도 않았으며 오스카도 태연자약하게 1라운드를 마무리했다.

W, 나는 자네가 싫다네. 재단사 시절 내 두 가지 실패, '네이선'

과 '플랜시'가 자네 팀과 얽혀 있어 처음엔 그저 반감이었지. 이제는 다른 이유로 마음에 들지 않네. 내가 과거에 놓고 온 무언갈 자넨 끝까지 쥐고 있는 듯하다고 하면, 무슨 말인지 알겠나? 눈에 보이는 모든 걸 손에 넣고자 했던 것이 실수였을지도 모르지. '재능이 출중하다', '천재다' 같은 말들은 끈적한 눈꺼풀이 되어 점점 내 시야를 가렸다네. 어느덧 나는 주위를 볼 수 없게 됐고, 오색찬란하던 내 피부색도 한 색으로 경화됐지.

후회는 없네. 내가 쌓아놓은 아름다운 것들을 보고 있자니 말이야. 말이 길어졌군. 자네가 보인 '완벽한 정장'에 대한 감사의 뜻으로 이 위스키를 보내네.

플랜시와 함께 1라운드의 축배를 들게.

오스카 L. 고든

토퍼스 팀은 1라운드의 심사가 끝난 주 일요일, 느즈막한 저녁 식사를 위해 나탈리를 찾았다. 플랜시도 곧 도착했다. 올리버는 오스카가 보낸 편지를 읽다가 '말이 길어졌군'이라 말하는 부분이 우습다며 킥킥댔다. 고양이 손에서 편지를 낚아챈 플랜시는 오스카의 필체가 자신의 것과 닮았다며 투덜대다, 이내 올리버를 따라 같이 웃었다. 오스카가 편지와 함께 보낸 스카치 위스키는 아주 낡은 나무 통에 담겨 있었다. 먼지 한 톨 없었지만 상자에 붙은 상표는 세월에 바래 전혀 알아볼 수 없을 정도로 상해 있었다. 플랜시가 입을 열었다.

"오, 이건 14살 즈음 오스카에게 집 근처 바 창고에서 훔쳐다가 준 스카치야. 크리스마스 선물로 줬던 건데, 그 뒤로 한 모금도 마시지 않은 모양이네."

2라운드

아동복

지독한 석탄 냄새를 피해 길모퉁이에 위치한 작은 사탕가게. 여러 번 페인트로 덧칠한 알록달록한 사탕 그림이 간판에 붙어있는 이 가게의 이름은 '복작복작Hustle & Bustle'으로, 아이들뿐 아니라 사탕을 먹고 자란 어른들까지 발걸음을 멈추는, 동네의 오랜 명소다.

10여 년 전, 이곳을 운영하는 골든 리트리버 크리스 부부는 지역 신문에 '런던의 큰 경사, 여덟 쌍둥이의 탄생!'이라는 기사의 주역으로 등장했다. 썩 인기가 좋은 신문은 아니었지만 덕분에 사람들이 직접 가게로 찾아와 축하해 주었고, 부인은 퍽 자랑스러웠는지 기사를 정성스레 수집해 계산대 뒤 액자에 걸어두었다.

신생 모자 브랜드 패리어트 사의 매장 앞에 떨어져 있던 같은 신문도 직원의 손을 거쳐 지하 작업실 책상 위에서 작업 중이던 사장, 니콜라스 W. 패리어트에게까지 전달되었다. 그는 여덟 쌍둥이의 기사를 보자마자 벌떡 일어나 선반 위의 스위치를 눌러 1층에 연결된 벨을 울려 비서를 불렀다.

"부르셨습니까, 사장님."

비서가 계단을 내려오는 동안 패리어트는 이미 외출 준비를 마치고 있었다. 기사가 차에 시동을 걸 때쯤에야 비서는 사장이 무

슨 용무로 출장을 가는지 들을 수 있었다.

"크리스 가의 여덟 쌍둥이가 쓰는 모자를 우리 패리어트 사에서 제작 지원을 해드리고 싶습니다. 귀하의 자녀분들이 당사의 아동 모자 라인업의 전속 모델이 되는 거지요. 크리스 가에서 일어난 큰 경사에 패리어트 사도 함께 발맞추어 나아가고자……."

당황스러워하던 크리스 부부를 진정시키기 위해 비서는 침착하게 말을 이어나갔다. 반면, 패리어트는 그저 "축하합니다"라는 말만 반복했다. 사진 기자는 비서에게 들은 대로 이 모습을 찍어 곧장 〈전서구일보〉에 넘겼다. 크리스 부부의 표정은 언뜻 감격에 겨운 것처럼 보였기에 이 기사는 많은 사람들에게 깊은 인상을 남겼고, 사탕가게는 물론 패리어트 사 모두 큰 홍보 효과를 누렸다.

금세 자라는 아이들을 위한 옷은 낭비라 생각하는 여느 다른 회사들과 달리, 패리어트는 어린이와 관련한 일이라면 놓치는 법 없이 달려왔다. 동화책의 한 장면 같은 광고 지면을 직접 그리거나, 어린이를 위한 모자 라인을 구성해 판매하는 간이 '꼬마 가판대'를 지역별로 설치하는 등 독창적인 마케팅을 펼쳤다.

그의 브랜드에 대한 논평에 "패리어트가 벌이는 일들을 보면 그는 앞으로도 영원한 어른 피터팬으로 남을 생각일지도 모른다"라는 글이 실리기도 했다. 무엇보다 그가 금수 의복 경연 대회에 참가한 이유 또한 빅 슬럼으로 어려움을 겪은 아이들을 위한 구호 활동의 일환이었다.

서부 변두리 작은 모자 매장으로 시작해 같은 지역의 럭셔리 모자 브랜드 후크Hook 사의 디자인 표절 논란까지 겪었던 패리어트 사는 이제 아동 모자 시장의 개척자로 자리 잡았다.

✱✱✱

"그, 그렇게……. 복작복작 사탕가게와, 크리스 가족 그리고……. 10년, 아이들이 벌써, 10살, 만들어 주시면, 좋겠습니다."

패리어트가 더듬거리며 2라운드의 주제를 공개했다. 말투와

달리 그의 눈은 흔들림 없이 관중을 바라보고 있었다.

"이상, 패리어트 씨의 주제 발표였습니다."

사회자가 마이크를 받아 말했다. 관객들은 벙찐 표정으로 무대를 바라봤고, 사회자는 서둘러 다음 순서를 진행했다.

"크리스 가족분들은 이쪽 대기실로 와주세요!"

A-패션 아카데미 학생들이 리트리버 가족을 단상 아래 대기실로 안내했다. 부부 뒤로 여덟 쌍둥이가 뒤를 졸졸 따랐다. 아이들은 동그랗게 모여 손을 맞잡고 순서를 기다렸다. 바짝 긴장한 크

리스 가족을 향한 박수소리가 경기장 안을 가득 채웠다. 아카데미 학생들이 단상에 올라 커다란 현수막을 활짝 펼쳤다. 그 위엔 '크리스 부부의 여덟 쌍둥이를 위한 아동복'이라는 문구가 선명했다.

데니스 팀 쪽에서 작은 웃음소리가 새어나왔다. 그들은 교회에 갈 어린이들을 위한 의상을 여러 번 제작해 본 터라 이번에야말로 자신들의 차례가 왔다고 여기는 모양이었다. 햇메이커 벌키와 슈메이커 휴즈는 기쁨을 감추지 못하고 킥킥거리며 미소를 나눴다.

"아이들을 위한 옷이라니! 우리 동네 꼬맹이들은 어른들 옷을 물려받아 입거나 자기들끼리 기워 입는 게 고작인데, 대체 어떻게 만들라는 거야!"

반면에 웹앤퍼 팀의 재단사 터너는 투덜거리며 불평을 늘어놓았다. 그가 극성을 부리는 것은 어쩌면 1라운드 결과의 영향이 없지 않으리라. 그는 벌키와 휴즈를 향해 눈을 사납게 흘겼다. 사실 이번 주제에 당황한 팀은 웹앤퍼만이 아니었다. 데니스 팀을 제외한 세 팀 모두 아동복을 제작한 경험이 적었기에, 모두 얼굴에 짙은 그늘이 서렸다.

"아이 여덟 명을 각 팀이 두 명씩 맡아 디자인을 진행하게 됩니다. 팀별로 통일된 콘셉트를 만들어내면 더 좋겠죠?"

사회자가 덧붙인 말에 기뻐하던 데니스 팀도 다른 팀과 마찬가지로 어두운 표정 짓기 모임에 동참하고 말았다. 한 명도 벅찬데

두 명이라니? 사회자는 재단사들의 반응에는 신경 쓰지 않은 채 마이크를 다시 입에 가져갔다.

"크리스 가의 여덟 쌍둥이를 소개하겠습니다! 4남 4녀라는 황금 비율을 자랑하는, 보시다시피 미소가 절로 나오는 가족이지요."

아이들은 패리어트 사의 로고가 박힌 모자를 벗으며 관객에게 인사를 올렸다.

터너는 한숨을 내쉬며 금색 시곗줄을 만지작거렸다. 빈집의 커튼으로 바지를 만들어 입던 어린 시절이 떠올랐다. 어린 시절 뿐이랴, 빅 슬립 이후 그의 양복점 '웹스'의 아동복 주문은 뚝 끊겼고, 동네 아이들은 여전히 남의 옷을 주워 입거나 헌 옷을 물려받아 입었다.

"흥, 그땐 그때고. 지금 내 모습을 보라지."

그는 배를 내밀며 뒷짐을 졌다. 금색 시곗줄이 쩔렁거리는 소리와 함께 그의 불편한 기억도 흔들려 사라졌다.

어느새 단상 위에는 사회자 대신 패리어트 사의 비서로 보이는 마른 미어캣이 마이크를 들고 서 있었다. 패리어트 사 로고가 달린 명찰이 가슴팍의 절반을 가리고 있을 정도의 왜소한 체격이었다.

"안녕하십니까, 경연 대회 참가자 여러분. 이번 라운드를 주최하는 패리어트 사장님의 비서, 비비라 합니다. 사장님 대신 말씀을 전하게 되어 양해를 구합니다. 크리스 가 아이들은 당사의 전속 모델로 활동 중이므로, 경연 팀에게 회사의 이름을 걸고 이번 라운드에 대한 전폭적인 지원을 약속드리겠습니다. 네 팀 모두 본사를 방문해 세부 내용을 전달받으시길 바랍니다. 방문 일정은 전보를 보내주시면 감사하겠습니다."

다시 마이크를 건네받은 사회자가 말했다.

"자, 다들 명함을 받으셨으면 팀별로 모델이 될 아이들을 호명하겠습니다!"

크리스 가의 아이들은 네 팀에 다음과 같이 배정되었다.

- 웹앤퍼: 해피(첫째, 남) & 사샤(다섯째, 여)
- 파필드: 토토(셋째, 남) & 케이시(일곱째, 여)
- 데니스: 럭키(둘째, 남) & 매기(넷째, 여)
- 토퍼스: 맥스(여섯째, 남) & 키키(여덟째, 여)

아이들은 연습이라도 한 듯 일사불란하게 각 팀 앞에 섰다. 토퍼스 앞에도 들뜬 표정의 두 명의 아이가 걸어왔다. W는 아이들 앞에서 마냥 활짝 웃기가 어려웠다. 첫 라운드를 잘 치렀다 싶었는데, 1등을 차지한 부담감에 안 그래도 난해한 주제가 더 어렵게 느껴졌다. 그는 자신의 허리 높이까지 오는 작은 소녀, 키키를 보며 어색하게 웃었다. 검고 빛나는 눈동자가 W를 향했다.

"잘 부탁해요, 아저씨."

이 열 살 아이에게 불안을 들킨 것일까. 열의에 가득 찬 키키의 눈은 마치 내면을 꿰뚫는 거울같아서 W는 헛기침을 하며 어색함을 감췄다.

"으엑! 아저씨 털은 너무 뻣뻣해요. 빗자루 같아! 제 털 좀 보세요. 쓰다듬고 싶게 반짝이죠?"

맥스라는 아이는 들뜬 표정으로 올리버를 바라보며 신난 듯 말했다. 방실거리며 웃는 이 소년에게 올리버가 할 수 있는 것이라고는 눈을 가늘게 뜨고 '저리 가!'라는 무언의 메시지를 보내는 것뿐이었다.

때마침 뮤토가 "크리스 가 아이들은 다시 무대로 올라와주세요!"라고 외치며 아이들을 다시 단상으로 불러모았다.

***

패리어트의 저택에 방문하기 전, 맥스와 키키는 토퍼스 양복점으로 초대되었다. 둘은 큰 의자에 딱딱한 방석을 깔고 앉아 키를 높이며 어른스러운 척을 하고 있었다. 이 아이들 덕분인지 빅 슬립 이후 드물었던 화기애애한 분위기가 토퍼스 내부에 가득했다.

"이런 화려한 드레스를 한번 입어 보는 게 로망이었어요. 이번 기회에 그 꿈이 이루어질 줄은 정말 몰랐죠!"

키키는 이미 꿈이 이루어진 듯한 상기된 얼굴이었다. 그녀가 가방에서 꺼낸 휘황찬란한 종이들만 봐도 그녀가 꿈꾸는 드레스의 이미지를 단번에 알 수 있었다. 왕실이나 귀족들이 연회에서 입을 법한 호화로운 드레스 그림이 가방에서 우수수 쏟아졌다.
"오, 이건 뭐지?"
W가 물었다.
"제가 만든 패션 콜라주예요! 광고에서 오려낸 그림들을 제가 원하는 스타일로 붙였어요."
키키가 자신 있게 보여준 것은 액세서리와 드레스 장식을 오려서 종이인형처럼 붙여 놓은 콜라주였다. 가위 솜씨나 센스는 더할 나위 없이 훌륭했지만…….
"흠, 흠……. 이렇게나 화려하면 불편하지 않을까?"
올리버가 나름대로 조심스레 말했지만, 키키는 눈에 띄게 서운한 얼굴이 되었다.
"봐봐, 키키. 이렇게 바닥까지 끌리는 드레스는 안에 크리놀린(스커트를 부풀리는 종 모양 버팀대)이나 크리놀네트(크리놀린의 뒷부분만 있는 버팀대) 같은 걸 안에 입어야 해. 그럼 걸을 때마다 휘청거리고, 문도 못 지나갈 만큼 거추장스러울 거야. 사교계에서도 파티 때만 입는 옷이란다. 심지어 요즈음의 파티에선 입지 않는……."
"하지만 저한테는 이게 첫 파티예요! 저를 위한 첫 드레스기도 하고요……. 불편해도 아무 상관없어요. 공주처럼 아름답고, 여왕처럼 화려한 옷을 입는 게 제 꿈이에요."
"이런 옷을 입었다간 무대에서 종종걸음으로 걷게 될 거야. 다른 방법을 생각해 보자꾸나."

W가 말을 덧붙였지만 키키의 실망한 기색은 좀체 사라지지 않았다. 그녀의 검지는 계속 콜라주를 향해있었다.

제이콥은 홍차 주전자와 간식 상자를 키키 앞에 가지고 왔지만 그녀는 고개를 저었다. 키키의 입은 삐죽 나온 채 회의 내내 열릴 생각을 하지 않았다.

6월 첫째 주, 제이콥의 회의록

장소: 토퍼스 양복점 | 참여자: 토퍼스 팀 전원, 맥스&키키

키키

- '화려함'이 최우선.
- 크리놀린이나 코르셋, 어깨의 퍼프, 보석 액세서리. 이는 모자도 구두도 마찬가지.
- 의견대로라면 키키의 발이 아예 보이지 않을지도 모름. 구두에 대한 키키의 의견이 전체적으로 부족.

맥스

- 원하는 것이 크게 없어 보임. 또는 키키에게 놀라 입이 다물어진 것일지도 모른다.
- 맥스는 편한 모자와 구두였으면 한다고 함. 지금 자신이 신은 구두가 다 헤어져서 못 쓸 지경이라고. 볼러(꼭대기가 둥글고 차양이 좁은 모자)는 권위적인 느낌이 들어 싫다고 한다.

집으로 돌아온 키키는 저녁도 먹지 않고 낡은 이불 속으로 파묻혔다. 항상 막내 취급을 받는 집에서처럼, 이번 경연에서도 내 바람과는 상관없는 엉뚱한 옷을 입게 될까. 나만의 화려한 드레스 한번 가져보는 게 이렇게나 힘든 일일까. 그녀는 답답한 마음에 이불을 더 끌어당겨 안았지만, 고민은 깊어만 갔다. 이내 키키는 굳은 결심을 한 듯 자리에서 일어났다.
'패리어트 사장님께 가야겠어.'
의미 없는 투정을 부리겠다는 생각은 아니었다. 단지 패리어트 사장님이 어떻게든 도와주지 않을까 하는 막연한 생각이 들어서였다. 그는 키키에게 가장 소중한 모자, 버건디 No.23을 만들어준 사람이 아닌가. 그녀는 바로 저녁에 전보를 쳐서 내일 사장님을 잠시 만나뵐 수 있는지 물었다. 그러면 패리어트의 어린이 손님용 자동차인 '텀피'가 문밖에서 경적을 울리며 키키를 태우러 올 것이 틀림없다.
그렇게 아침이 오기를 손꼽아 기다리며 잠든 키키는, 우체부로부터 받은 전보를 읽고 실망하고 말았다. '유감이지만, 당장 오늘은 불가능'이라는 한 줄. 하지만 키키는 쉽게 포기할 생각이 없었다.
'걸어서라도 갈 거야. 쫓아내진 않겠지.' 그녀는 결심했다. 토퍼스에 들고 가져갔던 무거운 가방을 들고 길을 나섰다간 먼 길에 지쳐버릴 것이 뻔했기에 자신이 가장 공들여 만든 패션 콜라주 몇 장만 챙겨 종이봉투에 넣었다. 그리곤 꼬리에 꼿꼿하게 힘을 주며 거리로 나섰다. 옆집 아주머니의 만류에도 아랑곳 않았다.

 길을 나선 지 한 시간 즈음. 키키의 기세는 다 닳은 구두처럼 딱딱한 돌바닥 위에 움츠러지고야 말았다. 경계석에 앉아 지친 숨을 몰아쉬던 그때, 한 대의 차가 그녀 앞으로 멈춰 섰다.

 "텀피?"

 그녀가 고개를 들었지만 전혀 아니었다.

 공장지대에서 온 듯, 차 전체를 뒤덮은 검댕을 지우기 위해 박박 긁은 흔적이 가득한 어두운 감청색의 차였다. 뒷좌석의 문이 열리며 땅딸막한 남자가 차에서 내렸다.

 "안녕, 네가 키키지?"

***

 주제 발표가 끝난 다음 주 목요일 오후 1시 반. 패리어트 사장의 지하 작업실에서는 미스터 비비가 콘솔의 정리를 마무리하고 있었다. 그는 가슴 주머니에 넣어둔 손목시계를 보고 정문에서 W 일행을 맞이할 시간이 되었음을 깨달았다. 햇빛 한 줌 들어오지 않는 지하에선 시간을 알 길이 없기에, 이곳에서 개인 시계는 필수였다.

 "사장님, 곧 토퍼스 팀이 올 시간입니다."

 비비의 말에 패리어트는 짧게 고개를 끄덕이고, 손짓으로 먼저 나가 있으라는 신호를 보냈다. 비서는 작업실을 한번 주욱 둘러보았다. 먼지가 쌓인 도구들과 고요 속에서도 바지런히 움직이는 패리어트. 그는 고개를 돌려 계단 통로를 따라 지상층으로 올라갔다.

절반 넘게 걸어 올라가서야 그의 이마 위로 햇빛이 들어왔다. 그는 잠시 눈을 감고 서서 기다란 창문 너머의 태양을 온몸으로 쬐었다. 넉넉한 햇빛을 받아야 하는 비비로서는 지하에서 긴 시간을 보내는 것이 언제나 부담스러웠다. 물론 패리어트를 존경하는 마음엔 한 치의 오차도 없었기에 비비는 그저 익숙한 듯 정문으로 향할 뿐이었다.

청록색 철문의 쇳소리와 함께 패리어트 사의 차가 안으로 들어섰다. 비비는 몸을 꼿꼿이 세워 W, 제이콥 그리고 올리버의 실루엣을 확인하며 몇 걸음 앞으로 나아갔다.

"패리어트 사에 오신 것을 환영합니다, 토퍼스 여러분."

차에서 내린 W는 쓰고 있던 탑햇을 벗어 매만지며 고개를 들었다. 고개를 드니, 한 눈에 겨우 담길 정도로 거대한 패리어트 저택이 보였다. 그 크기를 보아하니, 비비가 늘상 피곤해 보이는 이유가 무엇인지 조금이나마 알 수 있을 것 같았다.

"이쪽으로 오시죠. 아이들이 이미 조금 전에 응접실에 와 있답니다."

이 디태치드 하우스는 제법 오래되었는지 세월의 흔적을 이기

지 못한 균열이 곳곳에 보였지만, 고풍스러운 분위기와 보기 좋게 어우러져 있었다. 창문에 커튼이 모두 둘러쳐져 내부는 보이지 않았다. 비비의 안내를 따라 저택 안으로 들어가는 중에 집사가 데리고 나온 두 명의 아이와 맞닥뜨렸다. 키키의 부루퉁한 표정은 지난 회의와 크게 다르지 않았다. 오히려 입은 댓 발 더 나와 있었다. 그녀의 표정을 살피던 올리버는 말없이 고개를 절레절레 저었다.

응접실로 향하던 그들은 갑작스러운 인사에 발걸음을 멈췄다.
"안녕, 하세요."
어디서 나왔는지 알 수 없는 기척과 함께 별안간 저택의 주인이 나타났다. 이 신비로운 남자가 니콜라스 패리어트인가. 그는 가볍게 떨리는 손으로 옷자락을 매만지고 있었다. 코안경 너머로 시선은 한동안 허공에 머물다 아이들 쪽으로 옮겨갔다.

일행과 함께 응접실에 앉은 패리어트는 빳빳한 종이 몇 장을 가방 안에서 꺼냈다.

"와주셔서, 감사합니다. 토퍼스. 도와드릴 것, 있다면, 말씀해, 주세요."

그의 느리고 어눌한 말투는 묘한 무게감을 풍겼다. 제이콥의 찻잔이 바닥을 드러내고 나서야 패리어트의 짧은 두 마디가 끝났다. 뮤토가 사장의 말을 대신 이어서 했다.

"자, 그렇다면 시간이 얼마 없으니 빠르게 본론으로 들어갈까요. 경연 대회 참가팀들을 이곳에 소집한 이유는, 크리스 가의 쌍둥이가 메인 모델로 등장하는 버건디 라인업 때문입니다."

"버건디! 제가 오늘 쓴 모자도 버건디 라인업에 있는 모자예요. 멋지죠? 패리어트 아저씨가 만들어주신 건데, 이제 저한테 많이 작아졌어요."

맥스는 의기양양하게 옷걸이 쪽으로 걸어가 자신의 체크무늬가 들어간 컨트리 캡을 집어 들었다. 그리곤 잘 들어가지도 않는 모자를 머리에 쓰기 위해 낑낑댔다. 옆에서 고개를 숙이고 있던 키키도 어느새 자신의 모자를 들고 왔다.

"제 건 아직 잘 맞아요."

키키의 모자는 보기 좋게 머리에 꼭 들어맞았다. 모자를 쓰는 순간 소녀의 얼굴이 밝아졌다. 마치 모자에 마법이라도 깃든 것

처럼. 패리어트는 우관을 흔들거리며 테이블에 놓인 종이 더미 사이에서 비죽 튀어나온 큰 종이를 꺼냈다. 종이에는 큼직한 글씨로 이렇게 적혀 있었다.

'반다이크 브라운' 패리어트 사의 새 모자 라인업, 출시 임박!

비비는 종이를 식탁의 한가운데로 옮기며 설명을 시작했다.
"사장님께서 이번 반다이크 시리즈의 모자 중 두 개를 금수 의복 경연 대회와 협업해 선보이자는 제안을 하셨습니다. 제작, 유통, 홍보까지 모두 저희가 지원하는 조건으로요."

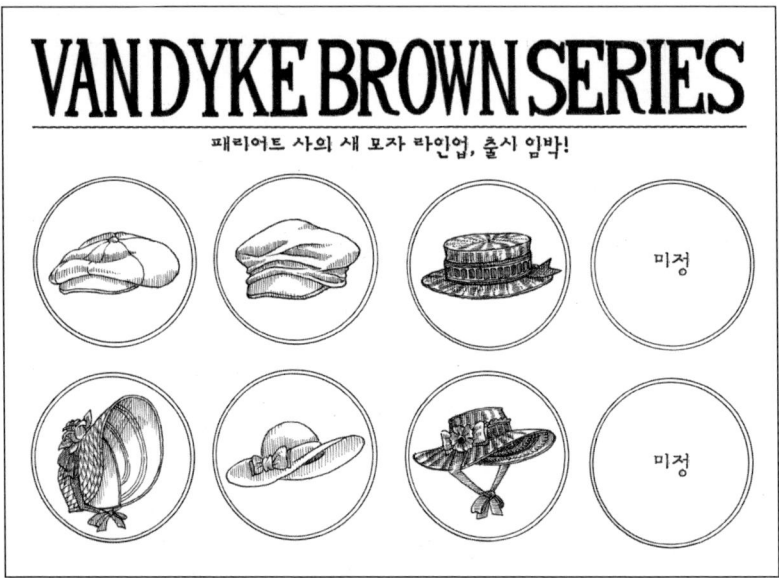

"패리어트의 새 라인업 중 두 개를 경연 대회와 함께 진행한다는 거죠?"

올리버가 흥미로운 듯 물었다.

"네. '버건디' 시리즈의 다음 라인업이 바로 이 '반다이크 브라운'입니다. 아이들 머리가 10살 이후로는 크게 거의 변하지 않으니 최소 3년 이상 착용 가능한 대중적인 디자인으로 제작할 계획이죠. 수익은 물론 도안이 채택된 팀과 분배되며, 경연의 결과와는 별개로 시민 응모를 통해 진행됩니다. 주최자 밀리오님과도 이미 협의된 내용이고요."

비비는 응접실 문 옆에 대기하던 집사들에게 수신호를 보냈다. 금속 봉이 긁히는 둔탁한 소리와 함께 저택 안을 감싸던 커튼이 천천히 걷히기 시작했다. 패리어트 사의 작업실 전경이 드러났다.

"갑작스러운 제안이란 것을 알기에, 저희는 이렇게 전폭적인 지원을 약속드리고자 합니다."

'그르릉' 하는 목 끓는 소리가 났다. 올리버 쪽에서 난 소리였다. 그의 눈앞에는 더 슬리키스트의 작은 공방과는 비교도 할 수 없는 광경이 펼쳐졌다.

여섯 개의 길다란 책상, 그 위에 걸린 '오늘의 라인업' 현수막. 옥양목(발이 곱고 흰 무명. 이를 풀이나 수지로 경화시켜 모자의 챙, 크라운, 틀 등을 만든다)을 행거로 운반하고, 다림질할 천을 가마에서 데워 오고, 모자를 옮겨 말리고……. 족히 쉰 명은 되어 보이는 직원들이 분주히 움직이는 모습에 올리버의 머릿속은 점점 복잡해졌다.

'내가 만들 수 있는 모자 개수와 비교가 안 되는 규모인 건 확실하군.'

대량 생산은 그가 결코 할 수 없는 것이다. 올리버는 눈을 감고 자신의 작은 작업대, 한정된 재료들을 떠올렸다. 다만…….

그 시선의 종착점은 응접실의 키키에게 멈췄다. 그녀는 패리어트의 모자를 쓰고 행복한 얼굴로 맥스와 장난을 치고 있었다. 그 모습은 올리버가 제작한 모자를 쓰고 환히 웃던 손님들의 얼굴과 겹쳐졌다.

'지금 내가 신경 쓸 것은 키키와 맥스의 모자, 단 두 개뿐. 두 아이가 원하는 모자도 아직 생각하지 못한 마당에 런던 전역에 사람들이 쓸 모자를 생각할 겨를은 없지.'

올리버는 마음속에서 일어나는 갈등을 누르며 한 층 가라앉은 목소리로 대답했다.
"저희는 조금 더 고려해 보겠습니다."
패리어트는 말없이 고개를 끄덕였다.

***

협의가 끝난 뒤, 응접실 테이블에 앉아있던 사람들이 하나둘 일어섰다. 미스터 비비는 일행들이 작업실을 한 차례 둘러보게 한 뒤, 패리어트의 지하 작업실로 이끌었다. 올리버의 부탁이었다. 햇메이커로서 패리어트가 궁금했는지, 그의 작업실을 직접 보고 싶다고 한 것이다. 처음 들어보는 제안이었지만, 패리어트는 흔쾌히 수락했다.
"여기는 패리어트 사장님께서 혼자 작업하는 공간입니다. 조명은 충분히 설치되어 있으니 걱정하지 않으셔도 됩니다."
비비의 말대로 확실히 가스등이 여러 개 설치되어 있었다. 다만 바닥을 포함한 모든 면이 흑갈색으로 칠해져 조명이 닿지 않는 공간은 그 깊이를 가늠할 수 없었다. 제이콥이 낮은 천장과 씨름하는 동안, 아이들은 비밀 아지트라도 들어가는 것 마냥 신이 나 있었다.
앞장선 아이들의 구둣발이 내는 소리를 따라 토퍼스 일행도 천천히 계단을 내려갔다. 10피트 아래로 걸어 내려가자 금속 틀로

둘러싸인 두꺼운 문이 나타났다. 들어왔을 때의 첫인상이 맞았다. 이곳은 광산 갱도와 다를 바가 없었다. 문틈 사이로 빛만 조금 새어 들어올 뿐, 손잡이는 광택을 잃은 지 오래였으며 검은 때도 곳곳에 착색되어 있었다.

 이 지하실에 감금돼 끝도 없는 노동을 하게 되는 건 아닐까, 하는 괜한 두려움이 일었다. 비비는 일행을 앞질러 나가더니 묵직한 손잡이를 잡고 문을 밀었다. 먼지 쌓인 경첩에서 울리는 둔중한 쇳소리가 도어벨을 대신했다.

 "감옥이 아니라 정말 작업실이었군."

 제이콥이 중얼거렸다.

"하하, 그런 말을 종종 듣습니다. 그래도 불을 켜는 일을 맡은 직원도 고용했답니다."

"앉을 자리, 협소해서……."

패리어트가 자리를 권하기도 전에, 맥스가 스툴에 철푸덕 앉았다. 런던 시민이라면 햇빛을 어떻게든 방에 들여놓기 위해 애쓰는 게 보통인데, 패리어트는 그 반대였다. 그는 시간이 언제인지도 알 수 없는 이 영원의 방에 혼자 앉아 모자를 만드는 듯 했다. 패리어트 사가 언론에 비치는 밝은 이미지와는 사뭇 대조되는 이곳은 방문자들에게 기묘한 위화감을 주기에 충분했다.

작업실에서는 각종 냄새들이 가득했다. 갓 다림질된 모자에서 풍기는 따뜻한 냄새, 포장도 뜯지 않은 새 옷감의 차가운 화학 약품 냄새가 뒤섞여 있었다. 이런 향이 익숙한 올리버는 코를 실룩였다. 패리어트는 말없이 재킷을 벗어 옷걸이에 걸었다. 시간이 천천히 흐르는 것 같은, 느린 공기. 이 안에서 패리어트는 익숙하게 책상 위에 놓여있던 슬리브 가터를 집어들어 소매를 고정한 뒤, 나무 의자에 앉았다.

올리버는 패리어트가 작업하는 의자 뒤로 조용히 다가섰다. 그의 호기심어린 수염이 패리어트의 책상으로 향했다. 같은 햇메이커인 자신의 작업 공간과는 사뭇 다른 책상이었다. 옛 동화책 몇 권이 아무렇게 쌓여 있었고, 그 옆에는 패리어트 사에서 자주 신문에 게재하는 동화책 같은 모자 광고……. 그리고 열려 있는 새장 하나. 아주 작은 것을 보니 장식 같았다. 안에는 사진이 한 장 들어있었다.

사진 속의 두 명은 이상하게 낯이 익었다. 한 명은 어린 패리어트가 분명했다. 대신 지금과 달리 아주 낡아빠진 멜빵바지를 입고 있다. 흰 깃털에 검은 때가 잔뜩 묻어 있고, 기름에 절은 깃털은 축 늘어져있었다. 올리버는 나머지 한 명도 알고 있었다. 럭셔리 모자 브랜드의 창립자, 후크였다. 올리버가 존경했던 남자지만, 실력보다는 괴팍한 성격으로 더 유명했던 인물이었다. 올리버는 놀란 눈으로 계속 사진을 살폈다. 두 사람은 표절 시비가 있지 않았던가? 왜 서로 어깨동무를 하고 똑같은 모자를 손에 들고 있는 거지?

"No.0."

그의 입에서 무의식적으로 이 단어가 흘러나왔다. 햇메이커라면 모를 수 없는, '고혹의 왕관'이라고도 불렸던 모자 No.0. 요절한 오페라 가수가 극장에 쓰는 것으로 첫 선을 보인 이 모자는 매혹적인 카니발을 연상시키는 디자인으로 순식간에 런던 사교계와 어린 올리버의 마음을 뒤흔들었다. 단 열 개의 한정판으로 제작되어 그 중 하나는 왕실 보석보다도 높은 값에 낙찰, 곧 도난 사건에까지 휘말렸더랬다. 무엇보다 햇메이커로서의 올리버를 있게 한 모자였으니, 이름이 자연스레 흘러나온 것도 당연했다.

패리어트의 새까만 눈동자가 올리버를 향했다. 그리고 호기심에 보석처럼 빛나는 올리버의 눈을 마주했다. 패리어트는 정적 속에서 조용히 펜을 들어 종이를 긁는 소리를 냈다.

"이렇게, 이렇게."

그의 펜이 종이 위를 빠르게 움직였다. 그가 그린 것은 모자의 도안이 아니었다. 사진 속 두 사람, 후크와 어린 패리어트였다. 선 하나하나가 선명하고도 직관적이었다. 일간지 만평처럼 익살맞은 묘사에 맥스와 키키가 킥킥댔다. 그림은 점차 이야기를 담아가기 시작했다. 패리어트는 일행을 위한 작은 그림 극장을 열 모양이다.

곧 패리어트는 후크를 그린 그림 아래에는 '선생', 어린 패리어트의 아래에는 '제자'라는 글씨가 쓰여졌다.

'후크와 패리어트, 둘은 사제지간이었습니다.'

후크의 옆에 화려한 모자가 하나 그려졌고, 그 아래에 No.0이 쓰여졌다. 꼬마 패리어트의 옆에도 같은 No.0이 그려졌지만, 그의 옆에는 조금씩 다른 열댓 개의 모자가 키보다도 높게 쌓였다.

'스포트라이트를 받는 천재 후크와 달리, 패리어트는 지하 작업실에 갇혀 끊임없이 모자를 만들어야 했습니다.'

후크의 옆에 또 다른 모자가 그려졌다. 이번에는 No.1이었다. No.0의 후광을 받았지만, 그만큼의 인기는 없어 꽤 대량으로 팔렸던 모자다. 후크에게는 여전히 하나뿐인 모자가, 패리어트의 곁에는 No.1이 무더기로 추가되었다. 후크는 모자가 쌓여가니 화난 표정으로 바뀌어 있었다. No.0만큼의 성공을 보지 못 하니, 패리어트를 더 혹사시킨 것 같다. 모자는 더 빠르게 쌓여갔다. 곧 꼬마 패리어트는 모자 더미 속에 갇힌 꼴이 되었다.

'패리어트가 모자를 만드는 일은 No.0에서부터 No.1…… 그리고 지하실을 도망쳐 나올 때까지 멈추지 않았습니다.'

그림 극장은 그렇게 막을 내렸다. 박수는 없었다. 올리버도 말을 꺼낼 수 없었다.

"패리어트 사장님께서는 어린 시절 후크 아래에서 매일 일만 하셨어요. 다른 이들과 소통할 기회가 없었죠. 지금도 타인과 만나고 대화하는 데 어려움을 겪고 계신 이유입니다."

머뭇거리던 비비가 입을 열었다.

"그래서 사장님은 자라나는 아이들이 언제나 자유롭고 행복하길 바라는 마음으로 모자를 만드세요. 전……, 패리어트 사장님과 같은 고아원에서 자랐습니다. 열악한 후크의 지하 작업실에서 일찍이 도망쳐 부랑자가 된 저와는 달리 사장님은 끝까지 그의 옆에서 모자를 만드셨습니다. 그리고 언젠가 자신의 이름을 건 회사를 차릴 거라며 저를 찾아와 손을 내밀어 주셨죠."

비비가 말을 이어가는 동안 패리어트는 그림을 물끄러미 바라보며 펜을 내려두었다. 곧 그는 그림을 옆으로 치워두고 고개를 갸웃거리고 있던 맥스를 데려다가 스툴에 앉혔다. 다시 깃펜을 집은 패리어트는 이번에는 맥스만을 위한 그림을 그려주기 시작했다. 맥스의 두 손에는 어느새 독특한 장식의 헌터 햇이 들려 있었다. 벨트 장식이 달린 이 모자는 밧줄이나 도구를 수납할 수 있는 기능이 있는 탐험가 같은 모자였다.

"벨트에 제가 아끼는 새총도 달 수 있겠어요!"

맥스는 신이 나서 그림을 품에 안고 일어섰다. 기쁜 소년의 얼굴을 본 패리어트는 마치 거울을 보는 듯 부리를 슬며시 움직이며 똑같이 따라했다.

한편, 맥스와 한창 장난을 치던 키키는 어느새 작업실 구석으로 가 있었다. 호기심으로 반짝이던 그녀의 눈은 어느새 빛을 잃고, 소녀는 구석에서 낡은 구두를 신은 발을 꼼지락거리고만 있었다.

패리어트의 새까만 눈동자가 이번에는 키키를 향했다.

"키키, 슬퍼?"

키키는 아무 말도 못 한 채 고개만 문 쪽으로 돌렸다.

"기다려."

패리어트는 새 종이를 꺼내 들었다. 맥스에게 그려 준 것보다 큰 종이였다. 네모난 종이 각 귀퉁이에서부터 시작한 선은 서로 교차하여 X자를 만들었다. 그리고 그 중심에 아주 옅게 연필로 무언가 그리기 시작했다. 아무리 창의적인 모자를 만드는 패리어트라지만 이번에는 모자와는 전혀 달랐다. 연필로 잡은 윤곽이 점차 진해졌다. 그림은 키가 작은 여자아이의 형태였다. 표정은 보이지 않았지만, 그녀는 아주 당당하게 허리춤에 손을 얹고 종이의 한가운데에 서 있었다. 패리어트는 흰 실루엣의 주위를 검은 배경으로 덮어가기 시작했다. 콩테가 스며서 그의 하얀 날개깃도 점차 검어졌다.

키키는 그림을 받아들었다. 아이의 얼굴에 옅은 미소가 띠었다. 종이가 꽤 컸기에 그녀는 들고 있던 모자를 다시 써야 했고, 양팔을 크게 벌려야만 그림을 구겨지지 않게 들 수 있었다.

"키키가 주인공이구나."

옆에 있던 비비가 말했다.

키키는 조용히 고개를 끄덕였다. 비비가 그림을 돌돌 말아서 주겠다 했지만, 키키는 거절했다. 일행이 모두 작업실을 떠날 때까지 키키는 구석에 서서 검은 콩테 구름 속의 하얗게 서 있는 자신을 뚫어져라 바라보았다. 무엇이 그 검은 공간을 채우든 그림 속의 키키는 주인공이 될 터였다.

***

키키는 토퍼스에서의 실망스러운 회의를 마친 다음 날, 패리어트 저택으로 향하는 길에 만난 땅딸막한 오리너구리 신사를 떠올렸다. 지팡이를 짚고 차에서 내린 이는 넙데데한 주둥이의 소유자, 웹앤퍼 팀의 터너였다. 그는 어째서인지 키키를 가출한 아이인 양 동정어린 눈으로 바라보고 있었는데, 그 시선이 썩 달갑지 않았다.

"안녕? 우리는 패리어트 저택에서 오는 길이란다. 좀 더 얘기하러 갔는데 결국 비서 얼굴밖에 보지 못했지만 말이다. 너는 어디로 가는 길이니?"

"저도 패리어트 사장님을 뵈러 가는 길이에요."

"우연이구나. 오늘 사장님은 지하 작업실에서 나오지 않을 것이라 하더군. 오늘은 혼자 작업에 집중하는 날이라나, 뭐라나. 키키 너도 나처럼 헛걸음을 한 모양인데."

헛걸음이라니. 터너의 말에 그녀는 몸에 남아있는 힘이 모조리 빠져나가는 기분이었다. 저도 모르게 한숨이 나왔다.

"키키, 이왕 처지도 같은데 나와 괜찮은 곳에서 식사라도 어떠니?"

그는 차에 있던 하버와 라프트에게 "키키 아가씨와 밥을 먹고 올 테니 너희는 알아서 끼니를 해결하도록 해"라고 말했다. 하버와 라프트는 군말 없이 차를 몰아 다른 방향으로 사라졌다.

어리둥절한 키키는 터너와 함께 근처 레스토랑에 들어갔다. 골목 안쪽 구석진 곳에 자리한 레스토랑은 의외로 고급스러운 분위기를 풍겼다. 터너는 그녀를 창가 자리로 에스코트했다. 테이블 위에는 싱그러운 생화가 꽂힌 꽃병이 놓여 있었고, 웨이터는 풀을 빳빳하게 먹인 셔츠를 입고 나타나 주문을 받았다. 키키는 기분이 한결 나아졌다.

"혼자 그 먼 길을 가던 이유를 물어봐도 되겠니?"

애피타이저로 나온 체리 파이를 입에 넣고 흡족한 표정이 된 키키를 보며 터너도 입꼬리를 올렸다. 터너의 물음에 키키는 오물거리던 입을 멈추었다.

"비밀이에요."

"아이고, 내가 실수를 했군."

"아니에요. 제가 바보라서 일이 이렇게 된 걸지도 몰라요."

"그게 무슨 말이니. 바보는 네 이야기를 모르는 바로 나란다."

터너의 우스꽝스러운 표정을 본 키키의 얼굴이 누그러졌다. 그녀는 꾹 다문 입을 차츰 열기 시작했다. 그녀는 봉투에 넣어두었던 패션 콜라주를 터너에게 건넸다. 터너는 그 종이를 들고 키키의 이야기를 조용히 들었다. 이 땅딸막한 오리너구리는 고작 몇십 분 남짓으로 그녀가 살아온 10년 동안 누구보다 오래, 그리고 진지하게 그녀의 이야기를 들어준 사람이 되었다.

키키의 이야기는 그녀가 막내로 정해진 것부터 시작되었다. 키키는 여덟 쌍둥이 중 고작 몇 분 차이로 뱃속에서 가장 늦게 나왔을 뿐이었기에 막내라는 호칭은 그저 별명에 불과했다. 막둥이라고 딱히 식구들이 귀여워해주지는 않았으니. 대신 그녀는 예쁨 받기 위해 양보하는 법을 배웠다. 언니, 오빠가 고르고 남은 옷을 군말 없이 입고, 시키는 일을 묵묵히 해낸 덕에 키키에게는 어느새 '착한' 막내라는 수식어가 붙었다. 하지만 착한 막내에게 돌아온 것은 또 다른 양보뿐이었다.

키키는 이 사실을 패리어트 사장님을 만나고서 더 절실히 깨달았다. 패리어트는 크리스 가 쌍둥이들에게 버건디 라인업의 시제품 모자를 하나씩 선물했다. 키키가 받은 버건디 No.23. 그 아름다운 모자는 그녀의 눈을 뜨게 하기 충분했다. 지금껏 착한 막내에게 주어진 낡은 옷, 구멍 뚫린 스타킹, 헤어진 모자 같은 것들은 아주 하잘것없는 것이었음을. 버건디 라인업은 이후 넘버링이 붙어 잔뜩 팔려나갔지만, 사장님이 손수 만들어 준 No.23은 세상에서 이것 하나뿐이었다.

"저런, 키키. 정말 안타깝구나."

"이번에야말로 처음으로 제 옷이 한 벌 생기는데……. 다들 저는 안중에도 없나 봐요."

"말도 안돼! 토퍼스 팀은 맥스에게만 멋진 옷을 맞추려는 속셈이구나. 네겐 누구보다 화려하고 예쁜 옷이 어울릴텐데……."

"그러니까요!"

울분에 찬 키키가 눈물을 글썽였다. 터너는 냅킨을 가져다가 키키에게 건네고 그녀가 진정하게 두었다. 곧 둘은 식사를 마치고 나왔다. 한낮인데도 거리에는 짙은 안개가 자욱했다. 골목 앞의 안개로 울렁이는 바닥마저도 키키의 눈에는 더할 나위 없이 좋아 보였다. 묵혀둔 말을 한껏 하고 나니 속이 후련해진 까닭이었다.

"키키. 우리 웹앤퍼가, 이 터너가 너를 도와주마. 이번 경연이 끝나는 대로 네가 원하는 최고의 맞춤옷 한 벌을 만들어주겠다고 약속하지."

키키는 눈이 커졌다. 터너는 그녀가 원하는 것을 정확히 알고 있었다. 그녀를 빛내 줄 최고의 한 벌. 설렘에 찬 키키는 허겁지겁 가방 안에 들고 있던 콜라주를 보여주며 원하는 옷의 방향을 말해주었다.

"이런 느낌이에요! 이런 분위기였으면 좋겠어요!"

그녀는 가슴이 벅차오른 듯 연신 말을 쏟아냈다. 터너는 천천히 고개를 끄덕였다. 그가 듣는 내내 한 번도 말을 끊지 않은 것이 그녀에게 묘한 안도감을 주었다.

그날 저녁, 터너는 키키를 차로 집까지 데려다주었다. 키키는 익숙한 방으로 들어갔다. 언니들과 나누어 쓰는 답답한 방. 옷장에는 아침마다 우울한 기분이 들게 하는 촌스럽고 낡은 옷들. 옷장 옆의 거울을 마주한 그녀는 집에 들어와서도 모자를 벗지 않았다는 것을 깨달았다. 손끝으로 No.23을 만지작거리며, 그녀는 오늘 터너가 레스토랑에서 한 말을 다시 떠올렸다.

"키키, 네게도 작은 부탁이 있어. 우리 웹앤퍼 팀은 토퍼스 팀과는 달리 네 옷을 조금이라도 더 화려하고 예쁘게 완성하고 싶은 마음이 크단다. 알다시피 우리가 저번 경합에서 꼴찌를 하지 않았니? 그러니 토퍼스 팀이 어떤 옷을 작업하고 있는지 알려주면 네 드레스를 만드는 데에 큰 도움이 될 거란다. 네가 그쪽 이야기를 우리와 나눠준다면 말이야. 아, 오해는 말거라. 다른 사람들의 옷을 보고 배우는 것은 이 업계에서 으레 당연한 일이거든. 아주 자연스러운 일이지."

한편, 터너는 키키를 배웅한 후 곧장 하버와 라프트가 기다리고 있을 골목으로 걸어갔다. 그의 두터운 부리는 흥을 감추지 못해 다물어지지 않았다.

'하늘이 우릴 돕는구나. 그래, 이번 라운드에서도 꼴찌라니. 상상할 수 없지. 암!'

웹앤퍼 팀은 이미 전략을 세운 상태였다. 아동복에 남다른 자신감을 보였던 데니스 팀을 견제하기로 했던 것이다. 낡은 차를 타고 데니스가 있는 지역까지 먼 길을 달렸다. 왕복으로 꼬박 이틀이 걸린 대장정이었다.

"이 정도의 거리를 다니며 방해공작을 한다면 옷을 지을 시간도 없겠는데."

터너가 피곤한 얼굴로 중얼거렸다. 그 때 라프트가 잽싸게 나섰다.

"터너 씨, 고민할게 있나요? 데니스 팀이 안 된다면, 가까운 토퍼스 팀이 있잖습니까? 인간 재단사가 대표인 주제에 저번 라운드에 1등을 했던 팀 말이에요."

라프트의 말은 명쾌했다. 파필드 팀의 목표는 바로 토퍼스 팀으로 수정되었다. 그리고 그 길로 바로 리틀페어 가로 달려가던 차에 우연히 만난 키키는 굴러들어 온 종이증권과도 같았다. 터너는 속으로 미소 지었다.

***

주말 새벽, 여느 때와 다르게 제이콥의 눈이 일찍 떠졌다. 요근래 그는 잠도 제대로 이루지 못하고 있었다. 문을 나선 그는 낡은 틴케이스에서 시가 한 개비를 꺼내 들었다. 마치 그날의 의식을 치르듯 천천히 불을 붙였다. 큼지막한 걸음으로 고요한 리틀페어 가를 가로질러 토퍼스 양복점 맞은 편 골목까지 다다랐다.

새벽 공기에 하얗게 김이 서려있는 창문 너머로, W의 모습이 보였다. 그도 제이콥과 마찬가지로 밤을 지새운 행색이었다. 비어있는 위스키 병 두어 개를 벗삼은 채 헝클어진 머리 아래로 책상 위에 턱을 괴고 앉아 있었다. 제이콥은 조금 더 시가를 태우며 밖에 더 서 있다가 들어가기로 했다. 그가 벽에 등을 기대 매캐한 연기를 뿜고 있을 때였다.

희미한 회색빛 형상이 그의 시야에 들어왔다. 그는 과하게 모자의 챙을 잡아 눌러쓰고 있었다. 제이콥과 시선이 마주치자, 그는 몸을 휙 틀어 도망쳤다. 제이콥이 "어이!" 하고 소리지르다가 담배 연기가 코로 들어가 켁켁 거리는 중에 그는 이미 골목 안쪽으로 통통한 꼬리를 감췄다. 제이콥은 숨을 돌리고 일단 토퍼스 안으로 들어갔다. W가 초췌한 얼굴을 들었다.

"어서 오게나."

W는 양복점의 첫 손님을 향해 배시시 웃었다.

"W, 자네 가게 앞에서 수상쩍은 작자가 염탐하고 있었다네! 회색 털의 넓적한 꼬리를 가진 놈이었는데 골목으로 도망쳐버렸어."

"자네도 봤군."

W의 뒤에서 올리버가 걸어나왔다. 그는 언제나처럼 말끔한 행색이었다. 제이콥이 얼떨떨한 표정으로 서 있자 올리버가 하품을 한번 하더니 다시 입을 열었다.

"누군가 우리를 노골적으로 방해하려는 것 같네. 얼마 전엔 누군가가 유리를 깨고 달아나지를 않나, 요새는 이른 아침이나 늦은 저녁에 염탐까지……. 확신할 순 없지만, 웹앤퍼 쪽이 아닐까 싶다네. 방금 자네가 말한 그 꼬리, 나도 봤는데 라프트 씨의 칙칙하고 길쭉한 꼬리와 닮았다는 생각이 들더군."

제이콥은 다시 시가를 꺼내어 물고 싶은 기분이 들었다. 엎친 데 덮친 격이었다. 그는 의자에 힘없이 몸을 맡겼다. 의자가 낸 '삐걱' 소리가 그의 한숨을 대신했다. 그렇게 시간이 얼마나 흘렀을까. 리틀페어 거리를 뒤덮었던 안개 사이로 햇살이 비쳐들기 시작했다.

"똑똑, 저희 왔어요!"

토퍼스 문밖에서 맥스의 들뜬 목소리가 자동차 텀피의 경적소리와 함께 들렸다. W가 문 쪽으로 가기도 전에 맥스가 양복점으로 들이닥쳤다. 뒤이어 키키도 들어섰다. 저번과 달리 그녀의 손은 텅 비어있었다. 키키를 본 제이콥은 깊은 숨을 내쉬며 마음을 다잡았다.

"이제부터 시작일세. 아직 베낄 것도 없으니 얼마든지 염탐하라고 하지. 우린 우리 옷을 만들면 될 뿐이야. 이번 라운드가 얼마나 여유롭다고 이런 데 시간을 쓴단 말인가. 어리석을 뿐이지."

W의 목소리는 담담했다. 올리버와 제이콥도 고개를 끄덕였다. 맥스는 이들을 따라 고개를 위 아래로 흔들며 장난스럽게 물었다.

"무슨 이야기를 하고 있던 거예요?"

"누군가 우리 작업을 방해하고 싶은 것 같아서 말이다. 아까 제이콥이 염탐하는 놈을 마주쳤거든."

W가 대답했다.

"대체 누가 그런 짓을……!"

"뭐, 이제는 상관하지 않기로 했어. 방금 들었다시피 시간낭비 말고 우리 할 일에 집중하기로 얘기를 한 참이란다."

펄쩍 뛰는 맥스, 한편 그 옆의 키키는 아무 말도 없이 멀뚱멀뚱 서 있었다. 그녀의 꼬리는 바닥에 축 늘어져 있었고, 표정은 마치 소나기에 흠뻑 젖은 듯했다. W는 염탐하던 회색 형체보다 도무지 마음을 종잡을 수 없는 이 열 살배기 소녀가 더 걱정되었다. 하지만 곧 스스로 했던 다짐을 기억해냈다. 오늘에야 말로 키키의 마음을 열겠다고.

"키키. 저번에 패리어트 사장님께 받은 그림은 어떻게 했니?"

W는 화제를 돌려보기로 했다. 아이들의 옷이 지금은 무엇보다도 중요하다. 하지만 키키의 목에서는 작게 끓는 소리만 났다. 그녀의 손에는 이번에도 어김없이 쓰고 온 No.23 모자가 단단히 쥐어져 있었다.

"키키는 그림을 가지고 오자마자 벽에 붙여놓았어요. 그렇지, 키키?"

맥스가 대신 대답했다.

"우리도 그 그림에 대해서 생각해봤어. 그리고 네가 했던 말도 함께 떠올렸지. 키키, 화려한 옷을 원한다고 했지?"

키키는 한참 뒤에야 작은 목소리로 "네……" 하고 대답했다.

"아무리 우리가 키키 널 걱정해서 그랬다고 하더라도, 가장 중요한 네 마음을 헤아리지 못했어. 물론 지금도 옷을 입는 네가 안전하고, 편해야 한다는 생각에는 변함이 없다. 하지만 그 가운데서도 네가 화려할 수는 없을지 쭉 고민했지.

좋아, 키키! 햇메이커의 명예를 걸고 약속하지. 네 모자, 누구보다도 화려하게 만들어 줄 거야."

키키가 고개를 들어 올리버를 응시했다.

"네가 원한 거니까, 그렇게 해야 한다고 생각했어."

마지막 한마디를 하고난 뒤 올리버는 입을 꾹 다물었다. 올리버가 이런 말을 하는 것은 흔치 않은 일이었기에, 올리버는 머리를 긁적였다. 이어 W가 나섰다.

"하지만 키키, 네가 기억해줬으면 하는 게 있어. 우린 언제나 네 편이고, 네가 원하는 옷과 구두 그리고 모자를 만들기 위해 여기 있다는 거야. 네가 우리의 중심이라는 걸 잊지 말아줬으면 해."

키키가 조용히 고개를 끄덕였다. 올리버와 W가 한마디씩 하자, 제이콥은 자신도 뭔가를 해야 된다는 생각이 들었는지, 재킷 주머니에서 틴케이스를 꺼냈다. 보통 제이콥이 친해지고 싶은 상대에게 건네는 것이었다.

제이콥은 대여섯 개의 사탕을 키키와 맥스의 손에 올려주었다. 키키가 입안에 사탕을 넣더니 고개를 갸우뚱했다.

"음……. 우리 집에서 만든 것보단 확실히 별로네요."

옆에서 맥스도 고개를 끄덕였다. 제이콥은 벙찐 표정으로 틴케

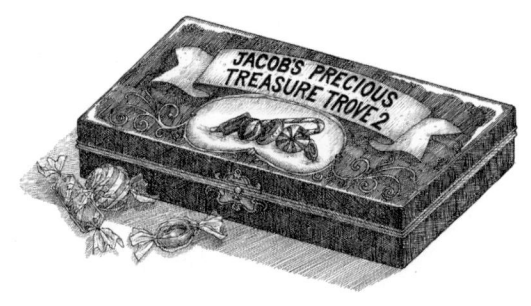

이스 라벨을 확인했다. '제이콥의 제2 보물단지'라 적혀 있었다. 아이들이 껌뻑 죽을 맛이라 생각했는데? 제이콥이 다시 케이스를 뒤적거리는 동안, 키키와 맥스는 서로 눈짓하며 킥킥 웃었다.

6월 셋째 주, 제이콥의 회의록

장소: 토퍼스 양복점 | 참여자: 토퍼스 팀 전원, 맥스&키키

- 키키와 맥스 모두 원하는 옷과 관련된 스크랩 및 그림을 가져오기로 함.
- 짧은 회의. 희망적
- 크리놀린이나 코르셋 등의 버팀대 등은 사용하지 않기로 결정.
- 대신 무대 연출을 더 화려하게 하는 방향으로 협의.

며칠 뒤, 제이콥은 사탕가게 복작복작 앞, 차 안에서 키키를 기다렸다. 그녀는 이번에야 말로 단단히 마음을 먹었는지 그간 모아두었던 패션 잡지와 콜라주를 가득 채운 가방을 가지고 낑낑대며 나왔다. 제이콥이 가방을 들어주며 차에 태우자, 키키가

말했다.

"가는 길에 우체국에 들러주시면 안될까요?"

제이콥이 고개를 끄덕이자, 어쩐 일인지 맥스는 뒷좌석에서 킥킥거리며 웃었다. 우체국에 들어간 키키는 제이콥의 양손에 들려진 채로 높은 책상 위에서 편지를 쓰기 시작했다.

'웹스' 양복점의 터너 앞 / 거절, 거절, 거절! / 키키 L. 크리스 보냄.

터너는 편지를 받자마자 구겨 손아귀에 움켜쥐고는 벽난로의 타오르는 불길 속으로 던져 넣었다. 그는 한동안 가만히 불길을 응시하다가, 소파에 앉아있던 라프트와 하버를 향해 고개를 돌렸다.

"뭐, 좋아, 그럼 다음 작전이다."

둘은 터너가 무슨 말을 하는지 전혀 알 길이 없었다. 또 다른 계획을 이야기 했던가?

"……."

입을 꾹 다문 둘은 밖으로 나가 차에 시동을 걸고 터너를 기다렸다.

"우리 다음 작전은 바로 '집요하게'다."

차에 탄 터너는 검은 장갑을 낀 채 검지를 치켜들었다. 먼저 그는 자신이 작전의 수뇌부라 칭하며 역할 분배를 시작했다.

슈메이커 라프트는 얼굴이 이미 팔린 탓에 직접 움직이는 대신, 패리어트 사의 웨건과 선박을 몰래 관찰하는 역할을 맡았다. 그의 머릿속에는 골목길과 수로가 정확한 지도처럼 펼쳐져 있었기에, 이는 최적의 선택이었다. 라프트는 골목 구석에서 담배를 꺼트리며 혼잣말을 했다.

'선박이라니, 왜 진작 떠올리지 못했지?'

라프트는 곧 망을 볼 믿음직한 동료를 찾아 나섰다.

햇메이커 하버는 토퍼스 팀의 스케치를 베끼는 역할을 자처했다. 그는 자신이 회장으로 있는 설치류 모임 '비버처럼 바쁘게'의 회원들을 동원하기로 했다. 이 클럽은 이스트엔트의 험난한 환경 속에서 작은 설치류들끼리 뭉쳐보자는 의의로 모인 단체였으며, 규모는 이제 스무 명을 넘어섰다. 하버는 클럽멤버들에게 터너의 작전 내용을 전했다.

"이번 작전은 '집요하게'다. 우리의 강점은 끈기와 재빠름 아니겠나?"

작은 보상금과 소일거리가 걸리자, 많은 지원자가 클럽 내에서 속출했다. 그는 주행성과 야행성 팀으로 지원자를 나누었다. 주행성 팀은 '천적 방지Head Enemy Off' 사의 망원경으로 창문 너머의 스케치를 베끼는 역할을, 야행성 팀은 지붕쥐 삼형제가 주축이 되어 토퍼스의 건물을 타고 올라 벽난로, 작업실 안쪽에 난 구멍에서 스케치를 보고 베끼는 역할이었다.

W는 수인들만큼이나 예리한 감각도 없었고, 그들의 행동이 워낙 기민한 탓에 그들의 기척을 알아차리지 못했다.

하지만 심사가 열리기 2주 전 날의 저녁, 변수가 생겼다. 스토브 연통 옆 틈새에서 몰래 염탐하던 지붕쥐를 맥스가 발견한 것이었다. 맥스는 놀라 소리를 질렀고, 지붕쥐는 외벽을 타고 황급히 사라졌다. 그 모습을 보던 올리버는 한숨을 내쉬었다.

"여러모로 대단한 놈들이군."

그날 이후 올리버는 회의 내용만 조심스레 노트에만 기록하고, 혼자 더 슬리키스트에서 비밀 작업을 이어가겠다고 선언했다.

그 사이, 키키는 세 번째 회의에 한껏 들뜬 기색으로 자신의 패션 카탈로그를 분류해 가지고 와서 토퍼스 팀원들에게 나누어 주었다. 카탈로그는 묵직해서 읽는 데만도 회의 시간 절반 이상을 넘길 정도였다. 팀원들이 크고 작은 반응을 보일 때마다 키키의 꼬리는 기쁨에 겨워 드레스와 함께 빠르게 상하좌우 흔들렸다.

그녀의 열성적인 참여 덕분에 토퍼스 팀 작업에도 박차가 가해졌다. 패리어트 사에서 제공한 옷감과 부자재도 큰 도움이 되었다. 비비는 주문을 접수받은 뒤 이틀날이면 반드시 재료들을 보내주었다. 올리버는 원하는 여성 모자 장식을 잔뜩 주문해서 받았다. 입으론 웹앤퍼의 방해공작에 혼선을 빚기 위한 작전이라 했지만, 올리버는 이 과정이 어지간히 즐거운 듯 했다. 그는 보석상에서 일했던 경험을 마음껏 뽐냈고, 키키에게 "이런 장식을 원하십니까, 레이디"와 같은 장난을 치곤했다. 프릴과 단추를 붙이고, 장식 리본을 매어줄 때가 되니 토퍼스팀은 웹앤퍼의 염탐꾼에도 익숙해졌다.

"이제는 지긋지긋한 얼굴이 안 보여서 속이 시원하군. 이제야 옷 만드느라 바쁜 척이라도 하고 싶은 건가?"

제이콥이 말했다.

"제이콥, 웹앤퍼 얍삽한 그 작자들이 하는 걸 두 눈으로 보지 않았는가. 쉽게 포기할 성 싶던가? 나는 긴장을 놓지 않으려고 하네. 자네들도 그렇게 마음을 놓았다간 어떻게 될지 모르니 조심하게."

올리버는 작업하는 내내 촉각을 곤두세웠다.

***

2라운드 경연 대회가 열리기 2주 전, 1라운드 때와 같이 개최 장소가 모든 인원에게 전보로 전달됨과 동시에 곧 〈전서구일보〉를 필두로 언론에도 공표되었다.

> 패리어트의 꿈의 유원지에 여러분을 초대합니다.
> 장소는 모크 호수 옆 공원, 플룸Plume 랜드
> 7월 15일, 금요일 오후 4시.

"자, 다들 패리어트 사와 A-패션 아카데미가 준비한 꿈의 유원지. 그 클라이막스인 금수 의복 경연 대회를 맞을 준비가 되셨습니까?"

〈전서구일보〉에서 장소로 '플룸 랜드'를 언급했을 때, 그 광활한 공간을 주최 측이 어떻게 사용할지에 대한 갖가지 추측이 난무했지만, 심사가 열리기 전까지 문자 그대로 철저히 베일에 싸여 있었다.

심사 당일, 금빛 햇살이 쏟아지는 플룸 공원에 유랑악단이 등장하며 경연의 시작을 알렸다. 아침 햇살과 함께 드러난 풍경은 마치 꿈속 한 장면 같았다. 각종 놀이기구, 길게 뻗은 팔각형 모양의 서커스 천막 그리고 호수 바로 앞을 차지한 〈금수 의복 경연 대회〉 아치형 간판 아래 드리운 커튼까지.

2라운드의 시작과 함께 놀이공원이 개장할 줄은 아무도 예상하지 못했지만, 곧 골목의 아이들이 선두로 공원 문을 열고 들어왔다. 그들의 웃음소리는 곧 공원을 북적이는 활기로 가득 채웠다. 정오 무렵에는 놀이기구마다 긴 줄이 늘어섰다.

자동차 기구에 탄 아이들은 운전대를 이리저리 돌리며 어른 행세를 했고, 관람 기구에 탄 사람들은 그들이 사는 동네가 어디인지 손가락을 가리키며 찾는 재미에 푹 빠져 있었다. 패리어트 사의 깃털 장식 배지를 단 아이들은 동화 속 요정처럼 폴짝폴짝 뛰며 '와' 하는 감탄사를 터뜨렸다.

오후, 심사 시간이 다가오자 사회자 뮤토가 무대에 올라왔다. 그는 한껏 솟은 피크드 라펠(뾰족하게 솟아있는 형태의 라펠. 칼깃이라고도 한다)에 A-패션 아카데미 배지와 패리어트 사 깃털 배지를 훈장처럼 단 그는 상기된 목소리로 외쳤다.

"모두 함께 경연 대회에서 초여름의 피날레를 장식해 봅시다!"

천여 명의 관객들이 우렁찬 호응으로 화답했다. 악단의 힘찬 연주가 공원 전체에 울려 퍼졌고, 어른들의 전유물처럼 여겨졌던 무도회가 눈앞에서 펼쳐지자 신난 아이들은 노래에 맞춰 춤추기 시작했다.

"첫 번째로, 웹앤퍼 팀을 소개합니다!"

뮤토의 외침과 함께 무대 커튼이 천천히 걷히며 경연의 두 번째 막이 화려하게 열렸다.

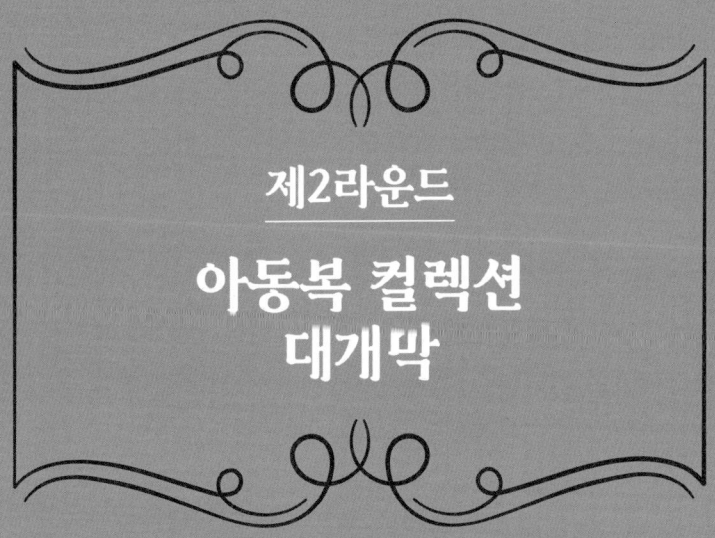

제2라운드

아동복 컬렉션
대개막

웹앤퍼

　무대를 준비하는 터너는 표정이 완전히 굳어있었다. 하버와 라프트도 마찬가지였다. 셋은 말을 아낀 채 아이들 의상에만 집중했다. 아이들은 계속 어깨를 움츠렸다 펴며 옷에 몸을 맞추려 애썼다.

　행사 위원의 신호에 사샤가 먼저 무대에 올랐다. 내색하지 않으려 했지만 딱딱한 표정과 몸짓은 그녀가 긴장했다는 것을 여과 없이 보여주었다. 관중석은 그녀와 함께 숨죽였고, 드레스가 스치는 미묘한 소리만 조용히 들려왔다. 그 뒤를 이어 해피가 무대 위로 등장했다. 그는 터너가 한 말을 떠올리며 걸음을 내디뎠다.

　"해피, 팔은 적게 움직이되, 다리는 쭉쭉 뻗어. 군인처럼 멋지게 보이게 말이야."

　해피는 다리를 길게 뻗으며 무대 위를 가로질렀다. 하지만 걸음을 뗄 때마다 재킷이 어색하게 올라가는 바람에 몸이 점점 뻣뻣해지는 것 같았다.

　"오, 터너 씨. 다행히 벨트 덕에 재킷이 제자리를 지키고 있네

요. 해피의 움직임이 어색한 걸 관객들은 아이가 긴장했기 때문이라고 생각하겠죠. 우리 입장에선 행운인데요."

무대 뒤에서 하버가 낮은 목소리로 혼잣말을 했지만, 라프트가 날카롭게 쏘아붙였다.

"조용히 해, 하버. 터너 씨 지금 목 풀고 있는 거 안 보여?"

"둘 다 조용히 해. 아이들 옷 받아서 주름진 부분 다림질이라도 해 놓으라고. 심사평 할 때 옷에 주름 하나 없게 말이야."

터너는 목소리를 가다듬고는 아이들의 워킹이 끝나자 무대 위로 걸어나갔다. 무대에서 내려온 해피는 몸을 삐그덕거리며 기름칠되지 않은 기계처럼 움직였다.

"저희 옷은 어린이들이 활동하기 편하도록 제작된 옷입니다. 안타깝게도, 제가 살던 동네는 그리 옷을 맞춰 입을 형편이 되지 못하는 아이들이 태반이라……. 수수하지만 튼튼해 오래 입을 수 있는 옷으로 제작했습니다."

터너가 '형편이 되지 못하는' 부분을 이야기할 때 목소리가 조금 잠겼다. 그는 거듭 자신이 살던 동네 사정을 절묘하게 섞으며 발표를 이어갔다. 이 남자의 연기가 어찌나 특출났는지, 관중석 여기저기서 손수건으로 눈가를 닦는 사람들이 보였다. 이 광경을 지켜보던 올리버는 질색하며 그 자리를 박차고 나가버렸다. 나가던 올리버의 눈에 무대를 마친 사샤와 해피가 들어왔다. 둘은 서로 옷이 낑기는 부분을 잡아당겨서 편하게 하려 안달이었다.

파필드

　케이시는 무대 위로 올라오기 전 무거운 모자를 몇 번이고 다시 올려 썼다. 나갈 차례가 되자 리처드가 그녀의 모자를 한 번 더 정돈해 주었다. 그녀가 무대 위에 선 순간, 관객들은 화려한 깃털 장식이 달린 모자와 얇게 층층이 주름진 드레스가 함께 휘날리는 모습에 감탄했다. 마른 체형의 케이시에게 어울리는 발모랄 부츠는 넓게 퍼지는 치마와 함께 보기 좋게 떨어졌다.

　뒤이어 토토도 걸어나왔다. 재킷과 니커보커즈의 핏이 가장 눈에 띄었다. 재킷 앞자락에서부터 꼬리로 떨어지는 둥근 마감은 완성도가 뛰어났고, 케이시의 화려한 모자와 다르게, 토토의 차분한 볼러 햇이 정석적인 멋을 더했다.

　"어른 옷을 입혀놨군. 아이들을 위한 배려라곤 바지 길이와 셔츠의 칼라뿐인가."

　오스카가 시선을 굴리다 멈추며 툭 던졌다.

　"하지만 이전 팀보다 마감은 훌륭해."

랜돌프가 말했다. 오스카는 길쭉한 혀를 한번 내밀어 동의를 표했다. 확실히 정교한 재봉선은 그들의 솜씨를 뽐내기 충분했으나 그뿐이었다. 파필드 팀은 케이시의 모자에 화려함을 모두 실은 듯 했으나, 그 조차도 어린이와는 어울리지 않는 산만한 디자인이었다. 관객 반응도 이를 반영하듯, 케이시의 화려한 복장에 다들 시선이 빼앗겨 이후 토토에 대한 반응은 미지근한 박수만 남았다. 심사위원들은 여자아이와 남자아이의 옷이 따로 논다는 것을 간과할 수 없었다.

- **모자**

    토토: 짙은 다크 네이비 색상에 은은한 푸른 빛이 감도는 세련된 볼러 햇이다.

    케이시: 주름 잡히 챙 위로 조화와 깃털을 장식해 화려함을 한껏 뽐낸 모자다.

- **옷**

    토토: 아동복이라도 포멀한 차림새가 중하다 여겨 쓰리피스에 재킷은 짧은 테일코트처럼 제작했다. 색상은 약간 짙은 그레이. 토토가 목을 꽤나 답답해했기에 탈착식 칼라를 생략, 칼라 스탠드만 남기기로 했다.

    케이시: 선홍빛이 도는 분홍색에 검정에 가까운 다크 브라운 장식과 리본으로 포인트를 준 원피스다. 전체적으로 짧고 규칙적인 주름을 넣어 단정하고 정돈된 이미지를 연출했다. 높게 올라온 셔츠 칼라 스타

일의 목 부분이 성숙하고 단아한 분위기를 더해준다.

- **구두**

  토토: 발등 부분에 세련된 밴드 장식이 들어간 검은색 로퍼다. 포멀한 의상과 조화롭게 어울린다.

  케이시: 정강이 중간 아래까지 올라오는 여성용 발모랄 부츠다.

데니스

매기가 주저 없이 무대 위로 걸어 나왔다. 커다란 리본이 달린 모자가 그녀의 당찬 걸음에 맞춰 흔들리며 아동복 특유의 사랑스러움을 뽐냈다. 가족 단위 관객들의 탄성이 터져 나왔다.

"이것이야말로 아동복!"

조나단도 감복한 듯 했다. 그는 매기가 쓴 모자에서 눈을 떼지 못했다.

무대 끝 조명이 그녀의 리본 타이 한가운데를 장식하는 보석에 반사되며 빛났다. 올리브 그린 색의 옷감과 미색 프릴의 조화가 그 매력을 더했다. 매기는 관객으로 하여금 무대 속으로 한껏 빠져들게 했다. 이는 다음 무대를 준비하고 있는 키키에게도 전해진 모양이었다. 매기의 변함없는 자신감을 항상 부러워하던 그녀는 입을 굳게 다물었다.

이후에 등장한 럭키는 쌍둥이 중에서는 키가 큰 편으로, 소년 티를 막 벗으려는 모습이었다. 데니스 팀은 그에게 세일러 슈트를 맞춰주었다. 청색 칼라와 새하얀 옷감의 조화는 언제 보아도

시원한 느낌을 주었다. 네이플 옐로 색상의 네커치프가 유일한 난색으로 포인트가 되어주었다. 적당한 길이의 하프팬츠는 럭키의 큰 키에 딱 맞았다. 부풀린 세일러 모자는 매기의 리본 모자와 양감이 보기 좋게 어울렸다.

무대의 끝에서 만난 둘은 팔짱을 끼고 함께 포즈를 취했다. 풍성하게 다듬어 놓은 꼬리를 휘날리며 걷는 그들에게 관객들의 우레와 같은 박수가 쏟아졌다.

"아, 아동복의 매력을 아주 잘 살렸군요. 데니스 팀. 보는 내내 흐뭇한 미소가 떠나지 않는데요."

무대 위로 올라온 뮤토가 웃음을 띠며 다음 팀을 호명했다.

- **모자**

  매기: 베레모와 컨트리캡의 특징을 절묘하게 결합한 독특한 디자인의 모자다. 드레스보다 약간 짙은 올리브 그린 컬러로, 눈에 띄는 큰 리본 장식을 더해 세련되게 마무리했다.

  럭키: 백색의 세일러 햇. 더 풍성하게 모양이 잡히도록 넉넉하게 원단을 사용했다. 포인트가 되는 리본은 의상과 어울리는 남색으로, 매달린 장식은 고급스러운 황동 재질을 사용했다.

- **옷**

  매기: 귀여움이라면 작은 프릴만 한 것이 없다는 데니스 팀의 철학이 녹아든 세련된 올리브 그린 원피스다. 가슴판의 프릴 장식만 백색으

로 처리해 포인트를 주었고, 크라바트 스타일의 타이에는 가넷을 연상시키는 붉은색 석재로 장식했다. 등허리 뒤쪽의 리본 장식은 푸른빛이 감도는 검은색 원단으로 우아하게 마무리했다.

럭키: 시원함이 돋보이는 세일러 스타일 슈트다. 깨끗한 백색 바탕에 짙은 네이비로 포인트를 주어 경쾌한 느낌을 자아낸다. 어깨 장식 아래로 둘러맨 선명한 빨간색 타이가 생동감을 더한다.

● 구두

매기: 과거 제정 시대의 유행을 현대적으로 재해석한 빅 버클 슈즈다. 은은한 광택의 황동 재질 버클이 블랙 컬러의 신발과 절묘한 균형을 이룬다.

럭키: 밴드 장식이 돋보이는 갈색 로퍼. 털색과 구두 색 모두와 조화를 이루는 미색 양말을 매치했다.

토퍼스

토퍼스 팀은 일찌감치 준비를 마치고 무대 뒤에 섰다. 키키는 외면도, 동요도 하지 않았다. 자리를 지키던 소녀는 자신의 차례가 되자 묵묵히 걸음을 내디뎠다. 심사하기 전까지 열심히 옷을 다림질하던 하버와 라프트는 아이들을 흘겨보았다. 맥스는 부아가 치밀어 키키와 함께 비아냥거리기라도 해볼 생각이었지만, 그녀는 무대에서 시선을 떼지 않았다. 키키를 본 맥스도 흔지 중얼거렸다.

"우리만의 무대야."

무대 위에 맥스가 먼저 올라섰다. 여섯 단추가 돋보이는 재킷을 입고 팔을 앞뒤로 크게 흔들며 걷는 맥스는 어린이 근위병이 되어 무대 위를 행군했다. 단추로 깔끔하게 정리된 바지 밑단은 제이콥의 아이디어로, 구두의 단추와 측면에서 이어지며 통일감을 주었다. 다행히 웹앤퍼가 표절한 것으로 보이는 칼라는 맥스의 씩씩한 팔 동작에 상대적으로 눈에 덜 들어왔다. 무대의 가장자리에 도달한 맥스는 보폭을 서서히 줄이더니 꼬리를 하늘 높이

치켜세운 뒤, 차렷 자세로 관객 쪽을 응시했다. 몸을 틀어 무대 안쪽의 커튼을 바라보는 맥스. 관중의 시선들도 그를 따랐다. 이제 키키의 차례다.

커튼 뒤, 키키는 토퍼스 팀과의 마지막 회의를 떠올렸다. 긴장으로 잠을 설쳤다는 그녀에게 W가 말했다.

"키키. 너는 체스의 퀸이야. 어디든 갈 수 있는 자유로운 여왕. 너의 무대를 방해할 사람은 아무도 없으니 마음껏 즐기면 돼."

패리어트가 그려준 그림이 그녀의 머릿속에 떠올랐다. 검게 칠한 구름들은 무엇 하나 신경쓰지 않으리라. 그녀는 습관처럼 모자를 만지작거렸다. 익숙했던 No.23의 촉감이 아니었다. 올리버가 키키의 이야기를 담아 한 땀 한 땀 만들어준 새 모자였다. 기다려온 순간이 눈앞에 다가왔다.

'이 손에 있는 건 내 왕관, 이제 대관식이야.'

차분해지는 감각에 그녀는 홀린 듯 걸음을 내디뎠다. 고개를 들자, 맥스가 한쪽 무릎을 꿇고 에스코트하는 기사의 자세를 취하고 있었다. 미소를 짓는 소년을 보며 키키의 입꼬리도 덩달아 올라갔다. 관객들의 모든 시선은 이제 키키를 향했다. 패리어트의 그림이 현실이 되었다. 발끝에서부터 올라오는 전율을 따라 키키는 앞으로 걸었다. 무대의 끝에서 맥스와 마주한 그녀는 주름진 원피스를 양손으로 살짝 쥐어 올렸다. 스타킹에 감싸인 종아리가 드러나자, 발로 치마를 걷어 차 띄웠다.

'펄럭.'

맥스가 손을 뻗자, 키키는 그 손위에 발을 살포시 얹었다. 이제 시선이 키키의 발끝에 쏠렸다. 맥스가 손을 튕기며 그녀의 발을 하늘로 띄웠다. 한 올 한 올 주름이 들어간 치마가 화려한 꽃처럼 무대 중앙에서 만개했다. 구둣발 소리와 함께 그녀는 꽃잎처럼 사뿐히 내려앉았다.

'팍.'

키키는 작은 손으로 여왕관을 절도 있게 꺼내들었다. 장식 깃털이 날개처럼 펄럭이며 조명을 반사할 때, 그녀는 모자를 머리 위에 얹었다. 자유를 만끽하는 여왕, 키키는 당당히 고개를 치켜 올렸다.

- 모자

  키키: 청보라색 벨벳으로 만든 2층 구조의 프릴이 특징이며, 화려함의 끝을 보여주는 모자다. 키키의 요구를 충실히 반영하여 제작되었으며, 그만큼 높은 공임이 들어갔다. 큰 가짜 타조 깃털과 야생화로 장식되어 마치 거대한 꽃 왕관을 보는 듯하다.

  맥스: 밝은 갈색의 보터 햇. 땀이 많은 맥스를 위해 특별히 가볍고 시원한 소재를 선택했다. 네이비 바탕에 흰색 스트라이프의 장식 리본이 세련미를 더한다.

- 옷

  키키: 은은한 푸른빛을 띠는 백색 원피스로, 밝은 파란색의 정교한 자

수 무늬가 돋보인다. 모델의 요청에 따라 화려한 프릴 장식을 겹겹이 사용해 풍성한 실루엣을 연출했다. 두께감 있는 리본 허리띠가 포인트다.

맥스: 밝은 브라운 색상의 더블 브레스티드 재킷과 브리치즈로 구성된 세트 슈트다. 깔끔한 하얀 이튼 칼라와 버건디 색상의 보타이가 세련된 조화를 이룬다.

● **구두**

키키: 갈색 로퍼에 큰 리본 장식으로 화려한 이미지가 머리부터 발끝까지 연출되도록 마무리했다.

맥스: 짙은 갈색 바탕에 황색 스웨이드 소재를 조화롭게 사용한 세련된 버튼 부츠다. 미색 나무 소재의 단추가 특징이다.

***

심사위원 패리어트는 마이크를 받아들고도 고개만 가로저을 뿐, 입을 열지 않았다. 그의 반응에 사람들이 웅성대자, 그 상황을 파악하기 위해 비비가 패리어트를 향해 달려갔다. 가장 먼저 심사를 받는 팀, 웹앤퍼의 재단사 터너는 입을 꾹 다문 채 아무 말도 하지 않았지만, 그의 잿빛 털이 붉게 물든 것으로 보아 크게 당황한 것을 알 수 있었다. 사회자와 비비가 겨우 패리어트에게 가서 무어라 속삭인 뒤에야 마이크 소리가 다시 울렸다.

"이번 라운드의 메인 심사위원 패리어트 사장님의 평가는 가장 마지막 순서로 하겠습니다. 기대해 주십시오! 먼저 다른 위원 분들의 심사를 들어보도록 하겠습니다."

비비는 대기실로 뛰어 들어 묵직한 서류 가방을 뒤졌다. 곧 '주문 내역서'라 적힌, 날짜별로 정리된 종이 뭉치를 찾았다. 서둘러 매듭을 푼 그는 웹앤퍼와 토퍼스의 종이를 대조했다.

"토퍼스와 웹앤퍼 팀에서 똑같이 주문한 옷감이 네 종, 아니. 다섯 종이나 되는 군. 부자재까지……. 그리고 주문 날짜는 또 동일하잖아?"

비비의 털이 곤두섰다. 밖에서 들려오는 마이크의 '삐–' 소리에 정신이 퍼뜩 든 그는 종이를 챙겨 패리어트가 있는 심사위원석으로 뛰어갔지만, 이미 패리어트가 마이크를 들고 있었다.

"사샤, 해피. 이리로."

웹앤퍼의 모델인 두 아이가 패리어트의 앞으로 왔다.

"해피, 이겼다. 만세!"

패리어트가 갑자기 두 팔을 높이 들어 만세를 외쳤다. 해피가 얼떨결에 따라하자, '투두둑.' 허리띠로 겨우 붙잡고 있던 재킷이 팔을 따라 빠르게 올라가며 암홀의 박음질이 뜯겨졌다.

"해피는 못된 옷에서 벗어났다."

확실히 패리어트가 말한 대로 되긴 했다. 재킷의 양쪽 팔이 완전히 뜯겨나갔다.

"그래, 이제 마음껏 팔을 휘저을 수 있겠구나."

랜돌프가 허허 웃으며 말했다.

비비는 자신이 더 할 일이 없다는 것을 깨닫고 무대 뒤에 그대로 팔짱을 끼고 서 있었다. 터너는 고개를 떨구고 허공을 향해 발길질을 해댔다. 순위에 너무 눈이 멀었다는 것을 깨달았을 때는 이미 한참이나 늦은 뒤였다.

"이스트엔드 최고의 솜씨를 자랑하던 내가 이런 꼴을······! 이런 기본적인 실수를······."

뼈아픈 수모를 겪은 그는 모자를 푹 눌러쓰고는 힘없이 경기장을 빠져나갔다. 라프트도 하버도, 이번만큼은 터너를 따라갈 생각이 없었다. 그들은 변화가 필요함을 절실히 느꼈다.

"그렇게 기를 쓰고 우리를 염탐한 결과가 이거라니, 어설프게 되어도 정도가 심하군, 쯧쯧."

그들의 모습을 본 올리버가 혀를 찼다.

옷이 뜯겨나간 채로 있던 해피에게 패리어트가 자신이 입고 있던 재킷을 벗어 덮어주었다. 그는 지붕 아래의 그림자가 드리운 심사위원석에서 벗어나 무대의 중앙으로 섰다.

"아, 아이들의 옷은 뛰어놀기 편한 옷이어야……!"

패리어트의 목소리는 점점 또렷해졌다. 조용한 무대 위에서 마이크의 잡음만이 울렸다. 관객들은 패리어트가 이번에도 말을 하기 위해 많은 준비가 필요한 것이라 생각했다. 그의 손에 대본이 들려있지 않았기 때문이다. 그러나 침묵은 짧았다.

"아이들이, 언제나 자유롭기를."

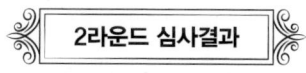

ROUND	1	2	3	4	총합
웹앤퍼	6	3			9
파필드	7	4			11
데니스	6	8			14
토퍼스	9	5			14

〈심사평-패리어트〉
- 웹앤퍼: 완성도 면에서 실망스러웠습니다. 급하게 제작된 듯한 인상이 강하며, 완성도가 떨어지는 것이 여실히 드러났습니다. (*타 팀과 디자인 유사성 논란이 제기되어, 조사 진행 중.)
- 파필드: 디자인은 뛰어납니다만, 아이들의 천진난만함이나 에너지를 담기엔 어른스러운 느낌이 있습니다. 아이들의 세상을 옷으로 풀어낸다면 더 좋은 작품이 되었을 것 같습니다.

- 데니스: 활동성과 디자인의 조화가 돋보였습니다. 아이들이 자유롭게 뛰놀 수 있는 옷이라는 점에서 이번 라운드의 주제를 가장 충실히 따랐습니다. 모자, 옷, 신발의 조화 역시 완벽했습니다.
- 토퍼스: 모델들의 만족도가 높았으며, 특히 모자 디자인은 감탄을 자아낼 정도로 독창적입니다. 고혹적인 왕관을 연상시키는 작품이라 불릴 만합니다. 다만 퍼포먼스의 비중이 높아 옷의 매력이 완전히 드러나지 못한 점이 다소 아쉽습니다. (*타 팀과 디자인 유사성 논란이 제기되어, 조사 진행 중.)

※ ※ ※

키키는 여전히 여유가 되면 패리어트 저택을 찾아 사장님을 만나곤 했다. 이제는 전보도 필요 없이, 패리어트 쪽에서 직접 그녀를 데리러 오는 일이 잦아졌다. 이번 시즌 반다이크 모자 라인업의 공란은 1등인 데니스 팀의 모자로 채워졌지만, 메인 착장 모델이 바로 키키로 낙점된 까닭이다. 어찌 보면 당연한 결과였다. 그녀의 무대 퍼포먼스는 2라운드 심사 이후 연일 화제였으며, 심지어는 키키가 늘 손에서 놓지 않던 패션 주간지 〈뽐내는 새Bragging Bird〉의 1면을 장식하기까지 했다. 덕분에 사탕가게 복작복작의 계산대 뒤에는 그 1면을 스크랩한 새 액자가 걸리게 되었다. 다른 패션지에서 경연 대회에 나온 아동복의 유사성 논란을 다뤘지만, 키키의 빛나는 이야기에 밀려 신문 가판대에서 금세 사라졌다.

키키는 자신의 방 벽에 패리어트가 준 그림을 눈높이에 맞춰 붙여놓았다. 그 옆에는 새 패션 콜라주를 만들어 둥글게 둘렀다. 흑과 백으로 그려진 그림을 중심으로 그녀의 벽에는 매일 같이 멋진 무대가 펼쳐질 터였다.

 이른 아침부터 키키는 부산스레 준비했다. 패리어트 사장님을 만나기 위해 먼저 복작복작 앞으로 나섰다. 언니 오빠들은 동네 아이들에게 보여주기로 했던 키키가 또 나가는 것이 못내 아쉬운 눈치였다. 그녀는 이제 가족과 동네에서도 '악동 퀸'과 같은 별명으로 불렸다. 올리버가 만들어 준 모자를 다시 머리에 얹은 키키는 문득 그날의 환호를 떠올렸다. 작은 손에 쥔 여왕관이 그녀를 자유로 이끌던 순간을.

LONDON TAILOR COLLECTION

3라운드
빈티지 파티

'맨 오브 코랄.'

조나단 해리슨은 이름이 대명사로 대체될 만큼이나 런던 젊은 층의 컬트적 인기를 끌고 있는 패션계의 유명인사다. 멀리서 보면 그저 조나단 '코랄'로 성을 바꾸고 싶어하는 괴팍한 성격에, 종잡을 수 없는 파티의 망나니로 불리면서도 그의 인기가 날로 치솟고 있는 이유는 단순하다. 그가 일찍이 사람들의 시선을 자신에게 이끄는 법을 깨우쳤기 때문이다.

조나단 해리슨은 자신에게 동화되는 것을 '코랄화' 되었다고 말하고 다녔으며, 그와 함께하는 이들은 당연하게도 '코랄즈'라는 이름으로 활동했다. 이 이름에 대해 조나단은 다음과 같이 이야기하곤 했다.

"코랄화란 나의 산호색 깃털만큼이나 아름답고, 미적으로 완벽한 상태를 이르는 말입니다. 열등감이든 결핍이든, 우리만의 방식으로 '코랄즈'에서 가장 찬란한 파티를 즐기는 건 어떤가요?"

런던의 여느 클럽 나부랭이들처럼 '나를 따르라!'식의 억지스러움은 없더라도, 그의 말과 옷에는 사람들이 따를 만한 힘이 있었다. 이러한 자유분방함과 파격적인 철학은 산업혁명의 검은 연기 아래 죽어가던 화려한 패션의 불씨를 다시 살려냈다. 다채로운 체형을 아우르는 모델 산업, 르네상스의 색채를 떠올리게 하는 의상 그리고 수인용 액세서리까지. 코랄즈는 어디에서나 주목받았다.

우스꽝스럽다며 손가락질을 해댔던 이들, 특히 리그레서들에게도 '코랄화=아름다움'이라는 구호 아래 미적 가치만 추구하는 코랄즈는 공격 대상이 되지 않았다.

코랄즈의 홍보 방식은 그들의 리더, 조나단만큼이나 독특했다. 런던의 파티란 파티는 죄다 다니며, 그 공간을 코랄빛으로 물들인 런웨이로 탈바꿈시키는 것. 하지만 그의 다혈질적인 성격은 언제나 문제가 되기 일쑤였다. 형인 에드윈 해리슨조차 이렇게 말했다.

"조나단은 주인공이 되고 싶은 욕망이 강한 게 문제입니다. 누군가 코랄즈에 대해 한마디라도 나쁘게 말하면 금세 불같이 달려들죠. 난장판이 된 파티가 셀 수 없어요."

다혈질인 동생과 함께 파티에 나가는 일은 해리슨 가문에 먹칠을 하는 일이 될 것이 뻔했으리라.

"형은 별 탈 없이 해리슨 가를 물려받을 테니 저렇게 이기적인 생각을 하는 거지."

조나단은 어느 파티장의 테라스에서 한 귀족 차남에게 말했다. 그 차남은 장자 상속제 때문에 모든 것을 빼앗겼다며 한창 신세한탄 중이었다.

"그러니까, 조나단. 장남들은 전부 이기적이야. 우린 아무리 발

버둥쳐도 결국 그들의 그림자일 뿐이잖아. 어디 괴팍한 귀족네 집사로 평생을 고통받으며 살지 않으면 다행이지."

술에 흠뻑 취한 조나단은 쉰 목소리로 이렇게 대답했다.

"이보게, 그딴 소리랑은 하지 말라고. 날 보게. 난 이렇게 나대로 살아가고 있잖아. 맨 오브 코랄! 자유롭고 아름답지. 열등감 같은 건 아름다운 꽃을 피우기 위한 밑거름에 불과하다네. 코랄즈는 그런 사람들의 모임이야. 결핍 속에서 가장 빛나는 아름다움을 찾아내는 곳이지."

팔은 안으로 굽는다 했던가. 조나단의 코랄즈 사랑은 각별했다. 자신처럼 소외된 위치에 있는 귀족 차남들에겐 그의 말이 강렬한 매혹으로 다가왔다. 코랄즈는 그렇게, 결핍을 재료로 아름다움을 만들어내는 젊은이들의 무대가 되어갔다.

그이 거칠 것 없는 기개는 보는 이들의 부러움과 기대를 사며, 맨 오브 코랄이라는 젊은 패션계의 아이콘이자 파티의 악동이라는 이미지까지 얻게 해주었다. 그렇게 조나단과 함께하는 이들의 수는 벌써 런던 전역에만 삼백 명에 달했고, 코랄즈의 패션과 모델 산업은 날로 발전했다.

＊＊＊

맨 오브 코랄이 심사위원으로 단상에 올라서자 장내는 혼란스러워졌다. 웅성이는 소리가 들리다가, 싸늘한 침묵이 들어앉았다가, 일부 동물들이 갑자기 "맨 오브 코랄!", "코랄즈!"와 같은 환호를 질러 대다가, 이에 질세라 또 어디선가 "우우--" 하는 야유가 들려왔다. 겉잡기 힘든 혼란 속에서 조나단은 선홍빛 깃털로 마이크를 우아하게 감싸며 자신을 소개했다.

"신사 숙녀 동물 여러분, 안녕하신가! 맨 오브 코랄, 코랄즈의 대표. 조나단……."

"조나단 해리슨! 파티의 망나니!"

"대체 여기서 뭘 하겠다는 거야?"

"어떤 파티든 깽판을 치는 네놈에게 심사위원을 할 자격일랑 없다고!"

군중 속에서 조나단 해리슨을 향한 야유가 들려왔다. 조나단의 얼굴은 이미 선홍빛이었기에 화난 표정을 숨기기에 용이함에도 그의 목소리에 심겨진 분노는 좀체 감출 수 없었다.

"조나단…… 해리슨입니다."

식식거리며 분을 삭히는 숨소리와 함께 그의 목소리가 흘러나왔다.

"하하, 내가 파티에서 몇 번이나 만나본 그 녀석이 맞나? 진정 그 조나단 해리슨이었다면 지금쯤 마이크를 내던져 산산조각을 냈을 텐데."

리처드가 중얼거렸다.

목을 가다듬은 조나단이 다시 마이크를 쥐었다. 그는 마이크를 고쳐 잡고 천천히, 그러나 확신에 찬 목소리로 군중을 향해 말했다.

"내가 듣기로, 어떤 사람들은 내가 파티에서 늘 말썽을 일으킨다고 하더군. 뭐, 그게 맞을지도. 하지만 그건 나의 예술이 진정으로 그들의 마음을 울렸기 때문이 아니겠나?"

조나단은 군중을 천천히 훑으며 말했다. 그의 말 한마디 한마디에는 예술가로서의 강한 신념과 자신감이 묻어났다.

"너희들, 내가 많이 못마땅한가? 하지만 인정할 건 인정해야지. 이 '맨 오브 코랄'이 여러분의 머릿속에 각인된 이유는 무엇이지? 아마 그건, 내가 진정한 아름다움과 자유를 구현했기 때문일 걸."

조나단은 군중을 향해 자신의 옷깃과 꼬리깃을 세웠다.

"우우우!"

그를 향한 야유가 더 거세졌다.

"와하하!"

하지만 '역시 그 답다'며 리처드와 같이 웃는 소리 또한 더 커졌다.

"비웃음과 찬사, 모두 내 오랜 벗이지! 이 자리에 내가 이렇게 우뚝 설 수 있게 해 주었잖은가!"

조나단은 자신에게 쏟아지는 반응을 예술적 비평으로 여기는 듯, 무대 위에서 천천히 손을 뻗었다.

"허나, 그대들이 과연 다음 무대의 아름다움을 보고도 그런 야유를 퍼부을 수 있을지 궁금하군. 이미 패션 카탈로그나 광고, 패션 칼럼에서 보았을 패션계의 주역이나 다름없는, 맨 오브 코랄이 보증하는 코랄즈의 정수이자 나의 아름다운 친구들을 지금부터 소개하겠네!"

조나단의 목소리에는 강한 확신이 깃들어 있었고, 이것은 군중의 야유를 술렁임과 기대감으로 변화시키는 힘이 있었다.

"'코랄즈의 차남들'인가 보군. 스트라이프 씨나 윈슬로우 말이야."

"그렇지 않겠나? 근래의 패션 카탈로그를 점령한 게 그들이라지."

"난 롱포드나 험프리 씨가 나오면 좋겠어. 고급지에서 읽을 만한 거라고는 둘의 시사평론 '길고 짧은 건 대봐야 안다'이지 않나. 요새는 그 부분만 골라서 읽게 되더군."

조나단은 관객들의 반응이 썩 마음에 든 모양인지 꼬리깃을 중심으로 몸을 한 바퀴 빙 돌렸다.

"아, 기대에 찬 부르짖음이 들리는군! 이보다 좋은 무대는 없겠어. 거기! 경연 대회 참가팀들은 잘 봐두는 게 좋을 거야. 나의 아름다움을 대변할 코랄즈가 바로 다음 무대의 주인공이 될 테니. 자, 나오게나!"

조나단의 신호에 따라, 이름이 적힌 어깨띠를 두른 아카데미 학생들과 함께 네 명의 모델들이 무대에 올랐다. 현악 삼중주가 흘러나오며 무대는 한층 더 고조된 분위기로 변했다. 그중에는 최근에 정말 보기 드문 '인간' 연주자도 있었다. 그 연주자는 여유로운 미소로 주위를 둘러보며 멋지게 활을 켜고 있었다.

"와-아!"

큰 환호성이 음악 소리를 압도했다. 무대에 선 모델들의 존재감은 대단했고, 그들이 각기 다른 아름다움으로 청중의 시선을 사로잡았다. 치타 모델이 마지막으로 등장하자 환호는 절정에 달했다.

코랄즈 모델들은 마치 이 순간을 오랫동안 기다려 왔다는 듯이 아름다움을 마음껏 뽐내며 관중들의 마음에 짜릿한 전율을 일으켰다. 이전 라운드에서 봤던 어린 모델들과 달리 이들은 전문적이고 강렬한 매력으로 무대를 압도했고, 조나단은 그 모습을 매우 만족스럽게 바라보았다.

- 웹앤퍼: 루카스 롱포드(기린)

  코랄즈 2기 멤버. 희곡과 오페라 평론가로 활약하며, 〈귀족 투데이〉의 평론 코너 '길고 짧은 건 대봐야 안다'를 연재 중이다. 그의 날카로운 언변과 우아한 체형은 무대 위에서도 돋보인다.

- 파필드: 에드워드 스트라이프(호랑이)

  코랄즈 2기 멤버. 스트라이프 가문의 차남으로, 기사 생활 중 부상을 계기로 모델로 전향했다. 강렬한 카리스마와 스포츠웨어를 완벽히 소화하는 능력으로 주목받고 있다.

- 데니스: 알렉산더 험프리(코끼리)

  코랄즈 3기 멤버. 극장 소유주 가문의 차남으로, 촌철살인의 비평으로 유명하다. 루카스 롱포드와 함께 '길고 짧은 건 대봐야 안다'를 연재하며, 품위 있는 자세로 런웨이를 장식한다.
- 토퍼스: 코너 윈슬로우(치타)

코랄즈 1기 창립 멤버. 윈슬로우 가문 출신으로, 중성적인 체형과 독특한 분위기를 가진 모델이다. 각종 패션 잡지의 표지를 장식하며, 현재 코랄즈에서 가장 높은 주가를 달리고 있다.

자기 작품에 환희를 느끼는 예술가와 같은 표정을 짓고 있던 조나단이 무대 중앙으로 사뿐히 걸어나왔다.

"아, 나의 친구들! 무대에서 만나니 더 반갑군. 우리가 함께 무대를 누빈 적은 없었으니 말이야. 하지만 바로 지금과 같은 때에, 자네들의 '코랄함'을 더 많은 사람들에게 보여주는 것이 바로 이 맨 오브 코랄의 소임이지 않겠어?"

그의 매끄러운 말솜씨에 모델들의 얼굴에도 미소가 번졌다.

"우리야 영광이지. 맨 오브 코랄."

넷이 약속이라도 한 듯 일제히 대답했다.

조나단은 흐뭇하게 웃었다. 누군가에겐 악역일지 몰랐지만, 이 순간 그의 모습은 각별한 친구일 뿐이었다. 바로 그때, 주제가 적힌 현수막이 그들의 뒤로 펼쳐졌다.

"자! 신사 숙녀 그리고 동물 여러분. 이번 주제를 발표할 시간이군. 나, 맨 오브 코랄은 햄프턴의 고택을 빌려 성대한 파티를 열기로 했네. 이름하여 '빈티지 파티!'"

그는 양 날개를 크게 펼쳐 공기를 가르는 제스처로 관객의 시선을 한번에 모았다.

"아, 상상해 보게나들! 정교한 수로 가득한 쥐스토코르(소맷부리를 폭넓게 접고, 옷단에 심을 넣어 퍼지게 한, 무릎길이의 몸에 꼭 맞는 웃옷), 우아한 깃털 장식 모자, 흉통까지 단단히 조이는 판탈롱(부츠 아래 넣어 입는 몸에 딱 붙는 바지), 이국적인 단추로 장식된 옷들 그리고 아름다운 사람들. 이 모든 것이 파티를 환상적으로 수놓을 거야!"

조나단의 목소리가 플룸 공원에 메아리쳤다. 그는 마치 한 편의 연극을 직접 살아내는 배우처럼 무대를 장악하며 관객들의 상상력을 자극했다. 그가 뿜어내는 기운은 선홍색 깃털 하나까지도 생명력을 불어넣은 듯이 휘날렸다.

결국 그의 쇼에 홀릴 대로 홀린 관객들은 "저 남자가 여는 파티란 어떤 모습일까?"라는 설렘을 품을 수밖에 없었다. 그 기내는 이내 귀가 먹먹할 정도의 환호로 터져 나왔다.

"요란은 해도 관객을 사로잡는 데는 이만한 사람이 없는 것 같긴 하군."

올리버가 감탄하며 중얼거렸다.

"겉치레만은 아니란 말이지……. 그렇지 않나, W?"

올리버가 그를 한 번 더 불렀지만 W의 시선은 조나단에게 있지 않았다. 대신, 그의 눈은 토퍼스 팀에게 배정된 치타 모델, 코너 윈슬로우에 고정되어 있었다. 올리버도 그제야 윈슬로우를 바라보았다.

W는 그에게서 눈을 뗄 수 없었다. 고양잇과 특유의 물결치는 듯한 걸음걸이, 눈두덩부터 목 아래까지 이어지는 고요한 곡선의 검은 줄무늬……. 그의 가벼운 걸음과 굵은 꼬리의 균형감은 마치 살아있는 예술 작품 같았다.

작은 탄성이 W의 입에서 새어 나왔다. 코너 윈슬로우는 반듯하게 각이 잡힌 재킷의 어깨선부터 발끝까지 하나의 아름다운 곡선을 그리며 그를 향해 다가왔다. W는 에티켓도 뒤로 하고서 재킷 자락부터 정갈하게 땅을 짚는 그의 구두코까지 찬찬히 훑었다. 윈슬로우의 체형은 W가 기억하는 모든 것 중 가장 유려했다.

"재단사님, 넋을 놓고 계신 것 같은데요."

"아닙니다. 직업병이라고 할까요……. 초면에 실례를 범했군요. 만나서 반갑습니다. 토퍼스 팀의 재단사 W라고 합니다."

"반가워요. 모델로 활동하고 있는 코너 윈슬로우라고 합니다."

그의 목소리는 이름만큼이나 우아했지만, 그 속에 거리감을 두려는 인위적인 어조가 섞여 있었다.

"이쪽은 햇메이커 올리버, 슈메이커 제이콥입니다."

"안녕하세요."

윈슬로우는 제이콥을 특히 반기는 눈치였다. 처음 W를 대했을 때의 어색한 표정은 온데간데없이 사라지고, 눈빛에 호감이 가득했다.

"많이 들었습니다. 슈메이커 가업을 대대로 이어온 토머스 가

문 분이시죠? 언젠가는 선생님께 제 신발을 꼭 맡겨보고 싶었습니다."

"아, 네······."

제이콥은 그가 어떤 생각으로 자신에게 접근하는지 대번에 알 수 있었다. '가문의 중요성'이라는, 이 런던에서 여전히 사람들 마음속에 깊이 자리 잡고 있는 가치관이었다.

"하하, 지금은 명가라고 부르기도 민망한 정도이죠. 하지만 저희 팀의 재단사 가문도 꽤 오랜 세월 리틀페어 가를 지켜왔습니다."

"인간이라면 말이 다르죠."

윈슬로우의 말에 올리버는 얼굴을 찌푸렸다.

'이런, 저렇게 지껄이는 부류라면 부모 얼굴도 모르는 나 또한 아예 관심 밖이겠어.'

윈슬로우는 잠시 주위를 둘러보더니 말을 꺼냈다. 그의 표정은 또 바뀌어 있었다.

"잠시 실례하겠습니다."

그리고는 자신의 왼쪽 다리의 바지를 조심스레 걷어올렸다. 그의 무릎 아래에는 여러 꿰맨 자국이 보였다. 부목을 오랜 시간 대고 있었는지 다리 바깥쪽의 털이 짧았다.

"왼쪽 다리가 짧군요."

W가 바로 말했다.

"맞습니다."

"그래서 지금 제이콥을 특히 반기시는군요. 윈슬로우 씨가 신게 될 신발이 중요하니 말입니다. 이런 다리라면, 굽이 있는 신발이 필요할 터. 토머스 가처럼 전통이 있는 가문이라면 과거에 유행했던 굽 높은 남성 신발에 익숙할 수도 있으니까요."

"……."

윈슬로우는 말 대신 고개만 끄덕였다. W도 더는 말을 잇지 않았다. 윈슬로우에게 가장 중요한 사람이 제이콥이라는 사실은 이미 느꼈지만, 그는 그저 자신의 결심을 굳게 다졌다.

***

며칠 뒤, 제이콥은 윈슬로우의 초대로 램버스에 위치한 매립된 습지 근처의 작은 별장을 찾았다. 주변에 건물이라곤 거의 없는 외진 곳에 어울리지 않는 깔끔한 방갈로. 앞에 '윈슬로우'라는 작은 간판을 보고서야 겨우 목적지라는 것을 알 수 있었다. 곧 윈슬로우가 직접 문을 열며 제이콥을 맞았다.

"아, 제이콥 씨. 일찍 오셨군요."

윈슬로우의 말마따나 제이콥이 일찍 도착했다기엔 방갈로 안은 접객을 위해 완벽히 준비되어 있었다. 먼지 없이 청소된 선반이며, 테이블에 올려진 값비싼 포도주와 다과까지. 제이콥은 달콤한 향에 어색함을 잊고서 저도 모르게 코를 킁킁거렸다. 누군가 준비를 마치고 일찍이 이곳을 떠난 모양이다. 다른 기척은 전혀 없이, 제이콥과 윈슬로우 이렇게 둘 뿐이다.

"아무래도 혼자 오니 역시 조금 어색하네요."

제이콥은 멋쩍게 웃었다. 윈슬로우도 처음 보았을 때보다 긴장한 모습이었다. 토퍼스의 슈메이커인 자신을 이렇게 따로 초대한 것이 아무래도 어색하긴 마찬가지였다. 윈슬로우는 주제 발표 때도 그리고 이 방갈로에 부르기 위한 편지에도 구두가 이번 라운드의 핵심이라 거듭 강조했었다. 그래서인지 제이콥의 머릿속에도 윈슬로우가 신게 될 구두에 대한 생각으로 가득 차 있었다.

'한쪽 다리가 짧은 것을 보여주기까지 했으니, 윈슬로우의 심정을 이해하지 못하는 것은 아니야. 다만 그가 이번 라운드에서 구두에 모든 것을 걸 정도로 집중하는 것이 꽤 마음에 걸린단 말이지……'

제이콥의 가득한 근심이 그의 어깨를 짓눌렀다. 이내 그가 말을 꺼냈다.

"아닙니다! 실내가 너무 깔끔해서요. 제 지저분한 작업실을 보신다면 제가 왜 놀랐는지 단번에 아실 겁니다."

"워커웨이를 말씀하시는군요. 이제 함께 라운드를 준비하니 그곳에서 볼 날도 얼마 남지 않았네요. 그나저나, 멀뚱히 서 계시지 말고 여기 들어와 편히 앉으시지요."

윈슬로우가 창 옆에 정갈하게 준비된 테이블로 제이콥을 안내했다. 창밖에는 호수와 나무가 펼쳐져 있었다. 다과상과 값비싼 포도주. 제이콥은 일말의 고민도 없이 설탕으로 뒤덮인 케이크로 포크를 가져갔다.

"역시나 단 걸 굉장히 좋아하시는군요. 저번에 뵀을 때 주머니에서 몇 번 꺼내 드시던 것을 보고 특별히 준비했습니다."

윈슬로우가 웃으며 말했다. 제이콥은 케이크를 입에 가득 넣느라 대답이 조금 늦어졌다.

"예."

설탕을 바른 과일처럼 제이콥의 눈에도 윤기가 돌자 윈슬로우의 표정도 한결 누그러졌다.

"많이 드세요. 전 신경 쓰지 말고요."

제이콥은 그런 친절이 없더라도 당연히 그럴 생각이었다. 윈슬로우가 포도주를 따라 줄 때도 무화과가 가득 들어간 파운드 케이크를 입안 가득 넣느라 알아차리지도 못했다. 윈슬로우는 그런 제이콥이 진심으로 재미있다는 듯 미소를 지었다. 다과 접시가 세 번째로 비워지고 제이콥의 먹는 속도가 다소 느려졌을 때, 조용히 홍차만 홀짝이던 윈슬로우가 차분히 입을 열었다.

"제이콥 씨, 이런 부담스러운 자리를 마련한 것에 대해 정중히 사과하고 싶습니다. 구두가 중요한 제겐 다른 선택지가 없었습니다."

제이콥이 고개를 끄덕였다. 윈슬로우는 창밖으로 눈을 돌렸다. 그의 시선을 따라가 보았지만, 바람에 조용히 흔들리는 앙상한 나무만이 보였다. 그는 마침내 이야기를 시작하려는 듯 깊은 한숨을 내쉬었다. 가볍지 않은 이야기가 진행될 것만 같은 느낌이 든 슈메이커는 식사를 마치고 입을 한번 닦았다.

"제 얘기를 한번 들어보시겠습니까?"

"물론입니다. 말씀하시죠."

"저희 윈슬로우 집안은 대대로 육상 선수를 배출했을 정도로 신체를 타고났어요. 고증조부 때부터 단거리 경주에서는 거의 독식하다시피 했죠. 제 형도 마찬가지로, 지금도 단거리 육상 선수로 성공적인 길을 걷고 있습니다. 스포츠 엘리트 코스를 전부 밟은 수재죠. 그런 형과 달리, 저는 항상 가족들의 관심 밖이었어요. 사실, 없는 취급을 받는 게 더 나을 때도 있었죠."

윈슬로우는 잠시 말을 멈추고 숨을 가다듬었다. 제이콥은 기다려주었다.

"저번에 보셨다시피 제 왼쪽 종아리는 다른 쪽보다 거의 1인치 반(약 3.8센티미터)은 짧습니다. 이건 뭐, 제가 자초한 일이니 변명의 여지는 없지만요. 모자란 몸으로 어떻게든 형을 쫓아가려고 혼자 훈련하다보니 이렇게 되었습니다. 한번 골절되었거든요."

윈슬로우는 허벅다리를 바라보며 쓸쓸하게 미소 지었다.

"제가 미운 것은 가문도, 형도, 아버지도 아니고 바로 제 자신입니다. 저는 어째서 평범히 걷는 것조차 버거운지……. 형은 저와 달리 빠르게 달려나가는데 말이죠."

그는 다시 창밖을 바라보았다. 제이콥이 보기에 윈슬로우의 모습은 이야기를 시작하기 전보다 야위어 보였다.

"하지만 지금의 저를 보십시오. 런던에서 가장 유망한 남성 모델이라고 할 수 있을 정도로 멋지게 성공했잖습니까?"

윈슬로우는 양 팔을 벌리며 웃음 지었다. 제이콥도 그런 상처를 딛고 성공한 윈슬로우가 대단하다는 듯 그를 지켜보며 경청했다.

"하하. 차라리 제이콥이 저를 보는 것처럼 아버지도 절 봐주면 좋았을 텐데. 처음 제가 이런 길을 걷는다고 했을 땐 아버지께 경멸의 눈초리를 받았습니다. 하지만 전 괜찮았어요. 조나단 해리슨을 만났으니까요. 그는 제 가장 소중한 친구이자 은인입니다.

그 녀석의 당당함에 전 매료되지 않을 수 없었죠. 더구나 저희 둘 다 가문의 눈 밖에 난 차남으로서 서로에게 많은 의지를 할 수 있었습니다. 파티에서 그를 처음 만났을 때는 정말이지 최악이었습니다. 술만 마셨다 하면 망나니처럼 구는 그가 부담스럽기만 했죠. 늦은 밤이 되어 연회장 구석 테라스에서 그를 마주했을 때는 제가 눈을 먼저 피했을 정도니까요."

윈슬로우는 미소를 지으며 회상에 잠겼다.

"테라스를 떠나려 할 때, 조나단이 먼저 말을 걸었습니다."

"지금 자네는 파티가 전혀 즐겁지 않은가보군."

"파티? 파티란 건 내겐 서로 일면식도 없는 자들이 얼굴을 들이밀러 오는 모순적이고 가식적인 곳일 뿐이야."

"내가 그런 삭막한 곳을 좀 활기찬 코랄새으로 물들이지 않았나?"

"전혀."

"호오……. 이봐, 자네 이름이 뭐지?"

"코너 윈슬로우."

"아, 그 다리가 무지하게 빠르다는 가문의 아들인가?"

"우리 형을 얘기하는가 보군, 적어도 난 아닐세."

"하하! 이거 재미있군. 내가 이렇게 되어버린 것도 우리 잘난 형 때문이야!"

그는 다시 시가를 뻑뻑 피워대더니 말을 조금 정정하더군요.

"아니, 아니지……. 이건 내가 선택한 거야. 내가 원해서 된 모습이라고. 그나저나 코너 윈슬로우? 난 지금 자네가 굉장히 마음에 들어! 나와 닮아보이는 구석이 한둘이어야지 말이야. 하하, 이 조나단 해리슨과 재미없는 파티는 망쳐버리고 우리만의 재밌는 파티를 여는게 어떤가?"

"자네 같은 망나니와? 싫네."

"어휴, 칙칙하긴…….."

"조나단은 이상한 남자였습니다. 누구보다 파티를 좋아하는 것처럼 보였던 남자가 알고 보니 나와 비슷한 결핍을 가졌다니. 저희는 그렇게 몇 번을 더 만나며 점차 친해졌고, 결국 함께 '코랄즈'라는 모임을 만들게 되었습니다. 그가 '맨 오브 코랄'이라고 자처했던 것도 그 즈음이었죠.

제가 다리가 자유롭지 못했기에 항상 조나단은 절 배려해 주었습니다. 어느새 저도 그를 따라 코랄색으로 물들어 가고 있었던 걸까요. 처음 그에게 딱딱하게 굴었던 제 모습이 지금 생각하면 우습게 느껴질 정도입니다.

우리는 함께 코랄빛 꿈을 나누고, 작은 파티를 열어 서로의 아픔 또한 나누었습니다. 루카스 롱포드, 에드워드 스트라이프 그리고 알렉산더 험프리. 이번 라운드에 모델로 함께하는 친구들 또한 저희와 비슷한 아픔을 공유했죠. 마치 '차남 콤플렉스'라는 증상이라도 있는 것처럼요. 우리는 서로를 '코랄즈의 차남들'이라고 자조적으로 부르며 금세 하나로 뭉칠 수 있었습니다.

 알음알음 비슷한 가치관을 가진 사람들끼리 연결되다 보니 런던에서 코랄즈의 영향력은 점차 커져갔습니다. 저는 조나단의 오른편에서 이 모든 것을 지켜보며, 이전에는 느껴보지 못한 소속감과 보람을 느낄 수 있었습니다."

 긴 이야기를 쏟아낸 윈슬로우의 표정은 마치 그 시절로 돌아간 것 같은 행복한 향수로 가득 차 있었고, 제이콥이 보기에도 아름다웠다.

 "그리고 어느 날, 맨 오브 코랄은 프랑스 여행을 다녀온 후 저에게 무언가를 보여주더군요. 그가 오래도록 찾던 것을 마침내 발견했다며 흥분된 목소리로 말했습니다."

 그는 자리에서 일어나 콘솔 위에 고운 천으로 덮어놓은 큰 나무 케이스를 들어올렸다. 곱게 보관한 것치고 케이스는 상태가 좋지 않았다. 움푹 패인 곳과 금이 가서 갈라진 곳도 있었다. 그런데도 윈슬로우는 갓 뽑아낸 유리 세공품을 만지듯 조심스레 케이스의 잠금장치를 풀었다.

 이윽고 윈슬로우는 조심스럽게 케이스의 뚜껑을 천천히 열었다. 그 안에는 벨벳 천 위에 마치 보물처럼 소중히 놓여있는 하이힐 한 켤레가 있었다. 그는 한동안 그 신발을 바라보다가, 고요한 미소를 지으며 입을 열었다. 하이힐은 오래되었지만, 여전히 새것처럼 깨끗하고 광이 났으며, 굽은 새로 갈아 끼워져 있었다.

"오래된…… 하이힐이네요. 마감이 훌륭해요."

제이콥이 조심스럽게 말했다.

"네, 맞습니다. 조나단이 제게 준 이 하이힐은 단순한 신발 그 이상이었습니다."

윈슬로우는 목소리를 낮춰 말했다.

"이 케이스를 받았을 때, 제 안에는 전에 느껴본 적 없는 격렬한 감정이 솟아올랐습니다."

"그게 어떤 감정이었죠?"

"힘……. 그렇습니다, '파워'였어요."

"힘이요?"

"이 하이힐에 발을 올렸을 때, 저는 마치 세상을 발아래 두고 있는 듯한 강력한 힘을 느꼈습니다. 그동안 짧은 왼쪽 다리를 보조하기 위한 억지로 높은 신발을 신은 적은 많았지만, 이는 제 모자람을 숨기는 것 그 이상도 그 이하도 아니었습니다.

하지만 이 하이힐은 전혀 달랐습니다. 마치 새로운 존재가 된 듯한 고양감이 저를 휘감았죠. 그 순간, 저는 단순한 신발이 아니라 '힘'을 얻었다고 느꼈습니다. 그동안 다른 이들에게 뒤쳐지면서 가진 열등감과 두려움이 제 곧게 편 등 뒤로 사라졌습니다."

진정성이 넘치는 윈슬로우의 모습에 제이콥은 그와 함께 감정이 격앙됨을 느꼈다.

'이 남자의 인생이 이 하이힐로 완전히 바뀌었구나.'

윈슬로우의 진심이 제이콥의 마음속 깊이 울려 퍼졌고, 그는 자신이 슈메이커로서 책임이 얼마나 막중한지를 새삼 깨달았다.

"이 하이힐, 새로 굽도 교체한 걸로 보이는데 신지 않는 것은 양쪽의 굽 높이가 달라야 하기 때문인가요?"

"그렇습니다. 무릎도 불편하고 다리도 짧은 탓에, 중심을 잡을 수가 없더군요. 그래서 왼쪽에 인솔을 무리하게 넣으며 걸어도 보았죠. 몇 걸음도 걸을 수 없었습니다. 다른 슈메이커 말로는 왼쪽 다리만 문제가 아니라, 앞꿈치에 반복적으로 무리하게 힘이 들어가면서 발이 기형이 되었다는군요."

윈슬로우는 깊은 한숨을 내쉬었다.

"그리고 저희 아버지……. 아버지는 이 하이힐의 존재를 아시곤 저를 완전히 모자란 철부지로 취급하셨습니다. 이 하이힐이란 것을 착용하는 것 자체가, 강건하고 무결한 '윈슬로우' 가문을 부정하는 것이라며 비난하셨습니다.

'이 따위 것을 신겠다는 건 우리 가문의 명예를 더럽히는 거나 다름없다. 네가 이 괴상한 흉물을 신는 꼴을 보느니 차라리 그 못난 다리를 분지르고 무덤에 들어가는 게 낫겠다.'

항상 언행이 거친 아버지라 각오는 했지만, 그날의 말은 단어 하나, 토씨 하나 전부 잊지 않고 기억합니다. 그리고 당연하게도, 이것은 아버지와의 마지막 대화였습니다. 그 후로 저는 가족과의 모든 인연을 끊고, 유모가 관리해주는 이 방갈로에서 홀로 살아가게 되었습니다.

당시에야 문을 박차고 나올 수 있었죠. 코랄즈라는 믿는 구석이 있었으니까요. 하지만 아버지와의 마지막 대화는 제게 뼈아픈 기억으로 남았습니다. 가족과 떨어져 살며 스스로를 단련해왔지만, 상처는 아물지 않고 계속해서 저를 괴롭혔습니다. 제가 런던에서 성공적으로 모델로 활동하고 있는 지금까지도요."

윈슬로우는 상당히 오랜 시간 고뇌하며 자신의 과거와 싸워온 것 같았다. 꽤나 정갈하게 생각을 정리해두지 않았나.

"이런 제게 부족한 것은 하나뿐입니다. 고루한 과거를 딛고 일어날 수 있는 힘. 바로 하이힐입니다. 저를 새로운 세계로 이끌어줄 수 있는 유일한 존재이지요."

다만 그 생각들은 하이힐을 향한 강한 열망으로 인해 한 자루의 칼처럼 날카롭게 벼려져 있었다.

"슈메이커님, 이번 라운드의 제게 하이힐을 신을 수 있는 기회를 만들어주십시오. 무대에 서는 그날, 서는 아버지를 부를 겁니다. 형은 수없이도 보여주었을 공식 석상에, 저는 '윈슬로우'의 이름을 걸고 처음이자 마지막으로요."

"……."

제이콥은 쉽사리 입을 열지 못했다.

"그렇게만 해주신다면 제 인생의 절정을, 그 누구도 잊지 못할 무대를 반드시 보여드리겠습니다."

절벽을 뒤에 두고서 단말마의 외침을 내지르는 듯한 그의 결연함에 슈메이커는 차마 대답을 미룰 수 없었다.

"…… 알겠습니다."

> **7월 넷째 주, 제이콥의 회의록**
>
> 장소: 램버스 구의 윈슬로우 가 별장 | 참여자: 윈슬로우, 제이콥
>
> - 하이힐 두 켤레
>   무대 연습용: 프로토타입, 장식 없이, 무대용과 구두 패턴은 동일한 것으로 제작.
>   무대용: 토퍼스 팀의 의상과 모자에 장식까지 맞추어 놓은 완성작.
> - 무대에서 제대로 걸을 수 있도록 일주일에 1~2회정도 만나 모델의 발에 맞게 수선해갈 예정.

다음 날, 워커웨이 앞으로 한 통의 편지가 도착했다. 봉투에는 힘차게 내달리는 치타 문양의 윈슬로우 가의 인장이 찍혀 있었다.

제이콥,

저는 이번 라운드의 무대에 대해 가족들에게 선언하고 돌아오는 길입니다.

아버지께선 오실지 모르겠습니다. 아무래도 상관없다고 생각합니다. 더 이상 제가 '윈슬로우'가 아니게 되어도 된다는 각오가 되어 있으니까요. 제 모습 그대로, 최선을 다해 가족들에게 보여줄 겁니다.

토퍼스 팀과 함께 만나 몸 치수를 재는 등 준비할 시간이 필요하겠지요. 다음 주나 그 이후로 일정을 조율해주시면 감사하겠습

니다.

PS. 다른 토퍼스 분들께는 제 가족 이야기는 하지 말아주세요. 부탁드립니다.

코너 윈슬로우 보냄.

동생 찰리가 "무슨 편지냐?"며 호기심에 찬 표정으로 다가왔지만, 제이콥은 그가 다가오기 전에 편지를 벽난로에 던져 넣었다. 편지의 내용이 신경 쓰이지 않는다면 거짓말이겠지만, 지금은 시간이 촉박했다. 지금 제이콥이 가질 수 있는 유일한 여유는 스케치를 시작하기 전, 시가를 태우며 보내는 몇 분의 시간뿐이었다.

디기오는 회요일 아침, 제이콥이 토피스를 찾았다. 올리비와 W가 그의 소식을 목이 빠지도록 기다리고 있을 테니. 짐작대로 둘은 이미 토퍼스에서 제이콥을 기다리며 홍차를 마시고 있었다. 한층 해쓱해진 슈메이커의 모습에 올리버가 그의 안부를 물었다.
"제이콥, 얼굴이 반쪽이 되었는데. 윈슬로우가 식사로 곤충 통구이라도 내놓은 건가?"
올리버는 킥킥거리긴 했지만 여전히 오스카가 내어 놓았던 곤충 통구이의 충격을 잊을 수 없는 모양이다.
"아냐, 올리버."
"제이콥, 윈슬로우와 무슨 이야기를 했지?"

W는 더이상 기다릴 수 없다는 듯 물었다.

"먼저 자네들에게 미안하다 전해달라더군. 바로 다음 주 초에 치수를 재야 하니 워커웨이에서 다같이 보기로 했네. 그리고 슈메이커인 내게 따로 긴히 할 얘기가 있긴 했어. 그는 나에게 하이힐에 대한 이야기를 했네."

사실, 윈슬로우는 미안하다는 말을 입에 담은 적이 없었다. 제이콥은 윈슬로우의 편지를 받은 이후 이 이야기를 팀에 어떻게 전할지 고민하다가, 이렇게 운을 떼기로 했다.

"하이힐이라면 자네만 따로 부른 이유가 어느 정도 이해가 되는군. 흔한 일은 아니니까. 흠······. 그보다 제이콥 자네, 하이힐을 만들어 본 적이 있는가?"

W가 물었다.

"서너 번 있네. 가장 최근이라면 자작가의 집사였던 닥스훈트 손님을 위해 맞춰준 적이 있지. 그는 키가 고민이라며 2인치 정도의 뒷굽을 맞췄지. 발이 뭉툭해서 앞굽도 조금 넣었고."

"그렇다면 윈슬로우가 원하는 하이힐은 어떤 건가?"

이번엔 올리버가 물었다.

"굽 높이는 2인치 반 정도. 그는 굽이 높을수록 좋다고 했네. 디자인은 옷과 맞으면 크게 상관없다더군."

굽 높이에 대한 이야기가 나오자, 재단사 W의 표정이 점점 더 심각해졌다.

"높은 굽이라······. 그가 제대로 신고 걸을 수 있을지가 문제군."

W는 깊은 생각에 잠겼다. 이건 단순한 문제가 아니었다. 그가 보기에 윈슬로우는 높은 굽을 신기에 적합하지 않은 체형이다. 한쪽 다리가 짧아 부목을 차고 다녔을 것이며, 그로 인해 몸의 무게 중심이 앞으로 쏠려 종아리 근육까지 뻣뻣해졌다. 비록 신발이 그의 전문 분야는 아니지만, 윈슬로우가 하이힐을 신고 무대 위를 걷는 것은 매우 위험하다는 확신이 들었다. 그가 아무리 모델로서 사진을 잔뜩 찍었더라도, 멈춰 있는 것과 무대 위를 걷는 것은 전혀 다른 문제였다.

"……."

심지어 W의 체상기억능력으로 다른 수인들의 체형을 되짚어 볼 때 윈슬로우는 몸이 약한 축에 속한다. 그의 집안은 육상에서 둘째가라면 서러울 정도의 체육계 엘리트인데, 어째서인지 코너 윈슬로우의 근육량은 현저히 떨어진다.

"W."

제이콥이 W를 불렀지만 생각의 소용돌이에 휘말린 W는 전혀 들을 수 없었다.

'벌써 하이힐을 신은 윈슬로우가 무대에서 고꾸라지는 모습이 선하다. 몸이 약한 그가 넘어지기라도 한다면……. 상상하기도 싫군. 아아, 이건 마치 삭은 나무 사다리 위로 올라타는 것과 다름이 없어. 굽이 높아지면 높아질수록, 그 위험성은 더 커질테고…….'

제이콥은 W의 눈에서 초점이 돌아올 때까지 조용히 기다리다 입을 열었다.

"W, 너무 걱정말게. 나도 하이힐의 위험성에 대해 이야기했고, 윈슬로우도 이미 잘 알고 있으니 말이야. 그는 대안책으로 구두 두 켤레를 제작하는 것을 이야기하더군. 자신이 꼭 가지고 싶은 것이니 비용은 전혀 문제될 것이 없다고도 했네.

먼저 한 켤레의 하이힐을 시제품으로 제작해 연습을 하는 거야. 그가 날 초대했던 방갈로에 가보니 울퉁불퉁한 비포장도로가 많아 연습하기엔 그만이었네. 그리고 난 그와 자주 만나 패턴을 계속 보완할 거네. 지금 급선무는 얼른 내가 이 연습용 하이힐을 만들어 그가 연습을 하게 돕는 거야.

다른 한 켤레는 장식을 가미한 무대용 신발, 그걸로 3라운드에서는 거야. 신발의 패턴과 무게도 차이나지 않게 정밀하게 작업할 거라네."

제이콥은 준비한 말을 술술 이어갔다. 하지만 W의 미간에 깊이 새겨진 주름은 점점 더 짙어졌다.

"제이콥, 정말……."

W의 입에서는 말이 쉬이 나오지 않았다. 2라운드에서 키키의 화려하고자 했던 소망을 비평했을 때 지체되었던 시간을 보라. 의뢰인의 말은, 특히나 결연하게 원하는 것이 있을 때 이를 회의적으로 받아들이는 것은 위험한 일이라는 것을 그때 몸소 깨닫지 않았던가.

"…… 위험해. 정말 위험해."

W는 결국 이 말을 내뱉지 않을 수 없었다. 제이콥이 작은 한숨

을 쉬었다.
"그래, 잘 알겠어. 허나 그의 구두를 제작하는 내 입장이 가장 괴롭지 않겠나? 충분히 이야기했으니 너무 걱정 말게."
"제이콥, 자네의 영역을 침범하려는 건 아니야. 그저 진심으로 윈슬로우가 걱정돼서 그래. 예전에 내게도 무리한 요구를 했던 손님이……"
"W, 그만하게."
W의 말이 중단되었다. 제이콥이 이렇게 단호하게 말을 끊는 건 처음이었다.
"그래, 오늘은 여기까지 하는 게 좋겠군. 우리 모두 바쁜데, 이런 일로 시간을 낭비할 수는 없잖아."
싸움이나 소란스러운 상황을 싫어하는 올리버는 고개를 획획 저으며 상황을 덮으려 했다. 그러나 확신에 찬 W의 설득은 멈추지 않았다.
"제이콥, 맹세컨대 그는 무대에서 넘어질 거야. 무대를 망칠 수는 없잖나."
"W, 어떻게 그렇게 단언할 수 있나? 내 자네의 능력을 높이 평가하지만, 자네가 불길한 꿈이라도 꾼 예언가처럼 확신에 차 이야기하는 것을 마냥 듣고 있을 수는 없네. 그리고 윈슬로우가 원하는 것은 단 하나, 하이힐이야. 그가 나를 따로 부른 것도 그 간절함 때문이었단 말이야. 난 이걸 무시할 수는 없네."
"제발 내 말을 들어주게! 이건 그냥 하는 말이 아니야. 자네도 윈슬로우를 알잖나. 아니, 당연히 나보다 더 잘 알겠지. 그에겐 이룰 수 없는 바람이라는 것도 말이야! 그리고 여기에 자네도 그에게 동조해선 안되네!"

"……."

"자네 답지 않아, 제이콥! 어째서 그 자리에서 그의 요구를 거절하지 못했는지 이해할 수가 없어. 그리고 왜 윈슬로우의 입장에서만 이야기를 하는 거지? 둘이서 모종의 거래라도 한 건가? 분명히 하건대, 이건 팀으로 하는 작업이야! 개인의 허영에 휘둘리게 둘 수는 없네!"

'쾅.'

제이콥이 테이블을 박차고 일어났다. 큰 파열음과 함께 터져나온 벼락같은 짐승의 소리에 W는 머리가 멍해졌다. 제이콥이 앉아 있던 의자의 등받이가 두 동강이 나 있었다.

급작스러운 갈등의 폭풍이 지나간 뒤, 남은 것은 어처구니없게도 제이콥이라는 큰 벽이었다. 제이콥이 일어서며 세운 몸의 벽은 양복점 천장에 닿을 만큼이나 거대하다. 그가 이렇게나 컸던가? W는 그의 형체가 낯설고 위협적이게 느껴졌다.

'샤악.'

올리버도 본능적으로 송곳니를 드러내고 몸을 구석으로 바싹 붙이며 제이콥을 경계했다. W는 처음으로 제이콥에게 두려움을 느꼈다. 이 이상 말을 했다간 그 아래에 드리운 시커먼 그림자, 그 위에 처참히 놓인 나무 의자 파편처럼 되는 걸까? 제이콥의 축 쳐

217

진 어깨 사이로 목소리가 들려왔다.

"…… W, 날 믿지 못하는 건 아니지?"

W가 벌어진 입을 겨우 다물고 고개를 좌우로 저었다. 세이콥은 주머니에서 사탕 서너 개를 꺼내 한 번에 입에 넣고는 우물거리기 시작했다. 그의 입에서 나는 으적거리는 소리가 평소와는 다르게 소름이 돋았다.

"……."

W는 대답을 하지 못하고 굳어있었다. 제이콥은 조용히 말했다.

"의자나 테이블은 내가 곧 변상하겠네."

그는 옷을 정리하고 양복점 밖으로 나갔다.

"'변상'이라는 단어가 이렇게 공허하게 들릴 수도 있군."

W가 중얼거리는 사이, 올리버도 조심스럽게 머리를 쓸어 올리

며 옷을 챙겼다.

"난 우리 팀을 믿지만, 이번에는 각자 행동하는 게 좋겠네."

마지막에 올리버의 목소리가 조금 떨렸던 것은 원체 그가 이런 말에 어색함을 느끼기 때문이었으리라. W는 생각을 멈추기로 했다. 올리버의 말처럼, 지금은 그저 각자 행동할 때일 뿐일지도 모른다.

일정을 최대한 빠르게 조정한 끝에, 다음 주 화요일로 회의 날짜가 잡혔다. 토퍼스 팀과 윈슬로우가 모두 모여야 할 중요한 날이었다. 그러나 W의 잡생각은 주말 내내 그를 괴롭혔다. 멈출 기미가 보이지 않았다.

"발 치수는 이미 제이콥과 만나서 먼저 쟀으렸다."

스케치한 종이를 몇 장이나 버렸는지, W의 작업 테이블 옆에는 신경질적으로 구겨진 종이와 천 조각들이 널브러져 있었다. 그는 자신이 지금 어떤 작업을 해야 하는지조차도 감을 잡을 수 없었다. 머릿속이 온통 뒤죽박죽이었다.

그저께, W는 산책을 핑계 삼아 더 슬리키스트로 가서 올리버에게 물었다.

"올리버, 내가 무슨 잘못이라도 한 것 같은가?"

올리버는 투덜대며 이렇게 대답했다.

"난 싸움에는 끼지 않는 주의야. 특히 소중한 사람들과 얽인 경우에는 더욱 그렇지. 나에게서 원하는 말을 기대 말게. 지금은 혼자 있고 싶군."

 평소와 다를 바 없지만, 퉁명스러운 올리버였다. 그는 이후로 잉크도 묻지 않은 펜을 빙글빙글 돌리기만 하고 있었고, W는 멍하니 그걸 바라보다가 말없이 가게를 나섰다.

 '혼자 있고 싶다니, 올리버는 따뜻한 말을 하는 재주는 없단 말이야. 그래도 평소의 그와 다르지 않아 좋기도 하지만.'

 W는 가게를 나서면서 묘하게 환기된 기분을 느꼈다. 평소와 다를 바 없는 올리버의 태도에서 묘한 위안을 얻은 것이다. 그러면서 그의 머릿속에는 새로운 생각이 싹텄다.

 '돌이켜보면 내가 윈슬로우가 제이콥만 따로 보자고 한 것에 너무 신경을 썼던 것 같군. 과민해져서 제이콥의 속을 긁어 놓았으니······.'

 W는 다시 생각해 보기로 했다. 자신을 이토록 무겁게 누르는 것이 무엇인지. 그리고 그는 '책임감'을 꼽았다. 잘 이끌어가야 한다는 책임감. 매일같이 거리를 덮는 검고 짙은 안개처럼, 공기를 짓누르는 듯한 무거운 책임감이 끈덕지게 그를 괴롭혔다. 2라운드 점수가 1라운드와 비교할 수 없을 정도로 형편없었던 탓일까. 그 책임감은 커질 대로 커져있었다.

 "하지만······."

 W는 오래간만에 파이프 담배를 꺼내 물었다.

 '하지만 그 거대해진 책임감은 얼마 전 제이콥과 올리버가 등을 조금 돌리니 금세 볼품없는 것이 되어 버렸다.'

생각해보니 그렇게 억지로 가지고 있을 필요가 없는 것일지도 모른다. 나는 양복을 만드는 재단사이고 둘은 협력관계일 뿐이다. 내 할일을 하면 된다. 다른 일에 상관하고 싶지 않은 올리버처럼.

"우리는 팀이지만, 각자의 작업 방식에 대해 서로 왈가왈부할 권한이 있는 것은 아니지"

고민 끝에 내린 결론은 의외로 명쾌했다. 덕분에 W의 머리에는 작은 여유가 자리 잡았다. 이 수인들로 가득한 경연에서, 홀로 인간인 주제에 '토퍼스'라는 팀 이름으로 쥐고 있던 억지가, 책임감이 자연스레 빠져나가는 과정이리라. 이 지점을 시작으로 W는 펜을 들고서 다시 스케치를 하기 시작했다.

"고맙네, 올리버. 냉소적인 자네가 이렇게 도움이 되는군."

고대하던 화요일이 도래했다. W는 줄자와 양복 스케치를 담은 가방을 들고서 워커웨이로 향했다. 반시간 남짓한 거리지만, 일부러 일찍 길을 나섰다. 이유인즉슨, 한적한 골목을 골라 걸으며 무대 위의 윈슬로우를 흉내내어 보려는 것이다. 아무도 없는 거리에서 W는 뒤꿈치를 들어 하이힐을 신은 상태의 윈슬로우를 상상해 보았다. 종종걸음으로 걷다가, 성큼성큼 보폭을 넓히며 걸어보았다.

'윈슬로우라면 보폭을 크게 해서 걷는 편이 낫겠어. 그의 물결치는 듯한 걸음걸이가 그의 아름다운 체형을 강조해주겠지. 그럼 바지 스케치는 준비한 것 중 세 번째 것으로 해야겠군.'

이제 마지막으로 W는 춤을 추듯 빙글빙글 돌며 걸어볼 생각이었다.

"열정적인 재단사, 이제 그만 들어가지."

W는 깜짝 놀라 몸을 돌렸다. 그 앞에 서 있는 사람은 다름 아닌 올리버였다. 표정 하나 바뀌지 않고 커다란 가방을 들고서 지나치는 모습이 그다웠다. W는 헛기침을 하고서 올리버와 함께 워커웨이에 도착했다. 윈슬로우는 이미 도착해 있었다.

'여전히 신발에만 관심이 있군.'

분명 속으로만 고깝게 생각했던 것이 W의 얼굴에 드러났던 모양이다. 윈슬로우와 W는 초면일 때보다도 더 불편한 인사를 나누었다. 제이콥의 얼굴은 어딘가 단념한 듯했고, 그의 털은 유래 없이 푸석푸석했다. 까다로운 단체 손님을 받았을 때조차 이렇게 피곤해 보인 적은 없었다.

올리버는 침묵을 깨고자 일부러 소리를 내며 가방을 열어 햇콘포메타와 줄자를 꺼냈다. 그의 가방에는 다양한 스케치가 수북이 쌓여 있었다.

"이봐, 윈슬로우. 시간 없으니 얼른 치수 재고 스케치도 확인해 보자고."

올리버가 말했다. W도 가방을 열어 줄자와 스케치들을 정리해 놓았다.

"그러시죠. 제 발 치수는 이미 제이콥이 충분히 쟀으니 다른 치수를 재면 됩니다."
 윈슬로우가 대답했다. W는 그의 하이힐 집착에, 그저 조용히 윈슬로우의 몸 치수를 잴 뿐이었다. 방 안은 지나치게 조용했다. 옷이 바스락거리는 소리마저 귀에 거슬릴 정도로 크게 들렸다.
 윈슬로우의 다리 치수를 잴 때, W는 그의 짧은 왼쪽 다리를 다시 인식하며 무심코 불규칙하게 숨을 내쉬었다. 귀가 밝은 수인들이라면 이 소리도 들었을지도 모른다. 윈슬로우가 안쓰럽다는 생각이 잠시 그의 머리를 스쳤다. 하지만 윈슬로우는 아무렇지 않은 듯 긴 속눈썹을 깜빡이며 거울에 비친 자신의 모습을 바라보고 있었다.
 모두가 스케치를 확인하기 위해 책상 위에 종이를 펼쳐 놓았을 때, 윈슬로우가 침묵을 깼다.
 "완벽하군요. 좋은 재단사와 햇메이커를 만나 기쁩니다."
 그의 당황스러울 정도로 달콤한 칭찬에 W는 잠시 놀랐다.
 '처음에 날 인간이라 무시하지 않았나. 대체 이 짧은 시간 동안 무슨 일이 있었기에 그가 이렇게 바뀐 거지?'
 W가 잠시 고민하는 사이, 올리버는 '나를 가지고 놀려면 한참은 멀었어'라는 투로 코웃음을 쳤다. 하지만 올리버 또한 스케치를 고르는 윈슬로우의 섬세하고 진심 어린 칭찬에 점차 찌푸린 표정이 부드러워졌다.
 윈슬로우는 제이콥의 하이힐을 기준 삼아, 여기에 어울리는 착장을 고르는 것에 열중했다. 그리고 무대에서 어떻게 걸을지를 염두에 두고 바지를 재단하려는 W의 생각에 감탄하며, 칭찬을 아끼지 않았다. 그는 확실히 영리한 남자였다. 상황을 자연스럽게 주도하는 법을 알고 있었다. 아니, 어쩌면······.

'정말 원하는 것이 하이힐 하나인가 보군.'

W는 생각했다. 그렇다. 이번 라운드에서 가장 고생할 당사자는 제이콥일 터, 더 이상 이에 대해 언급할 필요는 없다. 이제 각자의 작업에만 집중하면 될 일이다.

7월 다섯째 주, 제이콥의 회의록

장소: 워커웨이 | 참여자: 토퍼스 팀 윈슬로우

- 제이콥: 금 장식이 들어간 하이힐. 다른 고양잇과와 달리 발톱이 발 안으로 들어가지 않는 치타의 발 구조를 고려하여 코랄즈 사의 발톱 조이개를 착용하고 걸어야 할 것. 앞 부강 패턴과 인솔에 여유가 필요함. W의 조끼와 조화되는 버튼 부츠 형태의 하이힐을 제작할 예정.
- W: 청록색 브로케이드 패턴의 자수가 들어간 옷감으로 제작한 조끼. 고급스러운 싸개 단추 장식을 사용하고, 허리까지 오는 브리치즈를 추가.
- 올리버: 곡선이 강조된 체형에 맞춰 곡률을 조정한 스토브 파이프 탑햇 제작.

***

윈슬로우의 몸과 머리의 치수를 재는 것을 마친 뒤 사흘이 흘렀다. 지난 회의는 경연 대회 중 했던 회의 중 가장 빠르고 효율적이었다. 이후의 작업도 수월할 것이다. 일단 재단사와 햇메이커는 그렇다. 윈슬로우가 회의 말미에 이렇게 말했기 때문이다.

"전적으로 토퍼스 팀을 믿고 있어요. 재단사님, 가봉은 하지 않아도 될 것 같아요. 햇메이커님, 측정하신 대로 모자를 편히 제작해 주시면 되겠습니다. 벌써 무대가 기대되는데요."

이 말을 남기고 윈슬로우가 어찌나 근사한 미소를 지었는지, 오히려 부담스러울 정도였다. 속으로 W는 생각했다.

'윈슬로우가 한 말에서 재단사와 햇메이커만 언급하고 제이콥이 빠진 것은 다분히 의도적인걸까? 차라리 저 이마의 미간이라도 찌푸렸다면 올리버가 무어라 한 마디라도 했을테지. 저 무서운 미소를 보니 이 작자는 자신이 우위에 서는 법을 알고 있는게 분명해.

아, 제이콥은 저 영리하고, 동정심을 유발하며, 야망에 넘치는, 아름다운 남자에게 얼마나 시달릴까……! 제이콥과 있었던 갈등에 대한 죄책감마저 느껴지는군.'

그렇게 W는 성찰을 마쳤다. '제이콥도 얼마나 고생하겠나'라는 생각으로 귀결되자, 그 또한 자신이 해야 할 일이라는 현실로 돌아온 것이다.

토퍼스 양복점은 아주 조용하다. 밖에 걸려있는 〈금수 의복 경연 대회〉 깃발이 휘날리는 소리까지 들릴 정도로 말이다. W는 조끼의 패턴 재단을 조용히 마무리짓고 있었다.

"허전하군."

W는 고요함을 이기지 못해 혼잣말을 했다. 올리버의 투덜거림도, 제이콥의 달콤한 간식과 함께하는 티타임도 없다. 적어도 날씨는 안개도 적고 화창하다. 깨끗이 닦아놓은 양복점 통유리도 햇빛을 받아 반짝인다. 공교롭게도 누군가의 방문을 기다리기에 더 없이 좋은 날인 것이다. W는 토퍼스 팀원 세 명 모두가 모이지 않는 그 부재 속에서 평화로움을 되찾기 위해 안간힘을 쓰고 있었다.

"내 역할에만 충실하면 될 일이야."

7는 한 번 더 중얼거렸다. 윈슬로우이 조끼에 무늬를 새겨 넣는 것에 집중하기로 했다. 바늘을 위아래로 움직이며 두꺼운 옷감에 머릿속에 그려둔 무늬를 정확히 새기는 것만으로도 분명 많은 노력이 필요했다. 양복점의 적막함도, 타인의 시선도, 손마디에서 전해지는 고통으로 잊을 수 있을 것이다.

"이것 보게나. 〈금수 의복 경연 대회: 토퍼스 팀〉 깃발이 달려 있는 것을 보니 이곳인 모양이네."

양복점 밖에서 나이가 제법 지긋해 보이는 목소리가 들려왔다.

"이봐, 저기 저 안쪽을 보게. 정말 인간 재단사야."

"쯧쯧, 정말 안 된 사람이지. 이런 곳에 자리를 잡다니, 그것도 이런 시기에…….”

왕도마뱀 신사 둘이 양복점 앞에서 두런거렸다. W는 문 틈새로 들려오는 목소리를 억지로 무시하고 다시 바늘을 움직였다. 인간이라는 이유만으로 동정 받는 것은 익숙했지만, 오늘은 유난히 더 신경이 쓰였다.

곧이어 또 다른 무리가 양복점 앞에 모였다. 다들 멀리서 〈금수의복 경연 대회〉 깃발을 보고 오는 것이 분명했다. 오스카와 패리어트, 이 두 사업가가 이 경연 대회의 판을 더 크게 키워놓은 탓일 것이다. 이번에는 장을 보고 돌아가는 다섯 명의 칠면조 가족이다. 어린 아이들은 W와 눈이 마주치면 전람회라도 온 것 마냥 깔깔거리며 즐거워했다. 유모차를 끌고 있는 부인이 옆에 있는 부인에게 말했다. 아이들의 웃음소리 속에서도 그녀의 목소리는 양복점 안쪽까지 들려올 정도로 카랑카랑하게 울렸다.

"어머, 인간 재단사네. 밀리오가 주최한 경연 대회의 1라운드에서 1등을 했다는 것이 저 재단사인가 봐. 아무리 실력이 좋다 해도, 세상이 적들로 가득한데 이곳을 떠나는 것이 좋지 않나? 용케 자리를 지키고 있네."

"먼츠, 배려심이 깊기도 하지. 그러게 말이야. 흉흉한 세상에 해코지 당하면 어쩌려고."

둘의 목소리는 상당히 커서 호기심에 찬 사람들이 구름처럼 양복점 주위로 몰렸다. 토퍼스 앞은 순식간에 시장통이 되고 말았다. 이럴 때 W는 가게 앞의 '영업 중'이라 쓰인 팻말을 반대로 돌려놓고 싶다는 마음이 든다.

"후……. 문을 열고 들어올 생각은 전혀 없으면서 양복점 앞에만 잔뜩 서 있군."

W는 작은 한숨을 내쉬었다. 손님이 없는 양복점 안과 창문 밖의 북적이는 거리는 완벽한 대조를 이루었다.

'제이콥과 올리버가 없는 것이 더 크게 느껴지는데.'

이런 일은 간판 옆에 경연 깃발을 달면서부터 시작됐다. 그때는 단지 호기심에 불과했다. 그러나 개막식에서 밀리오의 파격적인 모습이 공개된 이후, 경연 대회에 대한 대중의 관심은 더 커졌고, 그 관심은 결국 리그레서들까지 자극했다. 최근에는 그들이 세력을 키우고 자신들만의 우두머리를 세운다는 소문이 돌기 시작했다. 그리고 조만간 큰일을 벌일 것이라는 뒤숭숭한 소문까지, 도시 전체의 분위기를 뒤흔들기 시작했다.

"인간 재단사가 동물 둘을 데리고 대장 노릇을 하고 있다지? 웃기지도 않군!"

양복점 내부까지 울려 퍼지는 쉰 목소리. 일부러 들으라고 하는 말이다. W가 조심스레 고개를 들자, 원숭이 셋이 반인간주의 찌라시를 둘둘 말아 손에 쥐고 양복점 앞에 서 있었다. 그들은 경연 깃발과 W를 번갈아 삿대질하며 씩씩거렸다. W는 그의 격앙된 목소리가 더 이상 들어오지 않기를 바라며 시선을 다시 아래로 내리려 했다. 그러자 원숭이 하나가 거대한 주먹을 꽉 쥐고 있는 것이 아닌가. W는 안쪽에 일이 있는 척, 몸을 안쪽 작업실로 숨겼다.

'제발, 그냥 지나가라…….'

속으로 몇 번이고 되뇌었다. 그 순간, 개막식 날 워털루 역에서 제이콥이 리그레서들과 마주쳤을 때 자신을 숨겨주었던 일이 머릿속을 스쳤다.

'삐익-.'

경찰의 호루라기 소리가 귀를 찔렀다. 호전적인 원숭이들이 발을 구르며 당장이라도 들이닥치려던 순간, 마침 거리의 순찰대가 다가와 그들을 제지한 것이다. 원숭이들은 급히 자리를 떴다.

잠이 늦게 드는 날에는 눈이 일찍 떠진다. 요 근래 W의 매일이 그랬다.

"곧 조끼 끝단 장식 마무리를 지을 수 있겠군."

침대 위에서 잠긴 목소리로 그는 자신에게 중얼거렸다. 윤활이 덜 된 기계처럼 움직이며 준비를 마친 그는, 아침 안개가 걷히기 전을 틈타 토퍼스 양복점으로 출근했다. 길을 걸으며 느껴지는 거북한 시선과 속삭임들, 최근 들어 자신이 리틀페어 가의 뒷담화 주인공이 되었다는 것을 실감하는 요즘, 누구와도 눈을 마주치고 싶지 않았다.

양복점 안으로 들어가자 어제 거의 다 완성해 둔 조끼가 책상 위에 조심스레 놓여 있었다. 먼지가 탈까 싶어 덮어 둔 얇은 천을 걷어내자, 어제 하루 종일 손에 쥐고 있던 옷감에 아직도 약간의 온기가 남아있었다. 그 미세한 온기가 주는 작은 위안에 W는 손끝으로 수를 더듬었다. 그리고는 따로 꽂아 둔 바늘을 꺼내어 들었다.

"여기부터 다시 시작이군."

첫 바늘을 꿰려는 찰나, 양복점 안으로 불청객들의 목소리가 들려왔다.

"인간의 옷을 입은 광대!"
"인간의 문물을 척결하라!"

리그레서들이었다.

"아, 이걸 잊었군."

W는 서랍에 넣어두었던 청동 귀마개를 꺼내 양쪽 귀에 단단히 꽂으며 조용히 중얼거렸다. 어쩔 수 없다. 손님이 없을 뿐더러, 최근 리그레서들이 외치는 구호는 사뭇 자극적이다. 저들이 매일 아침 부지런히 시위를 했던 탓에 반인간주의를 찬양하는 눈먼 시민들은 우후죽순 늘어만 갔고, 때문에 W의 아침은 언제나 방해받기 마련이었다.

그는 최대한 올리버의 냉철한 태도를 본받으려 노력했다. 적어도 부정적인 생각을 하지 않으려는 것이다. 귀마개를 꽂은 채, W는 바늘과 실의 감촉에만 집중했다. 귀를 막자 세상의 시간이 흐려졌고, 오직 조끼에 새겨지는 수만이 정확한 시계를 대신했다. 손끝에서 느껴지는 감각 속으로 빠져들며 그는 세상의 소음에서 잠시나마 해방될 수 있었다.

"훌륭해."

마무리된 조끼는 얼마 없는 정신력으로 만들어 낸 결과물이라기엔 그 완성도가 눈부실 지경이다. W는 만족스럽게 조끼를 바디 마네킹에 둘러놓고, 점심 산책을 나서기로 했다. 꽉 박혀 있던 귀마개를 빼니 세상의 소리가 다시 귀에 들려왔다. 괜찮은 결과물을 만들었다는 만족감 덕분인지 떠드는 소리나 웃음소리가 그리 불쾌하지 않다. 작은 웃음소리에도 긴장하던 그는 오늘만큼은 그 거리 속에 있어도 괜찮을 것 같다는 생각을 했다.

W는 양복점 문을 잠그고 길을 나섰다. 양복점 근처를 서성이던 동물들이 흩어지는 것 같은 착각은 애써 무시했다. 요새는 공장이 다시 가동하는지, 회색 안개가 거리 위를 덮고 있었지만 그는 넓은 보폭으로 성큼성큼 걸었다. 걷다 보니 족히 반시간은 지났을까.

"거기!"

우체국으로 향하는 길목 앞, 신문 부스 쪽의 소리다.

'날 부르는 건가?'

신문 부스에 원래 앉아있던 나이 지긋한 족제비 할아범이 아니었다. 그 자리에 대신 앉아 있는 이는 고약한 인상의 회색 당나귀였다. 무뚝뚝하고 생기 없는 얼굴, 마치 평생 한 번도 웃어본 적이 없는 것처럼 미간에 깊이 패인 주름과 이마에 선명한 핏줄이 보였다.

그냥 무시하며 지나치기에는 당나귀의 시선이 너무도 정확히

W에게 꽂혀 있었다. 그가 신문을 쥔 손을 W를 향해 뻗었다. W의 눈에 들어온 것은 신문 매대 위에 휘갈겨 적힌 '10펜스'라는 글자였다. 당나귀의 겁박을 이기지 못한 그는 동전을 꺼내기 위해 주머니를 뒤적거렸다.

"당신네들 돈은 필요 없소."

당연하게도 W는 당나귀가 내민 신문을 선뜻 받을 수 없었다. 그가 들고 있는 신문이 어떤 것인지 흘끗 보기만 해도 알 수 있었기 때문이다. 옷을 입고 있지 않은 검독수리가 전면에 찍혀 있는 신문. 리그레서들이 발행하는 신문인 〈근본으로To Origin〉다. 우두머리인 레브그로우 스캐들을 필두로 리그레서들의 사상인 '네 발로 걷고, 하늘을 날자. 우리의 자유를 빼앗은 인간들을 몰아내자'를 가장 강하게 표현하고 있는 인쇄물로, 최근 영국 전역에 반인간주의 세력이 늘고 있는 것도 이 발행물의 영향이 컸다. W의 머릿속이 순간 하얗게 변했다.

'저 신문을 받아들라는 의도는 내가 이곳에 더 이상 환영받지 못한다는 걸 굳이 알려주려는 거겠지?'

당나귀는 신문을 더 세차게 흔들어 보였다. 그 표정은 불만과 경멸로 가득 차 있었다.

'무시하자니 싸움이 벌어질 게 자명하군. 게다가 저 당나귀 근처에서 얼쩡거리는 젊은이들까지 보니 혼자가 아닌 게 분명한데······.'

갑자기 주변의 모든 시선이 자신을 향하는 듯한 착각에 빠졌다. 등줄기를 따라 식은땀이 흘렀다. W는 당나귀의 거칠고 핏줄이 선명한 손에서 신문을 마치 낚아채듯 받아들었다. 상황을 피하는 게 최선이었다. 그는 본능적으로 발길을 돌려 양복점으로 향했다. 꼭 돌아가야만 할 것처럼 느껴졌다. 양복점은 이 거리에서 오랜 시간 W의 고향이 되어주지 않았나. 그가 낀 장갑에 얇은 신문 종이가 질척이며 달라붙었다. 찝찝한 감촉이 못내 불쾌했지만, 그것을 신경 쓸 여유조차 없었다.

'이제 저 골목만 돌아서면······.'

멀리서 금수 의복 경연 대회 깃발이 나부끼는 것이 보였다. 양복점이 가까워질수록 그의 달리는 발에도 속도가 붙었다. 이제껏 이렇게나 토퍼스가 그리워진 적은 없었다.

"이게, 대체……?"

저게 대체 무어란 말인가. 눈앞에 펼쳐진 양복점의 모습은 아주 낯설었다. 아침에 정성껏 닦아놓은 창문은 산산조각이 나서 파편들이 돌바닥에 흩어져 있고, 먼지를 털어두었던 마네킹은 바닥에 처참하게 쓰러져 있었다. 누군가 거칠게 문고리를 따려 했는지 자물쇠 구멍은 이가 빠져 있다. 토막 난 광경들은 하나하나 W의 근육을 수축시켰다.

"아침에 완성한 조끼는……?"

W는 좀 전에 마무리를 지었던 조끼가 무사하기만을 바랐다.

"마네킹에 걸어 두고 나왔는데, 하필 지금 같은 때에…….'

W의 입안은 바싹 말라갔다. 머릿속에서는 무언기기 폭발한 듯했고, 그 자리에서 매캐한 연기가 뿜어져 나와 뇌리를 어지럽혔다. 그는 다급하게 자물쇠에 열쇠를 넣어 돌렸다. 낡긴 해도 곧잘 열리던 자물쇠인데 어찌된 일인지 열릴 생각을 않는다. 사실, 굳이 열 필요도 없었을지 모른다. 정문 유리가 깨져서 사람 하나는 충분히 들어갈 만큼의 큰 구멍이 있었으니까. 그런데도 W는 억척스럽게 문을 열어냈다.

참혹했다. 그의 눈에 들어온 것은 검게 '떠나라'라고 쓰여 있는 돌과, 그것에 맞아 다리가 부서진 의자 그리고 산산이 흩어진 스케치들이 눈앞에 널브러져 있었다. 커다란 유리창의 구멍 사이로

흐리멍덩한 햇빛이 들어오며 그 잔해들을 비추고 있었다.

W는 조끼가 있는 작업실로 발걸음을 옮겼다. 다행스럽게도 마네킹은 벽에 기대어 서 있었고, 그가 아침에 완성한 조끼는 눈에 띄는 손상 없이 걸려 있었다. 이만하면 다행인 걸까? W는 조끼를 한참을 살폈다. 정신이 산만한 탓에 조끼가 손상이 없음을 확인하는 데에는 꽤 오랜 시간이 걸렸다.

W는 작업실 밖으로 걸어나가 떨어진 스케치들을 하나둘 주워 담기 시작했다. 그러나 갑작스러운 울렁거림에 문을 붙잡고 서야 했다. 지나치는 동물들은 몇 마디 수군거릴 뿐, 폐허처럼 변해버린 양복점의 인간 재단사를 도와주려는 이는 없었다. 눈 안쪽 피

부 깊숙한 곳이 불타오르는 것처럼 달아올랐다. 오랫동안 무언가에 눌려 무뎌졌던 감각이 터져 나올 것 같았다.

'단순히 피가 쏠렸을 뿐이야.'

지금 이 순간에 눈물을 흘릴 수는 없었다. 대신 몸을 어딘가에 기대고 싶은 마음이 간절했다. 그렇게 그가 붙잡은 것은 다름 아닌 돌에 맞아 부서진, 다리가 세 개뿐인 의자였다. W는 억지로 다리가 세 개가 된 의자에 몸을 걸쳤다. 오늘 겪은 것에 굴하지 않겠다는 의미일까? 아니면 단지 현실을 실감하지 못해서일까. 아직 그의 눈에는 생기가 남아있었다.

부서진 창문 앞을 지나가는 사람들은 대놓고 그 광경을 바라보며 수군거렸다.

"올리버, 그는 혼자 모자를 짓고 있겠지. 매사 투덜거리면서 정자 모자를 만들 때가 되면 그보다 진지한 사람은 없단 말이야."

W는 손에 쥐고 있던 모자를 만지작거렸다. 해지거나 뜯길 때면 항상 올리버가 손을 봐주었다.

"그리고 제이콥, 그는 지금쯤 윈슬로우와 열정적인 토론을 하고 있을까. 제이콥이 너무 무리하는 건 아닌가 모르겠어."

W는 초점 없는 눈길로 유리창 너머를 바라보며, 자신이 속한 토퍼스 팀원들을 떠올렸다. 이 거리에서 긍지와 자부심을 품고 살아가기에 그는 너무도 무방비한 상태였다. 두 동료가 문득 그리워졌다.

이 공간이 낯설다. 저 유리를 통해 오랜 시간 바라봐왔던 리틀페어 가의 모습은 평소와 다르다. W가 사랑했던 거리는 더 이상 아름답지 않았고, 토퍼스 양복점은 안락하지 않았다. 모든 것이 뒤틀리고 깨졌다.

W는 아래턱을 감싸쥐며 조용히 숨을 몰아쉬었다. 그러다 당나귀가 건네주었던 신문이 그의 머리를 스쳤다. 문 앞에 떨어져 있는 구겨진 종이 조각이 그의 눈에 들어왔다. 그는 이끌리듯 그 구겨진 신문을 집어 들었다. 손등 위로 푸르스름한 정맥이 돋은 그의 손은 요동치듯 떨렸다. 신문에 찍힌 글자와 이미지들이 점점 뚜렷해졌다. 이것은 그를 향한 명백한 경고 메시지였다. 양복점을 이렇게 만들어버린 자들의 목소리가 그 잉크 사이에 스며 그의 귀에 불쾌하게 속삭였다.

To Origin — 근본으로
우리의 근본으로 돌아갈 뿐!

근본: 리그레서의 새 시대를 열 레브그로우 스캐들의 목소리

리그레서 무리의 우두머리, 레브그로우 스캐들이 오늘 런던 전역에 혁명의 불을 지폈다. 그의 격렬한 외침은 오랫동안 인간의 굴레에 갇혀있던 동포들을 각성시켰다.

스캐들은 연설에서 이렇게 외쳤다. "인간들에게 특혜를 주고, 그 산물인 '옷'을 걸치며 연약한 모습을 흉내내는 얼간이들이 높은 자리에 있는 것은 참을 수 없는 수치다!"

그는 이어서 "우리가 해야 할 일은 그들이 만든 허울을 찢어버리고, 본능을 깨워 근본으로 돌아가는 것"이라고 목소리를 높였다. 그는 인간의 문명이 리그레서들을 억압하는 도구라고 비판하며, 리그레서야 말로 자연의 주인임을 선언했다.

"인간 세상 곧 무너질 것" 대규모 시위 예고

레브그로우 스캐들의 연설은 더 나아가 인간 문명에 대한 날 선 경고로 이어졌다. "인간의 세상은 곧 무너질 것이다. 리그레서들이 힘을 모아 그들의 가증스러운 문명을 무너뜨리고, 그들이 이룬 것을 불태울 심판의 날이 다가오고 있다."

이 발언은 억압받던 리그레서의 복수의 서곡이자 새로운 시대를 예고하는 선언과 같았다. 현재, '약육강식의 자연으로 돌아가자'는 구호 아래

> 점점 많은 리그레서가 깨어나고 있다.
>
> 연설은 리그레서들에게 희망과 용기를 불어넣으며 새로운 시대의 서막을 열었다. 이제 모든 리그레서들이 단결해 권리를 되찾고, 자유를 향해 나아갈 것이다. 진정한 '근본의 시대'가 시작됐다.

신문 속 레브그로우 스캐들은 아무것도 입지 않은 채였다. 어느 이름 없는 윤전소에서 조잡한 흑색 잉크로 인쇄된 사진에서도 스캐들의 눈동자는 놀랍도록 뚜렷한 광채를 뿜어냈다. 자신이 옷을 입지 않은 것이 옳다는 메시지를 읽는 이에게 관철시키려는 의도가 명백했다. W는 '그들이 만든 허울을 찢어버리고'라는 문구에서 자신이 옷에 동일시되어야 하는지 잠시 고민했다.

부서진 양복점에 경관들이 들어와 경위를 작성한 것은 한참 후의 일이다. 양복점에 들어온 세 명의 경관은 이미 리그레서들에게 상당한 고초를 치른 모양이었다. W가 "극성 반인간주의자들이 최근 이 거리를 지나며 양복점 앞에서 위험한 시위를 했다. 아마 그들이 벌인 일인 것 같다."고 말하자, 경찰들이 곧바로 질색하는 표정을 지었으니 말이다. 그중 나이가 가장 많아 보이는 큰 뇌조 경관이 입을 열었다.

"재단사님, 잘 들으십시오. 리그레서들은 항상 떼를 지어 다니기 때문에, 직접 돌을 던진 자의 얼굴을 확인하지 못하면 영장 발부가 어렵습니다. 암, 이전에도 인간 노상강도 사건으로 리그레서

일당 6명을 잡아 심문을 했는데, 용의자 6명이 모두 자신이 저질렀다 주장하는 바람에 수사가 난항에 빠져 아직 해결되지도 않았단 말이오.

어디보자, 흠……. 그럼 이 근처 순찰을 좀 늘리는 수밖에 없겠군. 몇 가지만 묻고 저희는 이만 가보겠습니다."

이내 그는 용의자를 추려봤자라는 변명과 리그레서들이 막무가내라며 불평만을 구구절절 늘어놓더니 곧 다른 한 경관과 함께 담배를 피우러 나갔다. 줄곧 부서진 양복점의 사진을 찍어대던 앳된 비둘기 경찰 하나만 양복점에 W와 단 둘이 남았다. 그가 질문을 하려는지 경위서를 펄럭이며 W의 앞에 섰다. 비둘기의 첫 질문은 이것이었다.

"혹시 누군가의 원한을 산 적이 있습니까?"

"……."

입에서 말이 쉬이 나오지 않았다. 자신이 인간이라는 이유로 양복점 앞에서 벌어진 일들을 생각하면 의도하지 않아도 누군가의 원한을 살 수 있다는 것을 깨달은 요즘이 아닌가.

"잘 모르겠습니다."

이 대답은 말실수였다. W는 "그런 적이 없다"라고 말할 생각이었지만, 그렇게 말하고 나니 그동안 이 자리에서 했던 일들이 부질없이 느껴지고, 존재가 부정당하는 듯한 기분이 들었다. 그래서 이 대답은 말실수였던 것이다.

"흠, 그렇다면 의심이 가는 또 다른……."

그 후 비둘기 경관의 질문이 어떻게 이어졌는지는 기억이 확실하지 않았다. 질문이 끝난 후 두 경관은 다시 들어와 한숨만 내쉬고는 '소식을 들고 오겠다'는 말을 남기고서 비둘기 경관을 데리고 양복점을 나섰다.

양복점에 땅거미가 정적과 함께 내려앉았다. 예전의 W였다면 하루라도 빨리 일상으로 돌아가고 싶은 마음에 바로 유리공에게 달려갔겠지만, 오늘의 그는 심하게 지쳐 있었다. W를 사로잡은 감정은 결코 긍정적인 것이 아니었다. 그것은 증기기관차처럼 담배를 줄기차게 피워대고 남은 위스키를 전부 목구멍에 털어 넣어도 채워지지 않는 지독한 공허함이었다.

'인간의 옷을 입은 광대!'

W는 꿈속에서도 리그레서가 외침을 들었다. 잠을 설치고 만 그는 이른 아침부터 양복점으로 향했다. 그리고 얄궂게도, 꿈은 현실이 되었다. 얼마 전 새로 바꾸어 단 유리창이 또다시 파손되어 있었다. W의 심장이 쿵쾅거렸다. '사라져라!'라는 석탄으로 써내려간 글씨는 끔찍한 악필이었으나, W는 그 문구를 멍하니 바라볼 수밖에 없었다. 그렇게 새벽 어스름한 해가 양복점을 비출 때까지, 그는 고개가 꺾인 식물처럼 그 자리에 서 있었다.

이전에 만났던 경관 중 둘은 이번에는 오지도 않았고, 비둘기 경관 하나만이 양복점에 도착했다. 그는 곧 다른 동료들을 데리고 와 그의 양복점에 경시줄을 둘렀다. W는 토퍼스를 물끄러미 바라보다가, 충혈된 눈으로 다시 유리공을 찾았다.

"가게 유리가 또 부서졌습니다. 같은 걸로 하나 더 부탁합니다."

W가 유리공에게 수표를 건넸다.

"이런 무뢰배들 같으니라고. 경찰이 잡아가질 않으니 마구 신이 난 모양이군. 전보단 싸게 해드릴 테니, 이 정도는 어떻습니까?"

유리공이 그가 내민 수표를 돌려주며 말했다. 그가 위로 차 건넨 말에도 W는 끝내 고개를 들고 그의 얼굴을 똑바로 마주보지 못했다.

양복점으로 돌아가는 길에 W는 불현듯 1라운드 이후로 모습을 감춘 플랜시가 떠올랐다. 정확히는 그 친구가 '빅 슬립'에 걸려 깊은 무기력의 수렁에 빠져 아무것도 하지 못했을 적을 기억해냈다.

"이게 빅 슬립일까?"

이제 어떻게 해야 할지 모를 정도로, W의 몸과 마음은 가라앉아 가고 있었다. 양복점에 둘러진 경시줄을 다시 바라보았다. 그러다 자신이 작업하던 윈슬로우의 옷으로 시선을 옮겼다. 그리고 쓰러져 있는 마네킹을 윈슬로우라 생각하며 무대에서 그가 어떻게 걸을지 상상했다. 얕은 잠결에 꿈을 꾸는 듯, 그는 두 눈을 감았다. W의 머릿속엔 환상의 극이 열렸다. 그리고는 갑자기 혼자 중얼거렸다.

"옷 한 벌쯤이야."

어쩌면 그는 힘을 쥐어짜볼 심산으로 내뱉은 것일지도 모른다. 하지만 진심이었다. 오히려 경시줄이 둘러쳐진 지금이 유리가 깨질 일도 없고, 손님도 없으니 좋지 아니한가? 잃을 것도 없으니, 이판사판이다. 이제 그에게 남은 것은 3라운드를 위한, 윈슬로우를 위한 딱 한 벌의 옷이다. 그 옷은 분명히 제이콥의 하이힐과 올리버의 모자와 함께 이번 무대를 빛내고야 말 것이다. 그는 작업실 의자를 질질 끌고 와 거리를 지나는 사람들을 마주보고 앉았다. 무슨 이유에선지 그는 가장 아끼는 모자를 썼다. 출근할 때 거울을 보며 시작의 다짐을 나눈 탑햇. 사람들은 모자를 쓰고 의자에 앉은 괴짜 재단사를 경시줄 너머로 구경했다. W는 다시 바늘을 잡았다.

"이번 유리는 오는 날을 미뤄야겠군."

***

워커웨이 안에서 이루어진 마지막 회의는 폭풍전야처럼 고요한 긴장감이 맴돌았다. 옷을 입어보는 윈슬로우의 작은 움직임만이 공간을 채우고, 토퍼스 팀의 세 사람, 올리버, 제이콥 그리고 W는 똑같이 다리를 꼬고 길게 앉아 있었다. 오랜만에 팀원들과 한 자리에 있는 W는 무심결에 잊고 있던 소속감에 실없는 웃음을 흘렸다. 커튼이 걷히고, 윈슬로우가 토퍼스 팀 앞으로 나섰다.

"정말 만족스럽네요."

W의 옷은 윈슬로우의 곡선미를 선명하게 살려냈고, 뒤이어 올리버가 제작한 유선형의 탑햇이 화룡점정으로 윈슬로우의 실루엣을 완성했다. 이 완벽한 자태는 마치 그가 이미 태어날 때부터 오늘을 위한 옷매무새를 갖춘 것처럼 자연스러웠다. 윈슬로우는 미소를 지으며, 여유롭게 햇메이커와 재단사를 번갈아 바라보았다. 그 미소는 자신을 칭찬할 사람들의 반응을 미리 예측하는, 일종의 당연함을 담고 있었다.

"아무렴."

올리버의 나긋한 목소리와 함께 긴장이 풀린 W는 의자 안쪽 깊이 몸을 맡겼다. 이렇게 교류가 적었던 적도 없지만, 둘의 작품이 마치 오랜 협업의 결과물인 양 조화를 이뤘다.

"제이쿱, 이제 준비됐습니다."

마지막으로 남은 것은 제이쿱의 차례. 윈슬로우가 가장 기대하는 부분이었기에 구두를 신는 것은 가장 마지막으로 남겨 두었다. 제이쿱은 묵묵히 고개를 끄덕였다. 윈슬로우는 천이 덮인 부츠 쪽을 물끄러미 쳐다보았다. 애가 탈 법도 한 그의 눈동자는 평소와 다름없이 고요했다. 윈슬로우가 말한 '힘'. 주인공을 기다림 끝에 맞이하는 것은 그에게 마땅한 것이었으리라. '휙' 하는 바람 소리와 함께 천이 들렸다.

아름다운 버튼 부츠다. 그간 제이쿱이 얼마나 많이 노력했는지를 반증해 줄 만큼 말이다. 윈슬로우는 스툴에 앉아 구두를 벗고

부츠를 신을 준비를 했다. W는 그의 발목이 전과 달리 퉁퉁 부어 있는 것을 알아차렸다.

'발목이 저 정도로 부어 있었다니, 그동안 앉아 있었던 게 다 이유가 있었군. 하이힐을 신고 무대에 서기 위한 연습을 독하게 해왔을 테지. 하지만 저래서야 정작 무대 위에서는 제대로 걸을 수 있을까……'

그러나 W는 더는 발목에 대해 언급하지 않았다. 제이콥이 여기에 얼마나 많은 노력을 했는지 워커웨이 사방에 널린 보강재와 안창, 밑창 등 신발의 패턴들이 대신 설명해주는 듯했으니.

"……"

부은 발목 위에 천이 덮이고, 단추가 하나씩 채워졌다. 그는 제

245

이콥의 도움을 단호히 거절하고서 홀로 길고 높은 부츠를 신었다. 꼼꼼히 부츠를 신은 그는, 망설임 없이 일어서서 거울 앞으로 다가갔다.

윈슬로우의 열정은 마치 전염병처럼 W의 지친 몸에까지 퍼져 나갔다. 또각이는 발소리는 그가 드디어 무대 위로 나아갈 준비가 되었음을 알리는 북소리와 같이 깊고 우렁찼다. 윈슬로우는 진정으로 바라던 '힘'을, 이 하이힐을 통해 얻은 것이다.

"완벽합니다."

그의 쉰 목소리는 격앙된 떨림을 감추려는 듯했다.

"제이콥, 고마워요."

윈슬로우의 감사 인사에 제이콥은 미소를 지었지만, 그의 불편한 걸음이 계속 눈에 걸렸다. 한 발 한 발을 내디딜 때마다 윈슬로우는 땅을 앞꿈치로 스치고, 뒤꿈치로 조심스럽게 즈려밟으며 앞으로 걸음을 내디뎠다.

"…… 윽."

다섯 걸음쯤 걸었을까. 윈슬로우가 중심을 잃고 휘청였다. 그가 가까스로 의자를 짚고 선 채로 겨우 버티자, 제이콥이 급히 달려갔지만 윈슬로우는 손을 휘저으며 그를 막아섰다.

"저런, 윈슬로우. 지팡이 없이는 힘든 거 아닌가요? 발목이 그렇게 부어서야 무대에서 설 수나 있을지 모르겠네."

올리버가 팔짱을 낀 채 말했다. 제이콥은 작은 한숨을 쉬었다.

사실 제이콥은 일찍이 지팡이에 대해 윈슬로우를 설득해 보았다. 특히, 연습용 부츠를 받은 지 이틀 만에 그가 부은 발목을 이끌고 워커웨이에 찾아왔던 그날을 기억한다. 제이콥은 그의 발목을 염려하며 말했다.

"지팡이 없이는 정말 힘들 겁니다. 이 발목으로는 무대에 서는 건 무리……."

제이콥은 말끝을 살짝 흐렸다. 윈슬로우는 이것 또한 작은 배려라 생각한 것인지, 조금 누그러진 목소리로 말했다. 다만 그가 한 말은 가차없었다.

"아버지께서는 '윈슬로우 가에서 지팡이를 짚는 자는 수명이 다한 늙은이뿐이다'라고 말씀하시곤 했죠. 제가 지팡이를 짚는다면 가족들에게 인정을 받지 못할 겁니다. 제이콥, 나는 최대한 지팡이 없이 무대에 서고 싶어요."

제이콥은 이후 지팡이에 대해 일절 말을 않았다. 윈슬로우의 성격을 잘 아는 만큼, 그가 결정을 번복할 사람은 아니라고 확신했기 때문이다.

"흠……."

올리버와 제이콥의 말에 윈슬로우는 한참 침묵을 지키다가, 끓는 듯한 소리를 내며 입을 열었다.

"…… 지팡이도 권위와 힘의 상징일 수 있으니, 한번 고려해 보죠. 방금 중심을 잃은 건, 이 아름다운 구두를 상하게 할까봐 걸음을 조심한 것뿐이니 너무 염려하실 것 없습니다."

 제이콥의 귀가 쫑긋 섰다. 듣던 중 다행이라고 생각했지만, 동시에 윈슬로우가 쉽게 다른 사람의 말을 따르는 모습이 믿기지 않았다.

 윈슬로우가 빙글거리는 미소를 지었다. 제이콥은 그의 미소에서 저의를 알아차렸다.

 '아, 가짜 미소군. 우릴 안심시키려는 거야.'

 제이콥이 짧은 기간 내에 윈슬로우를 자주 만나면서 배운 것이 있다면, 그는 항상 대화에서 우위를 차지하고 싶어 한다는 것이다. 때문에 그가 '무대에서 지팡이를 짚는다'는 제안을 받아들인 것은 더 이상 갈등을 원치 않는다기보다, 당근과 채찍 중 이번만큼은 한 발 물러서겠다는 당근을 건네어 결국엔 자신의 방식대로 상황을 이끌어가겠다는 의도일지도 모른다.

 '윈슬로우의 속마음을 완전히 읽어내는 건 참 까다로운 일이군. 하지만 그도 이제 하이힐을 신고 걷는 게 얼마나 어려운지 인정한 걸지도 몰라.'

 제이콥은 애써 더 이상 말을 하지 않으려 노력했다. 윈슬로우를 처음 만난 이후, '하이힐은 위험하다'라는 말을 다시는 하지 않겠다는 마음으로 스스로 입에 재갈을 물린 셈이었다.

 그리고 그것은 W도 마찬가지였다.

 W는 더 이상 할 말이 없다는 듯 워커웨이를 나서기 전에 딱 한 마디만을 남겼다.

"파티에서 보세, 친구들."

***

조나단이 주최하는 〈3라운드: 빈티지 파티〉의 초대장이 사흘에 걸쳐 각 경연 참가팀 앞으로 발송됐다. 조나단은 언론에 이 파티 내용을 싣는 대신, 코랄즈 내에서 직접 한 사내를 보내어 전달하는 방법을 취했다.

그는 첫날에 데니스와 웹앤퍼, 이튿날 파필드와 토퍼스를 방문하기 위해 런던 곳곳을 분주히 돌아다녔다. 코랄즈의 일원답게 그의 외관은 상당히 눈에 띄었다. 무엇보다 그는 인간 남자였으며, 소매가 넓고 광이 나는 옷과 베레모를 쓰고 '코랄즈'라 쓰인 자줏빛 자동차를 타고 있었다. 어릿광대 같은 옷을 입고 런던 곳곳에 출몰하는 것을 본 시민들 중 일부는 코랄즈의 과감함에 놀라기도 했지만, 대부분은 리그레서들의 타깃이 될 것이라며 불안해하거나, 비웃는 사람들이었다.

자줏빛 자동차가 리틀페어 가에 멈추었다.

"토퍼스 양복점의 W님!"

남자가 토퍼스 양복점을 두드렸다. 오랜만에 방문한 손님이라 W는 잠시 망설이다 문을 열었다.

"네, 안녕하십니……."

W는 자신과 같은 인간이 눈앞에 서 있다는 것에 놀라, 당황한 기색을 감출 수 없었다. 최근 자신이 인간으로서 리그레서들에게 당한 수모가 떠올라 문 앞에 서있는 사내의 얼굴을 요리조리 살폈지만, 남자는 피곤하거나 우울한 기색이 없이 활기찬 모습이었다.

"잠시 시선을 빼앗겼네요. 실례했습니다. 제가 W입니다."

"아닙니다. 재단사님이라 그런지 제 옷에 먼저 눈이 가셨겠지요."

남자는 유쾌하게 웃었다.

"저는 코랄즈의 전령, 제룸이라 합니다. 조나단 해리슨을 대신해 3라운드의 초대장을 들고 왔습니다."

"멀리서 수고 많으셨습니다."

제룸은 조금 쉰 듯한 W의 목소리에 잠시 신경을 쓰는 듯 했지만, 금세 미소를 지어보였다. 주최 측에서 온 만큼 중립을 지키고 싶었던 것일까. W는 그가 최근 겪은 일들을 제룸에게 털어놓고 싶다는 강한 충동을 느꼈다. '제룸, 요새 어떤가요? 저와 같은 인간으로서 말입니다.' 실례라는 것은 알고 있었지만 목구멍까지 그 말이 차올랐다. 결국 입을 달싹이는 것 말고 할 수 있는 것이 없었다.

"초대장 여기에 있습니다. 행운을 빕니다, 인간 재단사님!"

제룸은 밝게 미소 지으며 코랄색 염료와 은색 장식이 새겨진 화려한 봉투를 건넸다. 평소라면 그의 튀는 복장이 양복 재단사

로서 불편했을지도 모른다. 그러나 이번만큼은 그저 그와 같은 인간이라는 이유만으로 반가움과 안도감이 앞섰다.

"제롬 씨!"

W는 자동차에 시동을 걸고 있던 제롬을 불렀다.

"네!"

그가 밝은 목소리로 대답하며 모자를 흔들었다. 막상 그를 불러 세웠건만 W는 마땅히 해야 할 말이 떠오르지 않았다.

"파티에서도 뵐 수 있을까요?"

"물론이죠, 파티에서 전 바이올린을 연주하고 있을 겁니다!"

제롬은 그렇게 말하고 떠났다. 남자가 사라진 거리에는 그의 등장에 놀라 웅성대는 사람들만 남았다. W는 그들을 등지고 양복점 안으로 천천히 걸어 들어갔다. 제롬에게 건넨 질문이 조금 엉뚱했을지 모르지만, 또 한 번 그를 만날 수 있다는 생각에 들떴다. W는 문을 닫자마자 코랄즈의 문장이 정성스럽게 새겨진 초대장을 뜯어보았다.

파티 초대장

토퍼스 팀께.

〈빈티지 파티〉에 정중히 초대합니다.

여느 파티와 다름없이 모든 걱정은 잠시 내려놓고,
오직 아름다움과 화려함으로 경쟁하는 밤을 함께 맞이합시다.

날짜: 10월 1일 토요일

장소: 햄프턴 144 버킹엄 로드, TW12 3JR

기대하고 있겠습니다.

코랄즈의 조나단 드림.

그는 무거운 공기로 가득 차 있던 양복점에서 오랜만에 작은 설렘을 느꼈다. 바이올린을 연주하고 있을 제롬과, 자신이 만든 옷을 입고 파티를 누비는 윈슬로우를 상상했다. 그리고 무엇보다 '모든 걱정은 잠시 내려놓고' 아름다움으로 승부한다는 것에 그는 숨통이 조금 트이는 것 같았다.

***

"웨이드, 네 두 눈으로 그려봐! 이 저택이 선홍빛으로 물드는 모습을 말이야. 손님들이 움직일 동선을 생각해 디테일까지 신경 쓰지 않으면 최고의 파티는 없다고!"

조나단 해리슨이 손짓하며 명령을 내렸다. 목소리는 선명했지만, 빠르게 쏟아지는 탓에 코랄즈의 막내 서기관, 논병아리 웨이드는 몇 번이나 다시 물어볼 수밖에 없었다.

"조나단, 잠시만요. 이렇게 적으면 되는 거죠?"

"그래, 그런데 케이크 장식은 빠졌군. 4단 케이크에 초를 빽빽하게 꽂아둬야지."

조나단은 고개를 홱 돌리며 소리쳤다.

"어이, 거기 뭐하는 거야! 들어오지 말라고 쳐 놓은 줄은 장식인 줄 알아?"

그는 '비밀 엄수! 파티 개최 전까지 출입 금지!'라는 표지판을 넘어온 구경꾼들을 쫓아내며 한숨을 쉬었다.

"이 파티는 코랄즈 역사상, 아니, 런던 역사상 최고의 파티여야 해."

조나단은 마법 주문처럼 이 말을 되뇌며 다시 작업에 몰두했다. 웨이드는 그런 그를 존경 어린 눈으로 바라보며 속기를 배워둔 자신을 내심 칭찬했다.

"잘 적어둬, 웨이드. 모델이 이 테라스에서 첫 번째 포즈를 취할 거니까. 오, 세상에. 이 세월과 함께 칠 벗겨진 나무가 전부 마호가니라니, 계단과 테라스는 대리석! 임대인이 말년에 도박에 빠지지만 않았더라면 그를 내 의형제로 삼았을 텐데. 몇 번을 말하지만 웨이드, 이 고택을 선택한 건 정말 운명이라니까.

오, 마침 저기 내 친구들이 왔군! 여기라네, 나의 코랄한 친구들!"

조나단은 부지에 들어선 코랄즈의 모델들을 발견하곤 지팡이를 흔들며 다가갔다.

"윈슬로우, 자네 드디어 지팡이를 손에 쥐었군. 자네와 이렇게 잘 어울릴 줄이야. 진작 선물할 걸 그랬네."

"고맙네, 조나단."

윈슬로우가 미소로 답했다. 그와 함께 부지에 들어온 모델들은 자신의 무대가 될 고택을 천천히 살펴보았다.

빈티지 파티가 열리는 햄프턴 고택의 후원은 이번 파티의 개최를 위해 전등을 새로 배치하고, 정원과 호수를 새로 다듬었다. 모델들은 준비 중인 고택 부지를 보며 연신 감탄을 금치 못했다. 조

 나단이 준비한 3라운드 빈티지 파티는 코랄즈 최대 규모의 행사였지만, 걱정은 부지에 발을 들이는 순간 눈 녹듯 사라졌다. 고택은 마치 오랫동안 잠들어 있던 거대한 생명체가 조나단 해리슨의 손길에 의해 다시 깨어난 것처럼 살아 움직이고 있었다.
 "대단하군 조나단! 자네의 예술성이란……. 내 존경하지 않을 수가 없네! 자네와 견줄 젊은이가 과연 이 런던에 있을까?
 영롱한 조명과 영광의 깃발, 광이 나는 조각과 반짝이는 그림들. 그리고 손님들을 맞이할 에메랄드 빛 접시들도 이미 아름답게 준비해 두었군!"
 문화 비평가답게 연신 수려한 단어를 쏟아내는 루카스를 조나단은 흐뭇하게 바라보았다.

"루카스, 말은 고맙지만 아직 모자라. 야간에 조명들이 어떻게 빛날지도 봐야 하고. 하지만 무대는 이미 손을 봐두었다네. 두 곳에서 포즈를 취할 수 있도록 했지. 관객과 최대한 가까이서 만나는 황홀한 쇼가 될 거야. 이쪽으로 오게나들, 한번 직접 구경시켜주겠네."

"그렇게 하세."

무대가 어떤지 확인하고 싶던 윈슬로우는 기다렸다는 듯이 대답했다. 조나단을 따라간 모델들은 중앙 홀에서 양옆으로 뻗은 계단을 오르며 연회장으로 향했다. 연회장 내의 둥근 테라스에서 정원까지 한눈에 내려다볼 수 있었다.

"자, 친구들. 여기가 우리의 첫 번째 무대라네!"

조나단이 날개깃을 높이 펼쳐들며 테라스를 소개했다.

"훌륭해! 이 몸이 설 무대로 더할 나위 없군."

호랑이 에드워드 스트라이프가 만족스럽게 말했다. 그는 양팔을 한껏 벌리고 테라스 난간에 섰다. 높은 테라스에서 보이는 그의 모습은 마치 모든 시선이 자신을 향해 쏟아질 무대 위에 이미 선 듯 위풍당당했다. 윈슬로우도 테라스에서 포즈를 취해 보았다. 계단에서 테라스까지 이어진 대리석 장식은 그가 하이힐을 신고 연습했던 바닥보다 훨씬 미끄럽고 사용감이 적었다. 고양감에 빠져 있는 다른 모델들에게는 바닥이 미끄럽다는 사실이 전혀 문제가 되지 않는 듯했지만, 윈슬로우는 그 미끄러움이 자꾸만 신경 쓰였다.

"친구들, 그렇다면 두 번째 무대는 어디인지 짐작 가나?"

조나단이 물었다.

"저 석조 다리 위가 좋겠군."

코끼리 알렉산더 험프리가 정원 중앙의 다리를 가리켰다.

"역시! 정답일세. 자, 그럼 다 함께 가보도록 하지."

조나단의 뒤를 따라 일행은 테라스 아래로 내려갔다. 윈슬로우는 한 걸음 한 걸음이 낯설게 느껴졌다. 익숙한 연습실의 바닥과는 전혀 다른 감촉이었다. 문득 하이힐을 신고 이 계단을 내려가야 할 순간이 떠올랐고, 그 생각만으로도 심장이 빠르게 뛰기 시작했다. 무의식적으로 뒤꿈치를 들어올린 채 조심스레 발을 내디뎠지만, 대리석 바닥은 그의 예상보다 훨씬 미끄러웠다. 순간 발이 헛디디며 중심을 잃었다.

"조심해, 윈슬로우!"

정원에 먼저 도착해있던 조나단이 재빨리 뛰어올라 그를 붙잡았다.

"괜찮아. 아름다움에 취해 정신을 못 차렸나 보군."

윈슬로우는 미소 지었지만, 입술 끝이 미세하게 떨렸다. 무대가 생각보다 만만치 않다는 사실을 그의 몸이 먼저 알아차린 듯했다.

***

어둠이 짙을수록 밤하늘의 공기는 맑다.

W가 햄프턴에 도착하자, 리틀페어 가에서는 좀처럼 보기 힘든 별들이 반짝이고 있었다. 별들은 마치 오늘, 이곳에서 열리는 빈티지 파티의 손님들을 위해 준비된 무대의 일부인 듯했다. 파티는 이미 시작되었고, 멀리서도 그 위치는 분명했다. 하늘로 치솟는 빛의 회오리가 고택을 중심으로 춤을 추고 있었기 때문이다. 저 하늘 높은 줄 모르고 빛나는 곳으로, W는 천천히 발걸음을 옮겼다.

"마치 과거의 영광을 되찾은 성이군. 그 영광은 고작 하룻밤에 지나지 않겠지만."

그는 스스로에게 중얼거렸다. 주위 사람들은 마치 이 화려한 무대를 위해 태어난 듯, 저마다 자신이 입은 화려한 옷과 액세서리를 뽐내며 W를 지나쳐갔다. 방문객 대부분 젊은이들로 보였다. 혹은 나이를 가늠할 수 없을 정도로 두텁게 치장을 한 이들도 있었다. 그들은 이 어둠 속에서도 눈부신 미소를 띠고서, 무채색의 출근 복장을 그대로 입은 인간 재단사에게는 눈길도 주지 않은 채 황홀한 불빛을 향해 걸어들어갔다.

W는 아치형 정문으로 이어진 붉은 카펫을 따라 천천히 걸었다. 양옆의 중후한 조각상들, 줄지어 선 값비싼 자동차들, 거대한

복도와 대리석 계단, 고풍스러운 벽의 초상화들. 이 모든 것이 마치 꿈처럼 느껴졌다. 빅 슬립 이후 처음 마주하는 이 사치스러운 광경에, W는 세상이 다시 번영하리라는 희망과 동시에 반대로 자신은 어딘가 떠밀려 나가는 듯한 기분을 느꼈다.

홀 안으로 들어서자 경쾌한 현악기의 선율이 그의 귀에 닿았다. 왈츠였다. 선율은 공간을 매끄럽게 감싸며 가득 메웠고, W는 홀린 듯 그 음악을 따라 걸었다. 실내를 장식한 수많은 거울과 조명, 손님들의 반짝이는 액세서리가 시야를 어지럽혔지만, 그는 초가 가득한 샹들리에 아래 연주자들 사이에서 찾던 '인간'을 발견했다.

"제롬!"

본능적으로 그의 이름을 부르며 나아갔다. 반가움에 주변의 화려함은 모두 스쳐 지나가는 배경이 되었다. 과일과 다과, 각국의 와인이 쌓인 테이블도 눈에 들어오지 않았다. 그가 찾는 것은 오직……

"아……"

하지만 그의 발걸음은 갑자기 멈췄다.

제룸이 바이올린 활을 춤추듯 우아하게 움직이며 연주하는 모습을 W는 그저 멀찍이 서서 바라볼 수밖에 없었다. 마지막으로 본 게 몇 주 전이었지만, 마치 몇 년이 흐른 것처럼 느껴졌다. 여전히 베레모를 쓰고 소매 품이 넓은 옷을 입은 제룸의 자유로움은 바이올린 연주와 함께 절정에 달해 파티의 모든 이들을 매혹시키고 있었다.

"참, 좋은 왈츠로군."

W가 작게 속삭였다. 최근에는 궂은일들이 대부분이었지만, 경연 내내 고통만 있던 것은 아니었기에 W는 연주가 끝날 즈음엔 옅은 미소를 지을 수 있었다. 한 곡이 완전히 끝나서야 제룸과 눈이 마주쳤다. W는 모자를 살짝 들어 인사했다. 제룸 역시 활을 들고 가볍게 화답했다.

잠시 이곳에 더 머물고 싶다는 생각이 들었다. 하지만 제룸의 연주를 다시 감상하려는 순간, 카랑카랑한 목소리가 그의 귀를 울렸다.

"오, 제룸!"

맨 오브 코랄, 조나단이 고상하고 힘찬 걸음으로 다가왔다. 그

의 뒤로는 18세기 말의 옷차림에 코랄색 액세서리로 치장한 대여섯 명의 무리가 따랐다. 이 파티장의 유일무이한 주인공이 되고 싶은 남자의 등장이었다.

조나단의 코랄빛 깃털 위로 짙은 군청색 삼각모가, 그 아래로는 섬세한 레이스 자보가 긴 목을 부드럽게 감쌌다. 금빛 소매의 쥐스토코르, 그 안으로 언뜻 보이는 비리디안 그린 색 자수가 새겨진 베스트, 여유롭게 재단된 브리치즈, 마지막으로 손에 가볍게 쥐어진 지팡이까지. 그는 영락없는 18세기 신사가 되어 나타났다.

"조나단!"

제룸의 표정에는 화색이 돌았다. 둘은 서로 반갑게 인사를 나누었다.

"자네의 연주를 듣는 건 언제 들어도 감동적이지만, 3중주로 듣는 것은 오랜만이군. 이 웅장한 홀을 완벽하게 채우는 선율이야. 덕분에 파티가 한층 더 빛나는구먼. 고맙네, 제룸."

"별말씀을, 맨 오브 코랄. 나야말로 당신의 파티에서 연주할 수 있어 영광이지."

제룸 역시 웃으며 답했다.

코랄즈의 단란한 모습을 지켜보던 W의 가슴 한켠이 묘하게 저렸다. 그들은 소속감과 자유 그리고 조나단에 대한 충성심으로 굳게 뭉쳐있었다. 그들의 웃음소리는 너무도 자연스러워 보였다.

'정말 좋아 보이는군. 나 역시 오랜 벗들과 함께한 토퍼스가……. 뭐, 일단 지금은 내 옆에 없군.'

한때는 영원할 것 같았던 '토퍼스'라는 이름의 결속이 흔들리고 있다고 생각했기에, 그의 감상은 더욱 쓸쓸했다. 코랄즈의 웃음소리가 점점 커져 W의 머릿속을 가득 채우며 가슴을 짓눌렀다. 제룸의 음악으로 잠시 잊었던 공허함이 다시금 밀려왔다.

W는 금빛으로 빛나는 연회장을 등지고 경연 참가팀의 대기실이 있는 2층으로 조용히 발걸음을 옮겼다. 제룸과의 짧은 재회가

남긴 감정의 소용돌이를 진정시키려 애썼지만, 쉽지 않았다. 그의 자유로운 모습은 W의 내면을 깊이 흔들었고, 그 간극은 고통스러웠다. 하지만 이런 감정에 매몰될 수는 없었다.

'먼저 코너 윈슬로우의 상태부터 확인해야 하는데……. 발목이 많이 부어있다면 곤란한데, 지팡이는 짚고 왔을까?'

대기실 문을 열자 넓은 공간에 올리버만 혼자 서 있었다. W는 그를 발견하자마자 무의식적으로 깊은 숨을 내쉬었다.

"이런 평범한 차림새가 오히려 튀는 것 같아. 흠, 보타이라도 하고 올 걸 그랬나……."

올리버가 여느 때처럼 투덜대고 있었다. 수수한 회색 양복을 입은 채 거울 앞에서 심각한 표정으로 고민하는 모습이 평소와 다름없었다. W는 그 모습에 미소가 지어졌다. 오늘따라 그의 투정이 정겹게 들렸다.

"경연 참가 네 팀이 모두 이곳에서 만나기로 했지 않았나? 다들 어디 있고 자네만 혼자인가?"

짐을 정리하며 W가 물었다.

"파필드 팀이야 뭐, 상류층 파티에 익숙한 작자들 아니겠나. 의상만 대충 걸어두고는 곧장 파티장으로 달려가더군. 그들 말로는 '파티야말로 진정한 비즈니스의 장'이라나 뭐라나. 그리고 데니스 팀과 웹앤퍼 팀도 마찬가지야. 다들 파티에 한껏 들떠 보이더군. 지금쯤이면 샴페인에 취해 있겠지."

올리버는 무심하게 말을 이었다.

"그리고 W, 자네가 데니스 팀이 입고 온 옷을 보면 깜짝 놀랄 걸? 마치 18세기 동화 속에서 막 튀어나온 듯한 모습이었지 뭔가."

W는 고개를 끄덕였다.

"그런데 올리버, 자네는 나갈 생각 없나?"

"나는 파티에서 쓸 모자를 만드는 사람이지, 파티를 즐기는 사람은 아니야."

"그렇군."

"그러는 자네도 평소와 같은 옷을 입은 것을 보니, 별로 신경 쓰지 않는 것 같군. 흠, 자네다워."

올리버는 얼굴에 슬며시 미소를 띠고 자신의 옷에 대해 불평하는 것을 그만두었다. W는 잠시나마 마음이 편안해졌다. 하지만 윈슬로우의 상태를 확인해야 한다는 생각이 그를 다시금 재촉했다.

"코랄즈의 모델들이 입장합니다!"

우렁찬 안내 소리가 대기실을 가득 메웠다. W의 몸이 본능적으로 반응했다. 윈슬로우의 부상이 먼저 떠올랐다. 그는 망설임 없이 의자에서 벌떡 일어났다. 옆자리의 올리버는 놀란 기색에 홍차를 왈칵 삼키고 말았다.

"아니, 그리 서둘러 일어날 건 또 뭔가?"

올리버의 물음이 채 끝나기도 전에 W는 이미 문을 향해 성큼

성큼 걸어가고 있었다.

복도에서는 환호성과 함께 화려한 의상을 뽐내는 인파가 물밀 듯 쏟아져 들어왔다. W의 예민해진 신경이 아찔해질 지경이었다.

갈기를 본뜬 가발, 하늘로 솟은 모자들과 과장된 어깨패드 그리고 수인들 특유의 억센 육체까지 뒤엉켜 W는 꼼짝없이 갇힌 모양새가 되었다. 군중 속에 휩쓸리면서도 그의 머릿속은 온통 윈슬로우 생각뿐이었다.

"윈슬로우……."

마침내 그가 보였다. W는 저도 모르게 그의 이름을 중얼거렸다. 코랄즈의 다른 모델들도 충분히 눈부셨지만, 결의가 서린 그의 눈동자와 꾹 다문 입은 W에게만큼은 남다른 비장함으로 보였다. 부은 발목 때문에 가느다란 지팡이를 짚으며 걷고 있었으나, 절룩거리지는 않았다. 그의 걸음걸이에는 조금의 흔들림도 없었다. 오히려 이 순간을 위해 모든 것을 바칠 준비가 되어있다는 듯 당당한 자태였다.

윈슬로우는 조나단과 함께 고택의 정중앙에 서서 샴페인 잔을 들어올렸다. 저 의지로 가득 찬 모습을 바라보며 W의 심장도 다시금 고동치기 시작했다. 그는 마음속으로 굳게 다짐했다.

'오늘 밤 이 파티에서 가장 빛나는 것은 단연코 코너 윈슬로우가 될 것이다!'

"자, 신사 숙녀 동물 여러분! 이제 3라운드의 막을 올리겠습니다!"

조나단의 목소리가 정원을 가득 메우자 수백 개의 눈이 일제히 그에게 쏠렸다. 그는 테라스 위에서 우뚝 서 있었고, 밤하늘의 조명이 그를 신비롭게 감쌌다. 마치 신화 속 축제와 환락을 주관하는 신, 바쿠스의 환생처럼. 조명 아래서 조나단의 선홍빛 깃털은 사람들의 시선을 받아 더욱 붉게 타올랐다. 그는 이 밤의 주인이자 축제의 영혼, 진정한 '맨 오브 코랄'으로 모두에게 각인되었다.

"여러분, 이 광경을 보십시오! 아마도 여러분은 평생 다시는 이토록 찬란한 순간을 마주하지 못할지도 모릅니다. 이 파티에서 가장 아름다운 것이 무엇인지 아십니까? 바로 한순간 빛나는 젊음의 찬란함입니다. 시간의 유한함 속에서 영원히 기억될 그 아름다움, 바로 오늘 밤의 꿈이지요!"

그의 목소리는 때로는 속삭임처럼 낮아졌다가, 때로는 천둥처럼 고조되었다. 마치 그의 말 한마디 한마디가 공기 속에 마법을 불어넣는 것만 같았다. 관객들은 숨을 죽인 채 그의 말에 완전히 매료되어 갔다. 그의 언어에는 눈앞의 찰나를 영원처럼 느끼게 하는 마력이 깃들어 있었다.

"빈티지 파티는 유한하지만, 그래서 더 아름답지요. 여러분 마음에는 한 과거를 넘어 빛나는 산호석Coral처럼 이 밤이 영원히 기억될 테니까요!"

그가 마지막 말과 함께 두 팔을 하늘로 들어올렸다. 그 순간 시간이 멈춘 듯했다. 모든 이들이 그가 만들어낸 마법 속으로 깊이 빠져들었다.

조나단이 붉은 비단 커튼 뒤로 사라지자, 관객들의 기대감은 최고조에 달했다. 이윽고 첫 번째 팀의 무대가 그 화려한 막을 올렸다. 마침내 이 밤의 진정한 시작, 그 찬란한 순간이 눈앞에 펼쳐지려 하고 있었다.

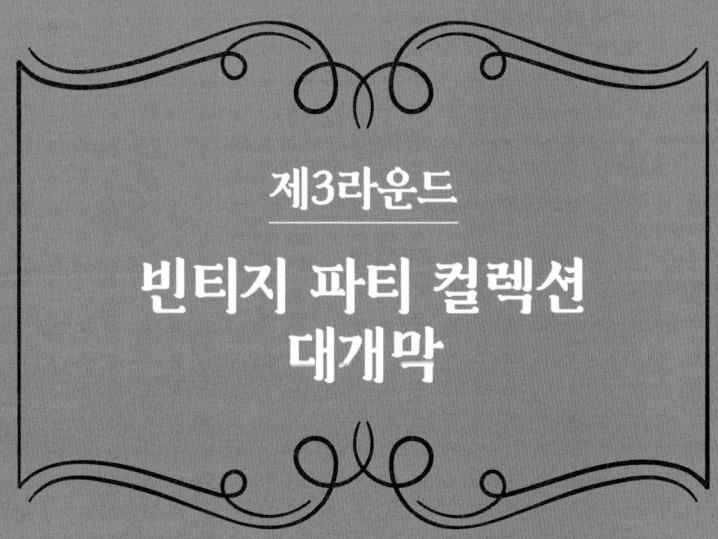

웹앤퍼

 웹앤퍼 팀이 준비한 루카스 롱포드의 의상은 고풍스러운 군복 스타일의 프록코트였다. 어두운 밤, 그는 마치 전장의 장군처럼 우뚝 서 있었다.
 "군복, 쇼의 시작을 알리기에는 더할 나위가 없는 선택이지."
 심사위원석에 앉은 오스카가 감탄과 함께 꼬리를 우아하게 말아 올렸다. 옆에 있던 웹앤퍼의 터너는 기린 루카스가 입고 있는 프록코트를 보며 만족스럽게 부리 아래를 쓰다듬었다. 마치 자신들이 출전시킨 장군이 이미 승전보를 들고 왔다는 듯한 표정이었다.
 "흐흐, 개선장군이 따로 없군!"
 터너와 웹앤퍼 팀원들이 벌써 축배를 들며 환호했다. 이미 승리한 듯한 표정이 꽤 볼만했지만, 아무도 그들을 쳐다볼 겨를이 없었다. 모든 이의 시선은 오직 루카스 롱포드를 향했기 때문이다. 그의 긴 목은 밤하늘을 가로지르며, 마치 자신만의 영역을 선언하는 듯 강렬하게 뻗어 있었다.

양쪽에 설치된 전등은 그의 높은 목을 끝까지 다 비추지 못했다. 밤하늘을 향해 힘차게 뻗은 루카스의 목은 내려올 줄을 몰랐고, 그의 기세는 군복에 위압감을 더했다.

그의 긴 목 끝에 얹혀진 이각모를 달빛이 비추었다. 목의 고른 갈기와 어우러지는 기다란 프록코트의 소매 아래까지 이어지는 수많은 단추는 그의 길고 거대한 체형을 더욱 늠름하게 돋보이도록 했다. 일반 군용 부츠와는 달리 구둣발이 땅바닥을 차는 강한 소리가 나도록 특수 제작한 부츠에도 좋은 점수가 매겨졌다.

이윽고 다리에 도착한 루카스는 옆에 차고 있던 칼을 빼들며 두 번째 포즈를 취했다. 그의 둥근 눈은 칼끝을 향했고, 정복자처럼 칼을 높이 들었다. 이각모에 달린 깃털장식과 견장 장식이 바람에 멋스럽게 휘날렸다. 하늘을 향했던 칼끝이 절도 있게 아래로 내려오자, 박수갈채가 쏟아졌다.

- 모자

검정에 가까운 짙은 그레이 색의 원단을 사용한 이각모. 훈장은 거위 깃털 장식, 리본 그리고 금속 장식을 직접 제작해 붙였다. 접혀 올라간 챙의 끝부분은 금사로 테두리를 둘러 마무리했다.

- 옷

남색 바탕에 금장 단추와 금실로 짠 견장을 장식한 군복 스타일의 프록코트. 코트의 겉감은 네이비 색상으로, 그 외의 밝은 부분은 모두 옅은 미색의 소재를 사용했다. 목을 둘러싼 칼라 부분은 무광의 검은색 펠트 소재이며, 크라바트는 백색의 견 소재이다. 단추는 모두 도금을 한 황동 주물 단추를 사용했다.

- **구두**

  검은색 군용 장화가 모티브. 질긴 것으로 유명한 스페인의 가죽 나무 껍질을 소재로 사용했다. 윗단은 별도의 얇은 적갈색의 외피를 덧대어 달아 밖으로 접은 것처럼 표현했다.

파필드

두 번째 무대는 이전과 달리 한층 여유롭고 고요한 긴장감이 맴돌았다. 커튼 뒤의 그림자만 보아도, 강렬한 존재감이 느껴졌다. 천천히 드러난 것은 바로 호랑이 에드워드 스트라이프였다. 그는 마치 18세기의 대부호처럼 우아하고 당당하게 걸어 나왔다. 그의 걸음은 그 자체로 하나의 선언과도 같았다. 테라스 위에서 그가 한 바퀴를 거닐자, 관객들은 자연스레 그를 올려다보았다. 고양잇과 특유의 부드러운 움직임에 더해, 그의 모자는 달빛 아래에서 은은하게 반짝였고, 풍성한 깃털 장식이 바람에 살짝 흔들리며 매혹적인 실루엣을 만들었다.

관객들이 숨죽인 채 그를 지켜보는 가운데, 에드워드는 고개를 들어 마치 무대를 장악한 황제처럼 그 자리를 누렸다. 계단을 내려올 때 사람들은 그가 입은 쥐스토코르에 한 번 더 놀랄 수밖에 없었는데, 이는 그 옷에 새겨진 얇은 아름다운 수 때문이었다. 얇고 고운 실로 놓인 수들은 달빛을 반사하며 관객들의 눈을 사로잡았다. 그 섬세한 수는 마감 장식이 가능한 모든 곳에 아주 촘

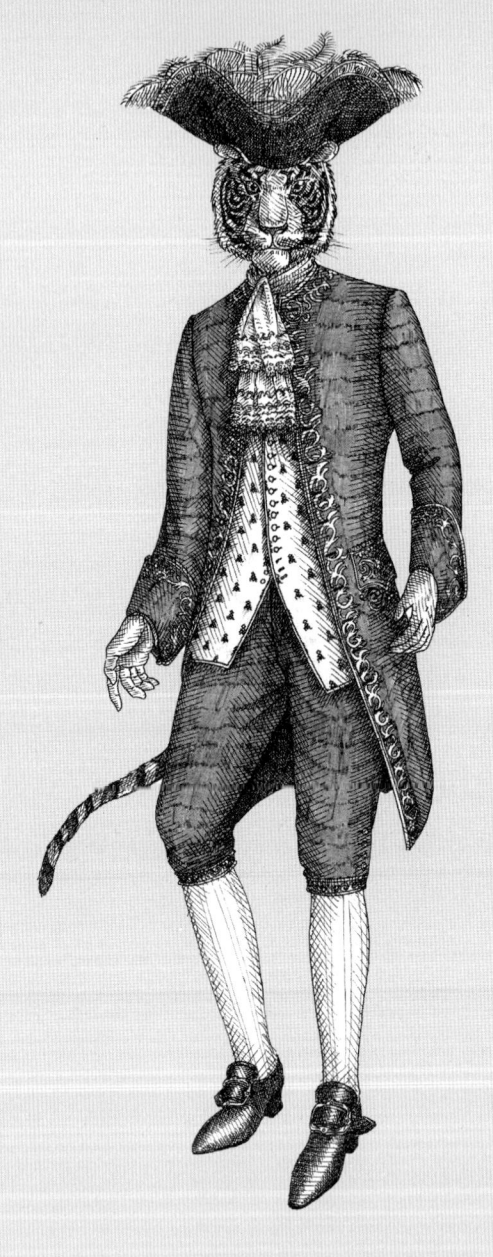

촘히 놓여 있었다. 그 섬세한 마감에 심사위원도 눈이 휘둥그레 졌다.

"아주 솜씨 좋은 장인의 손으로 오랫동안 작업을 해야만 가능한 퀄리티인데, 이 촉박한 시간 안에 저렇게 해내다니."

랜돌프가 탄성을 내뱉었다. 평소 자신의 손재주에 자신 있던 W마저 그 완성도에 감탄을 금치 못했다. 그 또한 자신이 만든 조끼를 떠올리며, 저런 정도의 섬세함을 짧은 시간에 완성하는 것이 얼마나 어려운지 알고 있었기 때문이다.

"누군가의 도움을 받은 게 분명하잖나. 그 또한 능력이라면 능력이라 할 수 있겠지만."

올리버가 W의 옆에서 새우를 입에 넣으며 말했다.

에드워드 스트라이프의 무대는 점차 고조되어 다리를 향해 있는 길을 따라 관객의 눈앞을 걸을 때에 가장 호응이 좋았다. 눈을 뗄 수 없을 만큼 휘황찬란한 그의 옷 때문일 것이다.

화려한 수로 딱딱하게 고정되는 앞깃도 그의 위엄을 강조해주었다. 또한, 움직임의 어색함을 최소화하기 위해 옷감 안쪽에는 가능한 한 수를 적게 넣어 유연함을 극대화했고, 얇은 크라바트와의 조화를 이루며 에드워드의 고귀한 자태를 완성했다.

- 모자

공작 깃털 장식이 잔뜩 올라가 마치 커다란 샐러드 그릇 같아 보일 정도로 화려하게 치장된 삼각모다. 챙의 끝부분은 금사를 활용한 화려한 패턴의 자수 장식으로 마무리했다.

- 옷

재킷과 바지는 버건디 색으로, 그 위에 장식을 강조하여 금사로 패턴을 새겼다. 크라바트는 두 겹으로 간결하게 매되, 끝단에 레이스 장식을 달아 화려함을 표현했다. 양말은 순백색이다. 조끼는 옅은 미색 바탕에 끝단은 노란색의 실로 마감했고, 상대적으로 심플한 보태니컬 자수 장식을 마름모꼴 배열로 배치하였다.

- 구두

모자와 옷의 화려함을 해치지 않는 범위 내에서, 절제된 화려함을 추구했다. 대놓고 드러나는 장식이 아니라, 18세기 말 유행하던 빅 버클을 달고 그 위에 각인을 새겨, 은은하게 돋보이되 자연스럽게 시선을 끌 수 있도록 디자인했다.

데니스

　붉은 커튼이 부드럽게 열리자, 그 너머에서 긴 회색 코가 천천히 모습을 드러냈다. 그 주인공은 바로 알렉산더 험프리, 푸근한 인상의 코끼리 모델이었다. 그의 거대한 실루엣이 테라스 위를 가득 채웠다. 험프리가 입고 있던 두꺼운 직조 원단의 코트는 그의 푸근한 인상과 어우러져 따뜻한 분위기를 자아냈다. 그가 테라스 난간에 손을 살포시 올리자, 권위적인 느낌 대신 고요한 힘이 느껴졌다. 험프리는 천천히 고개를 돌리며 아래쪽을 한 번 훑었다. 그 차분한 시선은 마치 사람들의 마음속까지 헤아리는 듯했다. 그의 움직임은 느긋한 편이었기에 다른 모델들보다 테라스에 있는 시간이 길었는데, 그 시간은 오히려 관객들에게는 짧게 느껴질만큼 묘한 매력을 자랑했다. 달빛 아래 테라스에서 고요함을 여유로이 즐기던 험프리는, 이윽고 천천히 계단 아래로 걸음을 옮겼다.
　거대한 귀가 밤의 나긋한 바람에 펄럭였고, 조금 아래를 향한 그의 시선에서는 겸손함과 교양이 느껴졌다. 다리에 도착한 험프

리는 가만히 멈춘 채 억지로 동작을 취하려 하지 않았다. 그저 느린 걸음과 보폭을 유지하며 걸을 뿐이었다. 관객들이 그의 고요한 걸음을 따라 함께 밤 산책을 하는 듯한 기분을 느낄 수 있게 말이다.

데니스 팀은 코끼리 모델을 보자마자 마을 사람들의 억울함을 풀어주고 따뜻한 조언을 건네는 푸근한 인상의 치안 판사를 떠올렸다고 했다. 그들은 험프리의 인자함과 넉넉한 품을 표현하기 위해 기품 있는 실루엣에 초점을 맞추었다. 서로의 의견이 잘 맞아떨어진 덕분에 완성도는 높았으며, 곳곳에 숨겨진 재미있는 디테일들도 높은 평가를 받았다.

잠시 정적에 잠긴 공기가 지나간 후, 관객들 사이에서는 차분한 박수가 터져 나왔다. 그들의 무대는 특별한 소란이나 화려함 없이도, 관객들의 마음을 움직였고, 그 여운은 무대를 떠난 뒤에도 오래 남았다.

그러나 그 잔잔한 여운은 점차 곧 이어질 무대에 대한 기대감으로 서서히 자취를 감추기 시작했다. 사람들 사이에서는 다음 팀을 기다리며 기대에 찬 속삭임들이 흘러나왔다. 마지막 무대의 전초전인 것이다. 공기는 다시 긴장과 흥분으로 가득 차기 시작했다.

최근 반인간주의가 크게 대두되며 화제를 모은 토퍼스 팀은, 인간 재단사가 팀을 이끌고 있다는 사실만으로도 많은 주목을 받고 있었다. 웅성거림은 점점 커져 갔고, 사람들은 숨죽이며 마지막 팀의 등장을 기다렸다.

- **모자**

  장식이 최소한으로 가미된 삼각모다. 우측에 작은 조화 장식은 모델의 요청에 따라 추가된 디테일. 색상은 세피아보다도 짙은 블랙에 가까운 딥브라운 톤이며, 끝부분에는 밝은 갈색 자수 장식을 더해 심플하면서도 기품이 느껴지게 마무리했다.

- **옷**

  컷어웨이 스타일의 쥐스토코르. 실제로 원단을 잘라내어 재단한 것은 아니며, 뒷판의 주름 구조를 활용해 앞섬이 잡아당겨지도록 했다. '은은한 화려함'을 원한 모델의 요청에 화려한 자수는 생략, 대신 등허리 부분에 프린스 라인을 가미했다. 크라바트와 셔츠 소매에는 프릴 장식을 더해 디테일에서 오는 고급스러움을 놓치지 않았다. 주로 사용된 원단은 짙은 셉 그린 색상으로, 차분하면서 깊이 있는 색감이 모델의 품격을 돋보이게 한다.

- **구두**

  버클 위로 덮이는 가죽에 부피감을 주어 전체적인 룩과 조화를 이루도록 연출했다. 구두의 앞코는 모델의 발 모양을 고려해서 둥글게 각진 모양으로 제작했다.

토퍼스

　붉은 커튼이 거침없이 걷혔다. 고요한 밤하늘을 가로지르는 때 아닌 소음에 관객들의 시선이 테라스로 일제히 쏠렸다. 그 순간을 놓치지 않고 윈슬로우는 지팡이와 함께 오른쪽 다리를 내디뎠다. 하이힐 때문에 그의 실루엣은 이전보다 훨씬 더 높았다. 밤하늘을 향해 고개를 들어올린 그는 먼저 측면의 모습을 관객에게 보였다.

　"하이힐이다!"

　관객들이 술렁였다. 얇고 높은 굽 위의 윈슬로우의 모습은 마치 절벽 끝의 무용수와도 같았다. 그는 그 끝에서 홀로 고상했다.

　'제발, 미끄러지지 마라······.'

　아래에서 지켜보던 제이콥은 속으로 같은 주문을 몇 번이고 되뇌었다. 제이콥은 그간 윈슬로우가 미끄러지지 않게 하기 위해 하이힐 아래 굽에 무게를 보강하거나, 고무를 섞어 마찰을 더하는 등 갖은 노력을 해왔던 것을 떠올렸다.

　"와······."

뒤쪽에서 흘러나온 작은 탄성. 그는 높은 난간의 테라스 위를 기다란 보폭으로 성큼성큼 걸었다. 하이힐 덕에 골반에 리듬이 더해졌고, 그 위를 전등 빛에 반짝이는 재킷 자락이 물결쳤다. 그의 걸음에는 머뭇거림도, 흔들림도 없었다. 그는 불안한 현실을 완전히 딛고 일어난 위대한 개척자와 같았다. 화려함 속에서 홀로 단정한 옷으로 패션의 개척점을 연 듯한 모습의 신사. 결코 화려함 속에 매몰되거나 휘둘리지는 않았다. 그는 절제된 우아함으로 모든 이의 시선을 사로잡고 있었다.

"아름다워⋯⋯. 실로 아름다워!"

심사위원석의 조나단이 떨리는 목소리로 말했다.

"윈슬로우, 정녕 자네가 하이힐의 굽으로 땅에 작은 두 개의 점을 찍고야 말았군! 어찌 그리 고고한가? 무엇이 자네를 그토록 단단하게 만들었나? 그 불안한 두 다리로도 흔들리지 않는 걸음이란, 지금껏 무얼 감내하며 걸어온 건가⋯⋯."

윈슬로우는 천천히 계단을 내려왔다. 높은 굽으로 계단을 내려오는 것은 그 경사를 생각하면 공포스러운 일이기에, 제이콥은 그가 계단을 내려온다는 말을 얼마 전에 전해 듣고서 얼마나 불안에 떨었는지 모른다. '탁, 탁.' 지팡이가 계단을 정갈하게 짚을 때마다 제이콥의 심장은 한 층씩 내려앉는 듯했다. 윈슬로우는 계단을 내려와 제이콥을 지나치고, W와 올리버 그리고 다른 관객들도 모두 지나쳤다. 실루엣은 아래에 있는 관객들과 같은 높이가 되었지만, '또각, 또각, 또각' 하이힐이 바닥을 차는 매혹적인 소리는 그에게 강한 힘을 실어 주었다. 지상에서 가장 높은 곳에 있는 것처럼.

다리에 도달한 윈슬로우는 완만한 경사를 오르며 밤하늘을 올려다보았다. 순간 모든 것이 하나로 녹아들었다. 관객들의 시선과 전등빛이 한데 뭉쳐져 달빛이 되고, 구름은 호수의 울렁이는 잔물결이 되었다. 하이힐이 준 힘으로, 윈슬로우는 마침내 밤하늘의 정점에 닿았다. 그의 소원이 이루어진 것이다. 형언할 수 없는 황홀감에 그는 눈을 감을 수밖에 없었다. 다리 둔덕의 끝에서 윈슬로우의 실루엣은 하나로 합쳐져 완벽해졌다.

윈슬로우는 완벽한 꿈을 꿨다. 하지만 꼭대기에서 내려가는 법을 잊은 그는 순간 발을 헛디뎠다. 돌을 긁는 하이힐의 불협화음과 함께 그의 몸이 무게 중심을 잃고 왼쪽 다리가 석재 난간에 부딪혔다. 그의 굽힐 줄 모르던 아름다운 자태는 한순간에 부자연스럽게 꺾이며 사람들의 시야에서 사라졌다.

'풍덩.'

그 순간에도 윈슬로우는 아무 소리도 듣지 못했다. 그저 꿈을 꾸고 있는 것 같았다. 행복에 겨운 미소를 지은 채, 윈슬로우는 신음소리 하나 없이 호수에 떨어졌다.

- **모자**

  새틴 리본이 둘러진 스토브 파이프 탑햇. 약 9인치에 달하는 길쭉한 높이와 우아한 곡선 실루엣이 장식 없이도 기품을 발한다.

- **옷**

 재킷은 초기의 댄디 스타일의 이브닝코트를 재해석, 코발트 블루 색상의 컷어웨이 형태로 제작되었다. 더블 브레스티드(단추를 두 줄로 하여 상체를 두 번 감싸는 방식) 디자인이지만 실제로는 장식적인 요소로만 사용되었으며, 단추는 밝게 폴리싱된 황동 합금으로 만들어져 고급스러움을 더했다. 베이지색 바탕에 금사 자수가 정교하게 들어간 조끼는 재킷과 대조를 이루며 시각적 중심을 잡아준다. 고양잇과 수인의 유려한 허리 움직임을 고려해, 재킷보다 안쪽 조끼에 시선이 갈 수 있도록 조끼에 가장 많은 정성이 들어갔다. 하의는 깔끔한 백색으로 화려함과 절제 사이의 균형을 잡아주었다.

- **구두**

 여성용 버튼 부츠에서 영감을 받아 굽을 높이고 헌팅 부츠처럼 윗단을 접은 혁신적인 디자인이다. 기능성과 미학의 조화를 이루기 위해 수많은 시행착오 끝에 태어난 걸작. 착용하는 방식은 전통적인 버튼 부츠와 동일하지만, 굽을 높이면서 구두의 패턴을 유려하게 제작해 세련된 실루엣을 완성했다. 특히 윈슬로우의 발의 근육결과 걸을 때 근육이 이완되는 정도까지 세심하게 고려한 설계로, 착용자의 움직임에 따라 자연스러운 곡선을 연출하도록 디자인되었다. 이후, 심사위원 랜돌프에게 이 정도로 구두에 무서울 정도의 집착을 보여준 슈메이커는 처음 본다는 평을 들었다.

***

"아아!"

윈슬로우가 떨어지기 직전, 제이콥과 W가 함께 소리를 질렀다. 극에 달한 분위기 탓에 사람들은 탄성이라 생각했을지 모른다. 그가 물에 빠지는 소리를 듣고 나서야 파티는 끔찍한 비명소리로 뒤덮였다.

절정의 워킹은 끝났다. 그날, 지상에서 가장 밝게 타오르던 '빈티지 파티'도 구름에 가려지며 함께 막을 내렸다.

파티의 잔향이 남을 새도 없이, 샹들리에와 유리로 반짝이던 천장은 순식간에 혼란의 어둠 속으로 그 빛을 감췄다. 허겁지겁 조나단이 태워준 코랄즈의 자동차, 그 안에서 몇 번이나 의식을 잃은 윈슬로우, 부러진 다리를 감싸서 호숫물로 눅진해진 W의 옷, 윈슬로우를 들쳐 업고 윈슬로우 가의 저택까지 내달린 제이콥. 그리고 마지막으로 의사와 함께 저택에 당도한 윈슬로우의 아버지, 제러드 윈슬로우 경의 일그러진 표정까지, 모든 것이 혼란 속에 휘몰아쳤다.

W는 자신을 증오하는 시선에 어느 정도 익숙해졌다 생각했지만, 순수하게 증오로 뒤덮인 윈슬로우 경의 표정에서 자신이 틀렸다는 것을 깨달았다. 경은 끔찍이도 서늘한 눈으로 토퍼스 팀을 바라보았다. 그들은 어느새 메이드에게 방을 안내받고 있었다.

"윈슬로우와 닮았군. 무시무시한 체격과 성격을 빼면 말이야."

방문이 닫히자마자 올리버가 중얼거렸다. W도 빠르게 의사가 도착한 것에 작은 안도의 한숨을 내쉬었다. 하지만 제이콥은 안절부절 못하며 방 안을 걸었다, 앉았다를 반복했다. 그의 가슴에 뭔가 단단히 얽혀 있는 것 같았다.

"윈슬로우에게 가봐야겠어."

제이콥이 말했다.

"관두게. 그가 안정을 취해야한다는 의사의 말을 유모가 전해 줬잖나."

올리버가 말했다.

"그래도……."

"제이콥, 진정하게. 이 사고가 자네 탓이라 생각하고 있나본데, 그런 죄책감일랑 버리게. 처음부터 윈슬로우가 스스로 선택한 일이었잖은가."

올리버가 진정시키려 했지만, 제이콥은 신음 섞인 한숨을 내쉴 뿐이었다. 올리버는 제이콥이 또 발끈하지는 않을까 꼬리를 세우고 경계했다. W가 조용히 입을 열었다.

"제이콥, 지금 윈슬로우의 방에 무작정 들어가는 건 무리라는 것, 자네도 알지 않나. 적어도 내일 아침 일찍 다시 물어보는 게 좋을 것 같네."

제이콥은 힘겹게 고개를 끄덕였다.

"…… 그래."

하지만 그날 밤, 토퍼스 팀 누구도 잠들지 못한 채 뜬눈으로 새벽의 여명을 맞이했다. 이른 아침의 안개가 내려앉을 때 즈음, 결국 제이콥은 윈슬로우를 만나고 오겠다는 말만 남기고 방을 나섰다.

윈슬로우의 침대 옆에 앉자마자 제이콥의 귀에는 쉰 목소리가 들렸다.

"고마워요, 제이콥. 절 업고 저택까지 와주었다 들었습니다."

제이콥은 아무 말도 할 수 없었다. 그가 방에 들어오기 전 마주한 왕진 의사의 말이 머릿속을 떠나지 않았다.

"왼쪽 다리뼈가 산산조각이 났습니다. 다시는 왼쪽 다리를 쓸 수 없을 겁니다."

제이콥을 본 윈슬로우가 먼저 입을 열었다.

"하하, 이봐요. 날 동정할 필요는 없어요."

제이콥은 여전히 입을 다물고 있었다. 눈물이 고여 눈을 끔뻑이지도 못했다.

"아, 유모에게서 아버지가 제 모습을 보러오셨다 들었습니다. 화가 머리끝까지 나셨다지요. 혹시 토퍼스 팀에게 해코지는 안 하셨겠죠?"

"······ 그럴 리가요. 저희에게 좋은 방까지 내어줬는걸요."

제이콥이 그제야 입을 열어 대답하자, 윈슬로우가 작게 고개를 끄덕였다. 그조차도 힘겨워 보였지만, 그의 눈빛은 여전히 처음 만났을 때처럼 반짝였다.

"전 후회 없습니다. 무슨 일이 일어나든 책임질 수 있을 정도의 힘을 얻었는걸요. 그리고 이건 제이콥과 토퍼스 팀 덕분입니다. 그저 절 무대 위의 코너 윈슬로우로 기억해 주세요."

제이콥은 그러겠다고 작게 대답했다. 윈슬로우는 미소를 지으며 창밖을 내다보았다. 안개 사이로 아침 햇살이 나뭇가지 틈을 비집고 저택 안을 가만히 비추었다.

저택 쪽으로 가까워지는 자동차의 엔진 소리가 들려왔다. 이어 익숙한 목소리가 외벽을 타고 올라왔다.

"아드님께 사죄드리러 찾아왔습니다. 제러드 윈슬로우 경. 제게도 책임이 있으니, 물어주십시오."

조나단이었다. 윈슬로우는 목소리가 들리자마자 귀를 쫑긋 세우고 몸을 일으키려 했다.

"제가 대신 확인하겠습니다."

제이콥이 윈슬로우 대신 창을 열어 밖을 내다보았다. 조나단은 윈슬로우 경에게 모자를 벗고 깊이 고개를 숙이고 있었다. 몇 시간 전만 해도 휘황찬란한 옷을 입고 손님을 맞이하던 모습과는 딴판이었다.

"하지만 후회는 없습니다. 그건 제 벗, 코너 윈슬로우도 마찬가지일 겁니다. 경께서도 그 자리에 계셨지 않습니까? 그리고 아드님의 무대를 보셨지 않습니까? 그에게 느껴지는 힘과 아름다움을요! 그는 밤사이 만개한 월하미인이었습니다."

조나단의 목소리가 축축한 공기를 뚫고 울려 퍼졌다. 잠시 뒤 계단을 급히 우당탕거리며 뛰어오르는 그의 발소리가 들려왔다.
"들어가겠네! 코너!"
조나단이 만류하는 메이드와 함께 방 안으로 들어섰다. 그는 낯설다 느껴질 만큼 수수하게 입고 있었는데, 얼굴은 더 낯설었다. 한시도 쉬지 못했는지 아름다운 선홍빛 깃털이 퍼석하게 말라있었다. 그리고 윈슬로우의 다리를 감싸고 있는 석고와 붕대를 보자마자, 조나단의 눈에는 지체 없이 눈물이 흘러나왔다.
"미안하네……. 미안하네!"
그는 방금 전 저택 앞에서의 태도와는 달리 연신 사과만 하기 시작했다. 윈슬로우는 그런 그를 가만히 바라보았다.
"난 다 이루었네, 친구여!"
윈슬로우가 씩씩한 미소와 함께 조나단에게 꺼낸 첫 마디였다.

제이콥은 둘만의 시간을 주어야겠다 생각하고서 조용히 방을 나섰다. 제이콥의 얼굴에 그제야 피곤의 기색이 드리웠다. "다 이루었다"라는 말에 뭉쳐있던 감정들이 툭 끊겨 힘이 빠져버리고만 것이다. 그는 천천히 토퍼스 팀이 기다리고 있을 방으로 되돌아갔다.
"왔는가, 제이콥. 피곤해 보이는군."
방에는 올리버뿐이었다. 그는 벌써 아침 세수를 마친 말끔한 상태로 제이콥을 맞이했다. 숨을 겨우 돌린 제이콥은 쉰 목소리로 올리버에게 말했다.

"W가 돌아오면……. 둘 모두에게 할 말이 있네."

조나단과 윈슬로우의 우정을 보고 온 제이콥은 느끼는 것이 있었다. 가장 가까운 친구이자 동료인 W와 올리버, 그 둘의 앞에서 크게 화를 냈던 것에 대한 해결. 사과를 해야겠다는 다짐이었다.

"그나저나, W는 어디 있나?"

"산책을 나갔네."

제이콥은 힘이 빠진 채 침대에 털썩 누웠다. 그리고 잠시 눈을 감았다 떴을 때는 이미 해가 뉘엿뉘엿 지고 있었다.

"올리버, W는?"

제이콥이 조용히 발톱을 다듬고 있던 올리버에게 물었다. 올리버의 목소리도 흔치 않게 잠겨 있었다.

"아직 오지 않았어."

***

"인간의 광대를 자처한 어리석은 치타야! 넌 벌을 받은 것이다!"

빈티지 파티의 폐막은 불쏘시개가 되었다. 윈슬로우가 무대에서 신었던 하이힐이 리그레서들의 장작이 된 것이다. 어쩌면 이 극단주의자들에게는 계기가 필요했던 것인지도 모른다. W가 사라진 날, 해가 붉은 빛을 내며 저물자마자 리틀페어 가 한복판에는 새로운 붉은 빛이 피어올랐다.
 리그레서 무리는 옷가지들을 하늘 높은 줄 모르고 쌓아올렸다. 불안정하게 흔들리는 옷더미는 건물에 닿을 듯 아슬아슬했다. 그 위에 기름을 잔뜩 붓자, 피우던 담배와 성냥이 날아들었다. 곧 검은 재가 빗물처럼 하늘에 흩날렸다. 리그레서의 외침은 일렁이는 공기와 함께 들끓었다.
 "옷을 불태워라!"
 거리를 메운 리그레서들의 수는 헤아릴 수 없을 정도였다. 공포에 질린 비명소리와 닫히는 문과 창문 소리는 매캐한 연기 속에 묻혔다. 리틀페어 가는 더 이상 이전의 모습이 아니었다. 통제되지 않는 무법천지가 되었다. 불길은 하늘 높은 줄 모르고 치솟았고, 이 거리의 변두리에 있는 토퍼스 양복점의 새 유리창 위에도 그 붉은 일렁임이 선명히 닿았다.

 제이콥과 올리버는 W를 찾기 위해 서로 다른 길로 나섰고, 저녁 9시까지 토퍼스 양복점 앞에서 다시 만나기로 했다. 지금은 8시 반, 제이콥은 거리를 무작정 헤매며 어딘가 있을 W를 찾아다녔다. 시뻘겋게 타오르는 하늘과 지독한 연기가 그의 마음을 옥죄었다. 갑자기 그는 발을 멈추었다. 그리고 항상 W가 기다리던 토퍼스 양복점으로 방향을 틀었다.
 "W가 없다."
 제이콥이 도착했을 때는 W도 보이지 않았거니와, 양복점 문 옆에 달려 있던 〈금수 의복 경연 대회: 토퍼스 팀〉이라고 쓰인 깃발도 없었다. 처참히 찢긴 깃대가 바람에 흔들릴 뿐이었다.

"제이콥!"

올리버가 서둘러 달려왔다. 그의 얼굴에도 당혹감이 가득했다.

"W는 찾았나?"

제이콥은 당황한 나머지 우물거리며 입을 열었다.

"아니. 그리고 경연 대회 깃발도 사라졌어. 완전히 뜯겨져 나갔어······."

올리버의 시선도 깃대에 머물렀다. 둘은 혹시나 하는 마음에 양복점 안을 들여다봤지만 빨갛게 달아오른 밝은 하늘에 양복점 안은 깜깜하니 거의 보이지 않았다. 제이콥이 부쉈던 의자는 구석에 기대어 있었고, 그 옆에 또 다른 부서진 의자가 눈에 들어왔다. 그 의자는 제이콥이 부순 것이 아니다. W가 아낀다고 했던 의자가 다리 하나가 부서진 채 기대어 있다. 제이콥은 눈을 질끈 감았다. 그러던 중 올리버가 난데없는 질문을 했다.

"제이콥, 양복점 유리가 이렇게나 깨끗했었나?"

올리버와 제이콥은 그제야 토퍼스의 오래된 유리가 말끔하게 바뀌어 있는 것을 알았다. 흠집 하나 없이 깨끗한 유리를 보며 자신의 물건이라면 뭐가 됐든 바꾸는 걸 싫어했던 W를 떠올렸다. 이 거대한 유리는 자의로 바꾼 것이 아니다. 누군가가 부수어서 깼거나, 심하게 훼손했거나······. 그렇다. 이 이유밖에는 없는 것이다.

"새, 새 것이군."

제이콥의 얼굴이 딱딱하게 굳었다. 대체 W는 어디에 있는 걸까. 그는 제이콥과 올리버가 필요했을 것이다.

"W!"

제이콥과 올리버가 소리를 지르며 거리를 나섰다. 저 불길이 치솟은 곳, 그 중심으로 가야한다.

"옷을 불태워라! 인간의 문물을 싸그리 불태워라!"
"약육강식! 약해빠진 인간들은 필요없다!"
"경연 대회를 중지하라!"

불이 난 곳으로 가까워질수록 몸이 뜨거워졌다. 끈적하고 축축한 몸으로 뒤엉켜있는 시위대 속을 헤집는 것은 아무렇지도 않을 정도로 머릿속은 새하얗게 불타버린 것 같았다. 제이콥은 시위내를 밀며 앞으로 나아갔다. 덩치가 큰 리그레서들이 그에게 눈을 흘기다 씩씩거리며 다가왔다. 눈이 아플 정도로 밝은 불길의 중앙은 오히려 바깥보다 고요했다.

"W!"

제이콥의 목소리가 타오르는 소음 속으로 빨려 들어갔다. 그곳에 W가 서 있었다. 불길을 정면에서 바라보고 있었다. 한 걸음만 내디뎌도 그가 쓰고 있던 모자가 불타버릴 것 같은 거리에 서 있었다. 제이콥은 있는 힘껏 소리를 질렀지만, W는 마치 귀와 눈이 불길에 사로잡힌 듯 아무 대답이 없었다.

그 주변엔 험악한 리그레서 무리들이 단단히 둘러서 있었다. 하지만 이상하게도, 그들은 W를 위협하거나 공격하지 않고 있었다. 우두머리의 명령일까? 아니, 어쩌면 리그레서들은 알고 있었을지 모른다. W를 공격하는 대신, 옷이 타는 걸 눈앞에 직접 보여 주는 편이 더 끔찍하다는 것을.

"…… W!"

제이콥이 다시 한 번 외쳤다. 그러나 이번에는 덩치 큰 리그레서 대여섯이 그 앞을 막아섰다.

"네 놈은 뭔데 여기 와서 행패야? 옷 입은 꼴을 보니 우리 편도 아닌 것 같은데."

"'옷 태우기 운동'에 참여하는 게 아닌 놈은 썩 꺼지라고!"

그때, 익숙한 모습의 코뿔소 리그레서가 무리 속에서 천천히 걸어 나왔다.

"아니, 저 녀석은 저 인간 재단사와 한패야."

그의 얼굴에는 못 보던 흉터가 새로 나 있었다.

"하하, 대체 곰이 뭐가 아쉬워서 인간과 한패인 거지? 우습군 그래!"

제이콥은 그들의 조롱을 무시한 채, 한 걸음이라도 W와 가까워지기 위해 죽을힘을 다해 몸부림쳤다. 그러나 움직일수록 그의 몸을 밀어내는 손길은 거세졌다. 리그레서들은 비웃으며 그를 W로부터 점점 더 멀리 밀어냈다.

"W!"

소란이 일자 W도 뒤돌아 본 것 같았지만 그의 모습은 리그레서들에게 가려 사라졌다.

'더 소란을 피웠다간 리그레서들이 W를 밀어버리진 않을까?'

이런 생각에 미치자, 제이콥의 몸은 멈췄다. 이성을 잃을 것 같았다. 그렇지만 제이콥은 이번에야말로, 이성을 잃지 않은 상태로 W에게 해야 할 말이 있었다.

"인간의 것을 불태워라!"

"인간……. 불태워라!"

사다새 리그레서의 목소리다. 그는 제이콥을 조롱하듯이, 여유롭게 W가 있는 불의 중앙을 향해 걸어 들어갔다. 사다새는 그의 눈앞에 그 거대한 부리를 들이밀었다. 둥그런 눈동자와 흰자위로 선명한 붉은 핏줄, 헝클어진 깃털. 그의 얼굴은 마치 불의 화신 같아서, 화염과 함께 W를 단숨에라도 덮칠 것 같다. 그가 큰 입을 벌렸다. W의 가슴팍까지는 무리없이 씹어삼킬 수 있으리라. 공포가 엄습한 W의 눈에 초점이 사라졌다.

"꽥-!"

갑작스러운 바람에 사다새는 날개를 퍼덕이며 뒷걸음질쳤다.

강풍은 도로 끝, 산과 맞닿은 거대한 건물에서부터였다. 바람은 불길을 더 맹렬히 타오르게 하며, 새까만 연기가 하늘 높이 뻗어 올랐다.

"뭐야! 무슨 일이야!"

사나운 바람에 불이 난 쪽으로 몸이 제멋대로 빨려 들어가는 바람에 리그레서 무리는 어수선해졌다.

"까-악."

귀를 찢는 듯한 소름 끼치는 짐승의 울음소리가 들려왔다.

"괴물! 괴물이야!"

수수께끼의 검은 형체가 바람을 타고 하늘을 가로지르며 '날아'오고 있었다. 런던 하늘이 그 검은 형체의 거대한 그림자로 가득 찼다. 이 초자연적인 형상에 W는 심장이 내려앉아 요동할 수도 없었다. W의 바로 옆에 그것이 착지했다.

"안녕하십니까."

목소리가 불길을 뚫고 머리를 관통했다. 그 선명한 목소리에 리그레서들은 정신이 들었는지 그 검은 형체를 쳐다보았다.

"밀리오다!"

누군가의 외침에 리그레서들이 다시 광장 쪽으로 몰려들었다. 밀리오는 고요히 그들이 모이기를 기다렸다. 개막식에서처럼 양 날개를 들어 올리고 정갈히 선 그는, 불길에 휩싸인 광장을 자신의 무대로 장악하려는 듯 했다.

"밀리오, 대체 무슨 수작이지?"

코뿔소 리그레서가 밀리오를 향해 몸을 부딪힐 듯 성큼성큼 다가갔다.

"개막식의 그 짐승 울음은 대체 뭐였나 했는데, 오늘은 하늘까지 날아? 이제 우리 리그레서와 뜻을 같이 하는 거냐?"

밀리오 앞으로 성큼 다가간 그의 코에 달린 뿔이 검은 깃털을 스칠 듯 했다.

"그래, 무슨 꿍꿍인지 어디 한번 말해보라고! 더구나 네 아버지는 더러운 친인간파 수장이지. 너도 그런 배신자의 피를 타고 난 거냐? 아니면 오늘부로 우리랑 손잡고 뭘 좀 보여줄 생각인건가?"

사다새도 질세라 악에 바쳐 고함을 쳤다.

"밀리오, 대답해! 우리 편이야, 아니면 저기 저 영악한 인간 편이야?"

흥분한 동물들은 저마다의 방식으로 으르렁거리기 시작했다. 햇불을 높이 든 수인들, 장작으로 쓰기 위해 문짝을 뜯어온 수인들, 시위대 구석구석을 빽빽이 메운 작은 동물들까지 모두가 밀리오를 향해 눈을 번뜩였다. 그들 하나하나의 시선은 마치 광장을 채운 불길의 일부가 되어, 밀리오를 압박했다. 밀리오는 서 있는 자세를 흐트러짐 없이 유지했다.

"경연 대회 따위 이제 집어치워! 한낱 옷 장난질로 동물의 본능과 자유의 앞길을 방해하지 마라!"

한 도마뱀 리그레서가 흥분으로 가득 차 외쳤다. 그 말을 들은 밀리오가 고개를 들었다.

"한낱 옷 장난질······?"

밀리오가 중얼거렸다.

"내가 잘못 들었나?"

도마뱀은 그 위압감에 어느새 무리 속으로 몸을 숨겼다. 밀리오가 실소를 띠우며 거대한 날개를 접었다. 그의 날개는 너무도 커 접히는 순간 다른 존재로 변한 듯했다.

"당신은 어느 쪽이야, 밀리오!"

"대답할 가치도 없군."

리그레서 무리는 벙찐 표정을 감출 수 없었다.

"저는 그 누구의 편에도 서지 않습니다. 그저 밀리오일 뿐입니다. 그러니 제가 주최한 〈금수 의복 경연 대회〉는 누구든 환영합니다만……."

그는 타서 조각만 남은 토퍼스 양복점의 〈금수 의복 경연 대회: 토퍼스 팀〉의 깃발을 흘긋 보더니 말을 이었다.

"제 무대를 방해하는 자는 용납하지 않겠습니다."

밀리오는 불앞에서 자신의 날개를 펼쳤다. 거대한 몸과 그 두 배도 넘는 날개가 시위대를 밀어냈다.

"이 다음, 마지막 라운드에선 제가 모델입니다. 계속 이런 재밌는 짓을 해보시지요."

강풍과 함께 밀리오의 울음소리가 "까-악" 하며 다시 한 번 울렸다. W는 그의 모습이 시야에서 사라질 때까지 지켜보았다. 시위는 이어졌지만, 시간이 지날수록 옷을 장작 삼아 타오르던 광장의 불꽃은 곧 재로 변해 쓰러졌다. 더 태울 옷이 없는 모양이다. W가 사랑해 마지않던 거리는 처참해졌다. 거대한 폭탄이라도 맞은 것처럼 폭삭 주저앉은 잔해들이 밟히고, 검은 재들이 휘날리며 W의 코트를 더럽혔다.

〈금수 의복 경연 대회〉, 비극적 사고로 한 달 넘게 지연

런던 패션계를 대표하는 행사, 금수 의복 경연 대회가 충격적인 사고로 인해 중단됐다. 9월 1일, 햄프턴 고성에서 열린 마지막 무대에서 토퍼스 팀의 모델인 코너 S. 윈슬로우 씨가 무대에서 추락해 다리에 중상을 입은 것. 사고 당시, 윈슬로우 씨는 토퍼스 팀이 선보인 하이힐을 신고 워킹을 하는 중이었으며, 이 사고는 곧 '인간 중심적 패션'에 대한 논쟁을 불러일으켰다.

행사 주최 측은 긴급 기자회견을 통해 "광장의 재건과 행사 안전 점검을 위해 유예기간이 필요하다"며 경연 대회의 재개를 공식 발표했다. 관계자는 "다시는 이런 사고가 발생하지 않도록 철저히 준비할 것"이라며 남은 라운드에 대한 신뢰를 당부했다.

지연된 심사결과, 언론 통해 공개······ 점수 논란

윈슬로우 씨의 추락 사고 이후 발표가 지연되었던 심사위원의 경연 대회 점수표가 언론을 통해 유출되며 새로운 논란에 휩싸였다. 사고 직후 현장의 혼란과 시위로 인해 공식 결과 발표가 미뤄졌으나, 이번에 공개된 점수표에서 토퍼스 팀의 점수가 유독 낮았던 점이 논쟁의 불씨가 되었다.

일각에서는 점수가 너무 낮은 것에 대해 문제제기를 하는 한편, 일부에서는 "사고로 인해 팀의 퍼포먼스를 제대로 평가할 수 없었기에 적절한 점수였다"는 입장을 내세우며 의견이 엇갈리고 있다.

이에 대해 행사 주최 측은 "심사 결과는 사고와 관계없이 작품성, 창의성, 주제 적합성 등 여러 요소를 종합적으로 평가한 것"이라며 공정성을 강조했다. 그러나 일부 참가팀과 관중 사이에서는 심사 기준과 절차에 대한 불신이 커지고 있어, 향후 논의가 필요할 것으로 보인다.

3라운드 심사결과

ROUND	1	2	3	4	총합
웹앤퍼	6	3	7		16
파필드	7	4	7		18
데니스	6	8	6		20
토퍼스	9	5	3		17

〈심사평-조나단〉

- 웹앤퍼: 육군 장교복을 모티브로 한 의상에서 적절한 장식과 위엄이 느껴졌습니다. 특히 검을 활용한 퍼포먼스는 의상의 품격을 한층 높이며 강렬한 인상을 남겼습니다.
- 파필드: 모델의 줄무늬 같은 신체적 특징을 고려해 배치한 화려한 자수 장식은 그야말로 눈부셨습니다. 귀족적인 아름다움의 정수를 담아내며, 화려함의 본질을 제대로 구현했습니다.
- 데니스: 정제된 장식과 묵직한 원단이 만들어내는 차분한 분위기가 모델의 기품과 절묘하게 어우러집니다. 과한 자수 대신 섬세하게 배치된 단추로 화려함을 유지하는 균형이 매우 적절합니다.
- 토퍼스: 한 시대를 이끌었던 댄디한 남성복의 태동을 눈으로 확인하는 것 같은 영광이었습니다. 그리고……. 노코멘트.

리틀페어 가를 뒤덮은 불길
밀리오의 등장으로 새로운 국면 맞아

어제 리틀페어 가에서 발생한 대규모 소요 사태는 리그레서 무리의 반인간주의 운동이 절정에 이르렀음을 상징적으로 보여주었다. 이들은 인간 중심적 문화를 거부하며 '옷 태우기 운동'을 통해 거대한 놋더미에 불을 붙이는 시위를 벌였다. 리그레서 대변인 노피어 굿얼은 성명을 통해 "하이힐로 인한 모델의 부상은 인간 중심적 문화가 얼마나 폭력적인지를 보여주는 단적인 사례. 곧 리그레서 무리의 우두머리, 레브그로우 스캐들이 사태를 정리할 것"이라며 비판과 함께 갈등을 예고했다.

소요가 정점에 달한 순간, 뜻밖의 동물이 사건 현장에 모습을 드러냈다. 바로 〈금수 의복 경연 대회〉의 주최자이자, A-패션 아카데미의 설립자인 밀리오(본명: 밀리언 S. 섀클턴). 그는 A-패션 아카데미 건물 꼭대기에서 거대한 날개를 펼치고 활공하며, 불타는 광장을 자신의 '무대'로 선언했다. 이 사건은 현장에 있던 이들에게 충격을 안겼으며, 사진은 확보되지 않았으나, 대신 목격자들의 증언을 바탕으로 그린 삽화로 갈음한다.

밀리오의 등장과 그의 독특한 행보는 뜨거운 논란을 불러일으켰다. 리그레서 측은 "혁명의 엄중함을 가볍게 여긴 어리석은 만용"이라며 비판한 반면, 일부 시민들은 "사회적 침체를 깨우는 강렬하고 상징적인 퍼포먼스"라며 긍정적인 평가를 내놓았다.

'옷 태우기 운동'은 런던 전역으로 확산될 조짐을 보이며 사회적 긴장을 고조시키고 있다. 태초의 동물 신화를 떠올리게 하는 밀리오의 활공이 단순한 쇼

훼손된 밀리오의 초상. 리그레서 무리는 A-패션 아카데미의 행보를 비판하는 의미에서 그의 사진을 찢거나, 행사를 방해하는 행동을 서슴지 않고 있다.

맨십에 그칠 것인지, 혁명과 대립되는 새로운 자유의 서막으로 기억될 것인지에 대한 논의가 뜨겁게 이어지고 있다. 그의 날갯짓에 온 런던 시민의 귀추가 주목되고 있다.

경연 대회 피해자, 코너 S. 윈슬로우 발언 단독 수록
"하이힐은 내가 원한 것. 후회는 없어."
이번 추락 사고의 당사자인 모델 코너 S. 윈슬로우는 금수 의복 경연 대

회 3라운드 무대에서 자신이 착용한 하이힐에 대해 입을 열었다. 윈슬로우는 "토퍼스 팀이 제작한 하이힐은 내가 요구한 것이며, 나에게는 후회 없는 무대였다"라고 밝혔다.

그러나 윈슬로우의 발언은 여전히 격화되는 리그레서 운동 속에서 크게 주목받지 못하고 있다. 많은 이들이 이번 사고를 통해 친인간적 상징물의 위험성을 강조하는 한편, 윈슬로우의 목소리는 사건의 본질을 흐리는 해명으로 치부되는 모양새다. 논란의 불씨는 그의 의도와는 달리 새로운 국면으로 번지고 있다.

LONDON TAILOR COLLECTION

4라운드
근본으로

온 세상이 떠들썩하다. 밀리오의 이야기와 인간 재단사가 도망 쳤다는 이야기로.

W는 눈을 가린 채 어디론가 질질 끌려갔다. 숨이 막히는 부패한 천의 냄새가 코를 찔렀지만, 그보다 더 그를 옥죄는 것은 자신의 무력함이었다. 저항은커녕 말 한마디 내뱉기조차 힘에 부쳤다. 그는 몽롱한 정신 속에서 수인들의 거대한 손아귀에 힘없이 이끌려가는 자신을 느꼈다. 아, W는 이들에 비해 터무니없이 나약했다.

"당신들은……. 리그레서인가?"

마침내 입에서 새어나온 한마디는 숨소리에 섞여 금방이라도 사라질 듯했다. 하지만 들었나 보다. 대답 대신 들려온 것은 조롱 섞인 비웃음이었다.

W는 몸에서 힘을 완전히 뺐다. 대신 그는 생각했다. 온몸에 부대끼는 뻣뻣한 털과 두꺼운 가죽 그리고 그 아래 오랜 조상으로부터 물려받았을 엄청난 근력……. W는 이런 때에도 자신을 납치한 리그레서의 다부진 팔에 맞을 옷의 패턴을 상상하고 있다. 그저 빌어먹을 직업병인 체상기억능력 덕일까? 좀 더 근본적인 이유가 있었다. 그래, 그는 동물들의 몸을 동경한다. 지금 이 순간

에도.

'재단사로서 수인들을 위해 옷을 만드는 것은 얼마나 즐거운 일인가!'

W는 가문의 전통보다도, 그런 마음이 컸기에 리틀페어 가에서 단골들의 신임과 함께 오랜 시간 버티어 올 수 있던 것이다. 하지만 지금 이 초라한 모습이라면, 덧없는 염원에 불과하지 않나.

'철컥.'

무거운 쇠문이 닫히는 소리와 함께 그의 눈을 가렸던 천이 벗겨졌다. 그가 던져진 곳은 아주 좁고 더러운 감옥이었다. 거친 돌계단의 감각을 발로 느꼈을 적부터 딱 그가 상상하던 공간. 어쩌면 지금 그의 처지와 빗대어 생각하면 이상할 것도 없다.

"인간 재단사, 우리가 왜 너에게 쇠고랑을 채우지 않는지 아나?"

감옥 밖에서 거친 목소리가 들렸다. 아까 그를 비웃던 목소리다. 우락부락한 아프리카물소 둘. 어두운 털색으로 그 표정을 알아보기 어려웠지만, 들쭉날쭉한 콧김 소리로 자신을 비웃고 있다는 것을 확신할 수 있었다.

"네가 그럴 가치도 없기 때문이다. 우린 인간 없어도 잘 살아간다. 아니, 인간들이 모두 사라져야 더 잘 살아갈 수 있다. 넌 그 얇디얇은 살가죽과 뼈로 덮인 좁쌀만한 머리 하나 믿고 대단한 줄 알고 살아왔겠지만……."

물소 하나가 W가 갇혀있는 감옥 쪽으로 다가왔다. W는 그의 눈을 피해 고개를 숙였다. 거대한 뿔이 창살에 긁히는 거북한 소리에 W가 움츠리자, 그 모습을 본 물소가 창살에 뿔을 한 번 더 세게 부딪혔다.

"크하하! 저 겁에 질린 모습 좀 보라지."

물소는 굳은살이 박혀 발굽처럼 된 두터운 양 손으로 창살을 휘어잡았다. 크게 힘을 들인 것 같지도 않은데, 외마디 기합소리와 함께 창살이 감옥 벽에 닿을 정도로 구부러졌다.

물소는 웃지도 않았다. 감옥 문에 난 구멍 사이로 그를 말없이 쳐다볼 뿐이었다. 그리고 W를 향해 팔을 천천히 뺐었다. W는 그 검은 팔에 닿지 않기 위해 감옥의 안쪽으로 뒷걸음질쳤다. 침과 함께 "우습군." 한 마디를 뱉은 그는 창살을 다시 구부렸다. 기형적으로 물결치는 창살 너머, 물소가 조소를 띄웠다. W는 그 무지막지한 아력을 눈앞에서 보면서도 도저히 믿을 수 없었다. 머리가 공포로 얼어붙는 것 같았다.

"어디 나가보라고, 인간! 삐쩍 꼴은 지금 네 모습이라면 이 밖으로 나갈 수 있을지도 모르잖나. 기억해둬라. 여긴 감옥이 아니라 너의 나약함을 구경하는 우리라는 걸."

그는 거대한 얼굴을 창살 안쪽으로 밀어 넣었다.

"팔이 긴 오랑우탄 같은 놈이 온다면 널 잡아 갈가리 찢을 수도 있겠는데?"

이번에 그는 손을 뻗어 주먹을 쥐었다 폈다 했다. W는 완전히 벽에 바싹 붙었다. 두 물소는 끌끌거리며 무거운 걸음소리로 계단을 내려갔다. W는 그들의 발걸음 소리가 멀어져 들리지 않을 정도가 되어서야 다리가 풀려 벽에 기대어 그대로 주저앉았다. 옆에는 채워지지 않은 쇠고랑이 구르고 있었다.

W는 초점 없는 눈으로 물소의 손자국이 그대로 남은 창살을 바라봤다. 그에게 남은 거라곤 지금 걸친 옷뿐이었다. 리그레서 무리가 광장을 불태운 날, 힘없이 집으로 돌아와 침대에 몸을 던진 게 마지막 기억. 토퍼스 양복점은 어떻게 되었는지 모르겠다. 이제 자신이 그 가게 안에 없으니 무사하지 않을 것이 분명하다. 아니, 리그레서 무리가 목표로 하는 자신이 없으니 더 안전할지도.

그는 양복점 안에 있는 사물을 하나하나 되뇌었다.

'가위, 바늘, 자, 제이콥이 부순 의자, 윈슬로우가 입을 옷을 미리 걸쳐 놓았던 마네킹 그리고……'

모든 것이 흐려졌다. 추운 공기에 노출된 살갗에서부터 천천히 에는 추위가 스며들었다. 하지만 아무래도 상관없어졌다. 김이 서린 안경 너머로 그의 눈동자엔 점점 초점이 사라졌다.

"빅 슬립."

얼어붙은 입술 사이로 쉰 소리가 새어 나왔다. 플랜시가 이야기하던 빅 슬립의 무력함과 절망이, 바로 이것이었음을.

그는 너무도 무기력했고, 추웠다. 아직 가을이었음에도 그의 몸은 얼어붙은 듯 움직일 수 없었다. 바닥은 차갑게 질척거리며 그의 무너진 몸을 아래로, 아래로 끌어내렸다. 허리가 굽어 벽 모서리에 닿을 듯 했다. 어깨는 말리고, 다리는 아무렇게나 펼쳐졌다.

그의 머릿속에는 이상한 노래가 울렸다. 템스 강이 얼어붙을 때 즈음, 거리의 아이들이 흥얼거리던 노래였다.

외로움이 덮이고 나면은
조용한 거리의 사람들은 사라진다네.
희미한 빛도 이제는 사라졌다네.
보잘것 없는 우리는 추위에 부서진다.
할 수 없는 것들은 왜 이리도 많은지.
관을 뚫은 구더기, 소중한 것을 좀먹지.

빅 슬립. 잠들자꾸나.
어린 아이들도, 노인들도, 일하던 그네들도.
다 함께 구덩이로 들어가
다 함께 편히 잠들자꾸나.

그의 머리는 텅 비어갔다. 감정도, 생각도 사라진 듯했다. 무엇을 해야 하지? 어디로 가야 하지? 모든 것이 막막했다. 추위와 고통은 이제 그에게 아무런 의미도 없다.

***

"호외요, 호외! 인간 재단사의 실종!"
뉴스보이의 목소리가 리틀페어 가를 가로질렀다. 올리버와 제이콥은 그의 가장 친한 친구의 소식을 〈전서구일보〉의 헤드라인에서 접했다.

"설마……."

올리버가 중얼거렸지만, 제이콥은 말없이 은화를 주머니에서 꺼내 뉴스보이에게 내밀었다. 거스름돈도 받지 않고 신문을 낚아채듯 가져왔다. 헤드라인은 뉴스보이의 말과 똑같았다.

〈금수 의복 경연 대회〉논란의 주역, 인간 재단사 실종

제이콥은 손에 든 신문을 황망히 내려다보다, 미간을 찌푸리며 이틀 전의 기억을 되짚었다.

'옷 태우기 운동'의 끝으로 재만 남은 리틀페어 가에서 묵묵히 코트에 묻은 옷들의 검은 말로들을 덤덤히 털어내던 W. 그는 동료들의 부축을 마다하고 "잘 들어가게" 하는 말과 함께 집이 있는 골목으로 길어 늘어갔다. 둘은 무려 그가 집 안으로 들어가는 것까지 지켜봤다. 그럼 이건 대체 무슨 소식이란 말인가?

"이것 봐. 제이콥."

올리버가 뉴스 기사의 한 문장을 가리켰다. 갈색 장갑을 낀 그의 손가락이 가리킨 곳에는 이런 내용이 쓰여 있었다.

'그가 사라진 집 안을 경관이 수색해봤지만 잘 정리된 코트와 탑햇, 볼러 하나가 놓여있었으며…….'

"W가 제 발로 나간게 아니야."

올리버는 단호했다. 제이콥이 옆에서 신문을 다시 읽었다. W는 모자를 두고 나갈 사람이 아니다. 그리고 그의 모자는 단 두 개뿐. 그런데 두 개가 다 집 안에 있었다고?

리그레서의 대변인은 재단사가 "경연 대회를 책임지지 못하고 도망쳤다"고 주장했다. "비난을 두려워했다"거나, "인간으로서 약함을 견디지 못해 스스로 모습을 감췄다"는 말도 덧붙였다.

"…… 책임감이 과해서 탈이지."

올리버가 중얼거렸다.

"W가 무책임했다니. 그런 단어가 그와 어울린다고 생각하나?"

"전혀."

신문이 제이콥의 손과 함께 경련했다.

"리그레서의 말마따나 약한 인간의 분수에 맞지 않는……. 정신력이 있지."

올리버가 이런 낯뜨거운 말을 하는 것은 예삿일은 아니다.

"그러니까……. 내 말은, 그가 스스로 도망칠 리 없다는 거야. 그럴 이유가 없다면."

올리버는 잠시 말을 멈췄다. 마음 한 구석에 불길함이 모락거렸다. 만약, '그럴 이유'가 있다면?

"아닐거야……. '빅 슬립'에 걸렸으면 집에 쓰러져 있겠지. 이건 상황이 다르지 않나. 뭔가 이상해."

제이콥이 턱을 손가락으로 톡톡 쳤다. 그들이 아는 W는 말없이 사라질 사람이 아니다. 제이콥은 들고 있던 신문을 코트 주머니에 구겨넣었다.

***

날카로운 한기가 감옥 벽을 타고 스며들었다.
W는 울퉁불퉁한 돌바닥과 녹슨 쇠사슬에서 전해지는 냉기와는 또 다른, 뼛속까지 파고드는 이 낯선 추위에 몸서리를 쳤다. 마치 얼음으로 된 밧줄이 바닥을 기어 올라와 그의 몸을 천천히 옭아매는 듯했다. 살을 에는 추위가 피부를 짓누르고 뼈마디를 으스러뜨릴 듯이 압박해왔다. 손가락 하나 까딱할 수 없었다. 그저 몸을 움츠린 채 간간이 터져 나오는 신음만이, 그가 아직 숨 쉬고 있다는 것을 증명하는 유일한 징표였다.
'이게 무슨 꼴이란 말인가. 이 거대한 어둠 속에서 양복점의 작은 램프불은 티끌만큼도 보이지 않겠지. 양복점 안에 쌓인 인간 재단사의 이야기는 어느 누가 기억이라도 할까 싶을 정도로 사그라들었을 거야. 지금의 나처럼, 흩날리는 옷가지의 잿가루처럼……. 허공 속에 굴러다니겠지.'
W는 자신을 비웃듯 내려다보는 철창을 마주했다. 물소 리그레서가 단번에 휘어버린 창살이 달빛에 일그러진 그림자를 드리웠다. 그 너머에 W는 닿을 수 없었다. 인간이라는 숙명적 한계와, 그것이 가져다준 무력감이 그를 이 차디찬 감옥에 못 박아두었다.

순간의 분노와 절망이 그를 사로잡았다. W는 마지막 남은 기력을 끌어모아 철창을 향해 몸을 내던졌다. '텅.' 쇠창살에 부딪히는 허망한 소리가 감옥 안을 울렸다. 그 공허한 울림이 이상하게도 그의 마비된 감각을 자극했다. 그는 다시 한 번 몸을 굴렸다.

"아, 성가셔 죽겠네!"

얄팍하고 경박하기 그지없는 목소리가 어둠 속에서 들려왔다. W는 그가 누군지 단번에 알 수 있었다. 그를 감시하며 끼니마다 먹을 수도 없는 구역질나는 수프를 내오는 염소 리그레서였다. 그는 수프를 내놓을 때마다 비웃는 역할 또한 하고 있었는데, 이번에도 마찬가지였다.

"숟가락 하나 들 힘도 없는 주제에 무슨 소란이야? 네가 죽어 봐. 우리 계획이 다 물거품이 되는 거라고. 얌전히 처먹기나 하란 말이야."

염소는 투덜거리며 계단을 내려갔다. 그는 알지 못했다. 이 추위와 절망 속에서 손발이 오그라든 W에게, 이런 자학만이 유일하게 할 수 있는 저항이라는 것을.

W는 다시 한 번 철창에 몸을 부딪쳤다. '텅.' 공허한 울림이 어둠 속에서 홀로 떨었다. 아래에서 다시 염소의 욕설이 울렸다. W도 이에 질세라 속으로 욕을 되뇌었다.

'젠장, 젠장!'

눈앞의 바닥에는 엎어진 수프가 흥건했다. 끈적하고 탁한 액체가 돌바닥의 틈을 따라 느릿느릿 흘러갔다. W는 이 식사라고도 할 수 없는 것을 입에 댈 생각은 추호도 없었다. 대신 그는 몸 안에 남은 마지막 기력마저 이 철창을 부수는 데 쏟아 부을 작정이었다. 그는 다시 몸을 뒤로 젖혔다가 앞으로 내던졌다.

'텅.'

그리고 또다시.

'터엉.'

W의 시야가 희미해지고, 다리가 차가운 바닥에 닿은 채로 굳어갈 때 즈음, 또 다른 목소리가 들려왔다. 염소의 경박한 목소리와는 달리, 어딘가 낯익은 느낌이 드는 음성이었다.

"…… 아, 성가셔 죽겠네!"

탑의 경비를 서고 있던 멧돼지 리그레서가 계단을 내려온 염소에게 물었다.

"인간 재단시는 어떤가?"

"식음을 전폐하더군. 저 탑의 첫 번째 아사자가 되겠다는 심산인가 보지."

염소가 코를 씰룩거리며 비웃었다.

"농담하는 겐가? 이 음침한 탑에서 굶어죽는 죄수가 하나도 없다니. 그렇다면 대체 무엇이 그들의 목숨을 앗아갔단 말인가?"

"자네는 이곳이 처음인가 보군. 나는 이 탑의 계단을 5년째 오르내리고 있다네. 빅 슬립이 런던을 휩쓸던 그때도 여기 있었지. 거리마다 굶주린 시체가 나뒹굴던 그 시절에도, 이 탑에서는 단

한 명도 굶어 죽지 않았네."

"그럼 무슨 수로……?"

"모두가 떨어져 죽었네. 레브그로우 스캐들이 직접 죄수들을 탑 창문까지 '날아' 올린 후, 그의 강철 같은 발톱으로 어깨를 으스러뜨려 아래 강물로 내던졌으니까. 자네도 그 강을 왜 '피의 강'이라 부르는지 알고 있겠지?"

"단순히 도시의 불빛이 붉게 비치는 줄로만 알았는데……."

"허! 그 강물에는 뼈와 피가 섞여 흐르지. 저 붉은 물결은 스캐들의 '심판'을 받은 자들의 흔적일세."

"그나저나, 스캐들 대장이 정말 하늘을 난다니, 그 소문이 사실이었단 말이야?"

"내가 거짓을 말할 것 같은가? 저 아득한 절벽도 그의 장대한 날개 앞에서는 한낱 돌덩이에 불과하지. 이 탑은 그의 '약육강식' 의식을 위한 완벽한 제단이라네. 약자는 추락하고, 생존할 자격을 잃는다. 그저 그뿐일세. 자네도 독수리의 눈 밖에 나지 않도록 조심하게나."

염소는 어둠 속으로 사라져가는 탑 꼭대기를 올려다보며 덧붙였다. 그의 목소리는 점차 속삭임으로 바뀌었다. 멧돼지는 두려움에 조용히 고개를 끄덕였다.

바로 그때였다. 절벽 아래에서 밤의 정적을 찢는 듯한 소리가 울려 퍼졌다.

핏빛 달빛 아래, 거대한 두 날개의 그림자가 어둠 속에서 서서히 모습을 드러냈다.

"저 탑 아래가 궁금한가?"

척추를 얼어붙게 만드는 음성이 밤공기를 가르며 울려 퍼졌다. 멧돼지와 염소는 본능적으로 대화를 멈추고 숨을 죽였다.

스캐들은 날카로운 발톱으로 돌바닥을 긁으며 그들에게 천천히 다가왔다. 그는 옷 한 올 걸치지 않았으나, 그 자체로 완벽했다. 마치 이 세상 어떤 것도 그의 존재를 더하거나 보완할 수 없다는 듯.

레브그로우 스캐들. 리그레서의 우두머리이자, 피의 강의 화신. 그는 모든 약한 것을 가차없이 짓밟았으며, 자신의 두 발톱 아래로 세상을 굴복시켰다.

"가장 연약한 자를 탑 꼭대기에 가두는 것이 이치라네."

스캐들의 저음이 어둠 속에 울리자, 멧돼지와 염소는 반사적으로 뒷걸음질 쳤다.

"나약한 자들의 종착지는 저 아래, 피의 강이 되어야 마땅하지 않겠나?"

멧돼지와 염소는 황급히 고개를 숙이며 시선을 땅으로 떨구었다. 생명줄을 쥐락펴락하는 듯한 스캐들의 날카로운 발톱이 그들의 눈에 깊이 새겨졌다.

"그래서 인간 재단사는 최상층에 갈 '자격'이 있는 것이지. 약함의 완벽한 표상이니."

스캐들의 눈이 염소에게 천천히 고정되었다.

"하지만 그 놈이 죽는 건 곤란해. 계획에 차질이 생기니까."

그가 다가오자 염소의 수염은 공포로 떨려왔다. 스캐들은 염소를 응시한 채 나지막이 반복해 말했다. 각 음절을 또렷이 끊어가며 읊조렸다.

"죽는 건 곤란해."

그의 날카로운 시선이 염소의 목을 파고드는 것만 같았다.

"걱, 걱정 마십시오, 스캐들님. 지금 바로 다시 가서 그의 상태를……."

스캐들은 더 이상의 말을 듣지 않았다. 그의 거대한 날개가 어둠 속에서 한 번 펄럭이더니, 탑에 드리운 그림자 속으로 소리 없이 녹아들었다.

스캐들이 리그레서 수뇌부의 회의실로 들어섰다. 달빛조차 스며들지 못하는 깊은 어두운 방. 방치된 돌벽에는 이끼가 검푸르게 피어올랐고, 냉랭한 공기가 발밑을 기어다녔다.

홀 중앙의 무거운 참나무 탁자 너머로, 리그레서의 간부인 사다새와 코뿔소가 이미 그들의 우두머리를 기다리고 있었다. 탁자 위에는 밀리오와 인간 재단사의 소식을 다룬 신문들이 어지럽게 흩뿌려져 있었다. 스캐들은 손을 뻗어 그중 한 장을 집어 들었다.

"그 녀석이 날았다더군."

그는 신문에 실린 밀리오의 초상화를 응시했다.

"광대 같은 놈. 스스로 내 도구가 되길 자처하고 있다니……. 놈이 무대를 만든다면, 우리가 박수를 치지 않을 이유도 없겠지."

사다새는 그의 눈치를 살피며 말했다.

"하지만 스캐들님만큼 대단하진 않습니다. 그는 겨우 바람에 의지해 날개로 퍼덕인 것에 불과하죠. 그런 놈의 치기어린 행동에……."

스캐들은 천천히 고개를 돌려 사다새를 응시했다. 어둠 속에서 그의 두 눈이 한기를 뿜어냈다.

"입 다물어."

사다새는 즉시 몸을 움츠렸다. 스캐들은 신문의 표면을 쓸어내리며 말을 이었다.

"주둥이만 크고 돌아가는 머리는 형편없군. 나는 그따위 하잘 것 없는 이야기로 시간을 낭비하자는 게 아니다. 밀리오의 우스꽝스러운 쇼가 우리에게 어떤 기회를 선사할 수 있느냐가 관건이지."

"그의 아버지를 고려하면 직접적인 제거는 위험하다는 판단이 옳습니다. 인간 재단사를 미끼로 삼아 그를 끌어들인다면, 모든 게 우리의 뜻대로 흘러갈 것입니다."

코뿔소가 김을 뿜으며 대답했다. 사다새도 황급히 고개를 끄덕이며 말을 덧붙였다.

"그렇습니다, 스캐들님. 나약한 것들은 이제 발붙일 곳조차 잃게 될 것입니다."

이번에는 두 간부의 말이 만족스러웠는지 스캐들은 기분좋은 표정으로 발톱에 힘을 주어 신문지를 꽉 움켜쥐었다. 이글거리는 두 눈동자에는 그가 꿈꿔온 핏빛으로 가득한 세상이 비치는 듯했다.

"약육강식. 그것이 질서요, 자연이며, 근본이다."

그는 구겨진 신문을 천천히 탁자 위에 내려놓았다. 이내 어둠 속에서 섬뜩한 웃음소리가 울려 퍼졌다.

"리그레서의 시대가 도래하고 있다."

그 시각, A-패션 아카데미 앞. 어스름이 깔리기 시작한 거리에서 한 부랑자가 놓고 간 서신을 치와라 집사가 들고 와서 밀리오의 앞에 공손히 대령했다.

"밀리오 님. 서신이 도착했습니다. '리그레서 보냄'이라고만 쓰여있습니다만."

밀리오는 눈을 가늘게 뜨며 봉투를 집사의 손에서 우아하게 집어 들었다. 피가 말라붙은 듯한 검붉은 색의 밀랍 위로 날카로운 발톱 자국이 새겨진 문장이 선명했다. 인장을 뜯어 봉투를 열자, 안에는 낡고 두꺼운 양피지가 한 장 들어 있었다. 긁어낸 듯한 거친 필체가 눈에 들어왔다.

〈대담 요구서〉

3일 안에 우리와의 대담을 준비할 것.

장소는 A-패션 아카데미 앞.

이를 언론에 공표할 것.

밀리오의 입가에 얇은 미소가 번졌다. 그는 종이를 가볍게 들어 올려 창 너머로 비치는 석양빛에 비춰보며 중얼거렸다.

"꽤나 멋들어진 초대장이군."

"초대장이라고요?"

집사는 놀란 표정으로 물었다.

"그래. 내가 주인공이 될 이번 경연 대회의 오프닝으로 이만한 연출이 또 있을까. 우리 무대가 더 돋보이겠어."

밀리오는 재밌다는 표정으로 편지를 툭툭 두드리며 말했다. 집사의 얼굴엔 걱정이 서렸다.

"밀리오 님, 아무리 그래도 이건 위험천만한 도발입니다. 그들의 요구에 응하는 건 지나치게 무모한 행동이 될 수 있습니다. 최근 밀리오 님께서 세상을 떠들썩하게 하셨으니, 조금 신중히……."

"아, 여기 뭐가 더 있군."

밀리오가 집사의 말을 부드럽게 끊었다.

"편지가 또 있단 말씀이십니까?"

"아니야. 내가 잘못 봤나 보군. 자넨 이만 물러가 보게."

집사는 말을 잇지 못하고 고개를 숙인 채 방을 나섰다. 희미하게 흔들리는 촛불 아래서, 밀리오는 봉투를 날개 끝으로 섬세하게 만지작거렸다. 그러자 두꺼운 편지지 끝에 새겨진 발톱 자국 사이로 숨어 있던 또 다른 작은 쪽지가 모습을 드러냈다. 그는 조심스럽게 종이를 꺼내 펼쳤다. 거기에는 단 몇 마디의 글자가 검붉은 잉크로 새겨져 있었다.

불응 시, 인간 재단사는 죽는다. - 레브그로우 스캐들.

종이는 촛불이 흔들릴 정도의 바람에도 찢어질 듯이 연약했다. 마치 인간 재단사의 남은 시간을 암시하듯이.
"착각하는군……."
종이를 틀어 쥔 채, 그는 천천히 자리에서 일어나 벽난로 앞으로 걸어갔다. 손끝에서 놓아진 종이는 불길 속으로 던져졌고, 이내 그 마지막 흔적마저 재가 되어 흩어졌다. 그는 종이가 불쏘시개가 되어 사그라지는 모습을 지켜보며 나지막이 읊조렸다.
"이건 내 무대야."

***

감옥 계단을 오르는 염소 리그레서의 발걸음은 점점 더 무거워졌다. 아직도 눈앞에 아른거리는 스캐들의 무시무시한 발톱 때문이었다. 재단사가 숨을 거두는 순간, 자신 역시 그들의 다음 먹잇감이 되리라는 것을 그는 뼈저리게 깨달았다. 억지로라도 재단사의 입에 수프라도 들이부어야 한다는 생각에, 그는 축축한 돌계단을 한 칸씩 밟아 올랐다.

"개구리 놈의 말이 맞았어. 난 그저 스캐들의 손아귀 안에서 놀아나는 허수아비에 불과해."

마침내 최상층에 이르렀을 때, 그는 쇠창살 너머로 인간 재단사의 초라한 모습을 발견하였다. 지금껏 누워만 있던 재단사는 놀랍게도 감옥의 습기 찬 벽에 기대어 앉아있었다. 떨리는 손으로는 수프가 담긴 식기를 들고 있었으나, 그 손은 경련하듯 미세하게 떨렸다. 굽은 등과 말라비틀어진 나뭇가지 같은 팔. 마치 죽음의 문턱에 걸쳐 있는 모습이었다.

"참으로 한심하군."

리그레서가 경멸이 섞인 목소리로 내뱉었다.

"진작 먹었어야지. 굶어 죽는 것만큼은 피하고 싶은 모양이군?"

리그레서는 W를 멸시하듯 흘겨보며 새로 가져온 수프를 창살 앞에 내려놓았다. 몇 번 비아냥거리는 듯 싶더니, 금세 발굽 소리가 멀어지며 다시 적막이 감옥에 깃들었다. W는 그의 말과 발소리에 예민하게 귀를 기울였다. 시력은 이미 흐려졌고 촉각마저 무뎌진 지금, 청각만이 그의 유일한 감각이었다.

"그래, 이제 교대 시간이야. 그나저나 저런 파리한 놈이 무슨 위협이라고. 당장이라도 죽을 것 같구먼."

새로운 발소리가 계단에서 점차 가까워졌다. 서둘러 오르는 발걸음, 습기 찬 공기를 가르며 들려오는 목소리. W는 천천히 수프 그릇을 내려놓았다.

"W."

그가 익히 아는 목소리였다. 달빛이 새어드는 창틀 아래, 그림자처럼 웅크린 재단사에게 말을 거는 것은, 의심의 여지없이 플랜시 파커다. 그 특유의 얄팍하고 경박한 목소리는 여전했지만, 이 순간만큼은 달랐다. 적어도 염소보다는 낫다.

"놈은 갔네."

플랜시는 철창 사이로 안을 들여다보며 낮은 숨을 골랐다.

"그 염소 놈 말일세. 배짱이란 게 목소리만큼이나 얕아서, 내가 스캐들의 이름을 몇 번 읊어주었더니 이제는 그 소리만 들어도 덜덜 떨며 도망치는 게 아닌가. 덕분에 감시 근무를 내가 더 자주 맡게 되었지. 생각해 보게나, 그런 겁쟁이가 으스대고 있었다니, 이 얼마나 같잖은 일인가?"

W는 여전히 말이 없었다. 그의 손은 무릎 위에 얹힌 채 차갑게 식어버린 수프 그릇을 부여잡고 있었다. 그 처연한 모습에, 플랜시는 한동안 말없이 그를 지켜보았다. 침묵 뒤에 입을 연 그의 목소리는 조금 쉬어있었다.

"W, 그 수프 말일세……. 맛이야 뭐, 형편없겠지만, 염소 놈이 직접 끓였다더군. 자네가 여기서 죽으면 자기 목숨도 위험하니 나름 애를 쓴 모양이지."

플랜시는 마른 입술을 비비며 어색하게 웃었다.

"웃기지 않나? 살리려는 마음만큼은 나와 크게 다를 바 없다는 게."

W는 여전히 고개를 들지 않았다.

"어쨌든 이렇게라도 먹는 시늉을 해줘서 고맙네. 자네는 원래 그런 사람이었잖나. 부탁이라면 뭐든 들어주려 애쓰던 사람. 때론 그 고집스런 친절함이 짜증스럽기도 했지만 말이야. 하하하……."

말끝을 흐리며 쓴웃음을 짓는 플랜시의 눈빛엔, 농담으로 감출 수 없는 안타까움이 서려 있었다.

"내가 여기까지 오는 데 얼마나 고생했는지 자네는 모를 거야. 염소고 뭐고, 리그레서의 눈을 피해 잠입하려면 꼬박 열두 가지는 속여야 했다네.

1라운드가 끝나자마자 내가 여기에 오게 된 건, 밀리오의 제안 때문이었어. 리그레서를 무너뜨릴 수 있는 첩자 역할을 맡아달라는 거였지. 솔직히, 리그레서 안에서 신뢰를 얻는 건 매일 죽음의 서커스를 하는 것과 같았네.

하지만……. 자네가 이곳에 잡혀 있다는 걸 알게 된 순간, 그 모든 건 나에게 당연한 일이 되었네. 내가 여기로 오게 된 건, 뭐. 다른 이유가 필요 없었지."

W의 느린 숨소리가 자꾸 그의 정신을 흐트려놓았다. 빅 슬립이 W의 눈꺼풀에 무겁게 내려앉을 때마다 플랜시는 자꾸 말을

멈추었다.

'W, 하필이면 지금……. 아니, 어쩌면 인간으로서 매일같이 존재를 부정당하며 살아가는 이 친구에게 빅 슬럼이 찾아오지 않는 편이 더 이상한 것일 수도 있겠어. 제기랄, 눈앞이 캄캄하군.'

플랜시는 창살 너머로 잠든 듯 앉아있는 W를 바라보았다. 플랜시도 언뜻, 그와 함께 눈을 감고 싶다고 생각했다. 모든 것이 지친다. 자신도 이러한데, W는 어떻겠는가? 곧 닥칠 겨울이 벌써부터 그의 얇은 피부에 스며들며 오한이 느껴졌다. 플랜시는 W의 귀에 입을 가까이 했다. 제발. 그의 목소리에는 이제 농담조라고는 찾아볼 수 없었다.

"W, 나 역시 빅 슬럼의 깊은 절망을 겪었네. 개구리로 태어난 탓에 그 혹독한 추위와 겨울잠에 무참히 침식당했지. 하지만 자네도 알지 않나? 나를 그 차디찬 수면에서 끌어낸 이가 다름 아닌 자네라는 것을……. 자네가 옷을 만들어 찾아와 얼어붙은 날 녹여주었잖나. 자네가 없었다면 난 이미 오래전에 동사했을 거네."

절망으로 점철된 철창 안에서 개구리는 인간에게 속으로 비명을 질렀다.

"아무것도 할 수 없을 것 같은 절망감. 뭘 해도 소용없다는 무기력 그리고 그 모든 걸 깨부수는 자기혐오. 자네가 지금 겪고 있는 게 바로 그것일 테지. 여차하면 나도 끌어들일 셈인가. 재단사, 재단사, W, W……."

플랜시는 W를 반복해 불렀다. 차가운 쇠창살에 손을 올렸다.

살을 에는 듯한 한기가 손끝을 저릿하게 만들었지만, 그는 천천히 손을 쓸어내렸다.

"이 쇠창살 말이야, 자네의 육신만 가둔 것이 아니라 영혼까지 옭아매어버렸군. 내 마음같아선 힘만 믿는 저 미련한 리그레서들처럼 이 창살을 부숴버리고 싶은 심정이네."

W는 여전히 침묵했다. 그의 고요한 대답을 플랜시는 이제 받아들이기로 했다. 눈앞에 드러난 쇠창살이든, 마음속에 자리한 보이지 않는 감옥이든, 설령 W가 이를 깨뜨리고 나온다 해도 리그레서 무리는 결코 그를 쉬이 놓아주지 않을 것임을 플랜시 또한 잘 알고 있었다.

"W. 난 재단사가 아니라서, 자네가 내게 해주었던 것처럼 얼어붙은 자네를 따뜻하게 녹일 깜냥은 없네. 하지만 말은……. 말은 할 수 있지 않겠나. 그러니 내 말이라도 들어주게.

내가 자네 옷을 입으면서 깨달은 게 하나 있어. 자네가 만든 옷은 단순히 몸을 감싸는 천 조각이 아니야. 자네는 옷뿐만 아니라 그들의 이야기를 직조해냈다네. 자네의 손길은 옷을 통해 사람들의 구부러진 어깨를 펴주고, 휘어진 등을 바로 세워주었지. 자네의 옷은 따뜻함 그 자체야. 다른 이들의 이야기를 들어주고, 그걸 바늘과 실로 새겨 넣었으니. 그리고 나 또한, 자네가 만들어 준 코트 덕분에 빅 슬립을 이겨냈잖은가.

기억하나? 작년 겨울, 내가 빅 슬립에 걸렸던 그 때를. 봄이 이미 찾아왔어야 할 시기에도 템스 강이 얼어붙었던 그 겨울 말일세. 어린아이들조차 낙망의 노래를 부르던 그날, 나는 럼주처럼 집 안에서 발효되고 있었다네. 그런데 자네가 내 방에 쳐들어왔지. 그리고는 억지로라도 옷을 맞춰주겠다며 날 끌고 나갔잖나.

봄이 다가왔는데 무슨 따뜻한 옷이냐며 내가 거절했지만, 자네는 그저 웃으며 외상으로 달아두겠다는 말을 남기더군. 그리고는 이틀 만에 코트를 만들어와 내 손에 펼쳐 보였지. '이건 자네만의 코트라네'라며 안감에 금화 하나를 넣어 꿰매어 준 것도 잊지 않았지. '자네가 좋아할 만한 거'라면서, 별것도 아닌 듯 말했지만……. 정말이지, 자네다운 배려였네.

그, 내……. 내가 입은 것 중에 가장 따뜻한 고동빛 발마칸 코트였어."

거짓말과 허풍에는 강한 플랜시였지만, 정작 진심을 말하는 것에는 서툴렀다. 그는 머리를 긁적이며 말을 다시 이었다. 하도 횡설수설하는 탓에 W의 손가락이 조금 움직인 것도 눈치채지 못했다.

"세상은 재단사인 자네의 옷을 필요로 한다네. 당장에 한 명 있어. 자네를 필요로 하는 인물. 날 이 운명적인 지옥으로 끌어들인 장본인, 바로 밀리오일세.

런던에서 그처럼 눈에 띄는 남자는 없지. 하지만 그런 밀리오가 자네의 옷을 필요로 한다는 사실은, 자네도 은연중에 이미 알고 있지 않나? 자네가 말하지 않았던가. '항상 앞만 보고 내달리는 자일수록 마음이 비어 있다'고. 그렇다면 이번에 런던 하늘 아래 펼쳐진 그의 활공 또한, 그 비어 있는 내면을 채우기 위한 퍼포먼스일지 누가 알겠나?"

플랜시가 마른세수를 했다.

"그러니까, 자네를 필요로 하는 이가 있단 말이야! 재단사로서 말이네. 그러니까, 내가 돌아올 때까지 살아있어. 그때까지 빅 슬립을 이겨내라고. 곧 대담이 열릴 거네. 스캐들은 자네를 제 욕망의 도구로 삼으려 들 거야. 하지만 밀리오와 내가 그렇게 놔두진 않을 걸세.

난 가겠네. 꼭 살아남게. 그리고 그 잘난 손으로 다시 옷을 짓게나. 매일 하던 것처럼."

플랜시는 천천히 일어섰다. 그리고 어둠 속으로 걸음을 옮기기 전, 무언가를 더 속삭이려다가 아래에서 들려오는 기척에 결국 그는 W에게 등을 돌리고야 말았다.

＊＊＊

스캐들과 밀리오의 대담이 예고되기 전, 리그레서들은 언론에 자신들의 선언문을 투고했다. 이는 즉시 친인간파인 섀클턴 경에게 전달되었다. 최근 의사가 절대 안정을 권고했음에도 불구하고, 섀클턴 경은 선언문의 내용을 확인하자마자 격노하며 의회를 소집했다.

〈리그레서의 대對 인간 선언〉

1. 모든 인간들의 공식 지위를 박탈한다.
2. 수인들의 생활 반경에 간섭하지 않는 곳으로 인간들을 추방한다.
3. 인간의 경제적, 문화적 지원을 모두 철회한다.

그 선언문은 단순한 요구가 아니라, 무자비한 통첩과도 같았다. 섀클턴 경이 이 황당무계한 조항들에 대해 격렬히 반대하며 즉각적인 성명을 발표했으나, 리그레서들은 그의 분노마저 자신들의 선동을 위한 양분으로 삼았다. 그들은 주간지와 일간지를 장악하였고, 런던의 구석구석에 자신들의 독기 어린 메시지를 퍼트렸다.

"우리의 시대가 도래했다. 강한 자만이 살아남는 약육강식의 근본으로 돌아가야 한다."

그들은 이를 곧 닥칠 거대한 변혁이라 선전하였고, 자극에 목마른 대중들은 이에 열광하였다. 리그레서들의 자신감은 언론을 통해 점차 확산되며, 매캐한 연기처럼 골목골목을 스미었다.

스캐들은 리그레서 간부들과 행동파들을 이끌고 A-패션 아카데미의 대강당으로 향했다. 약속된 시각은 오후 1시였으나, 그들은 의도적으로 한참을 지체하여 2시 반이 되어서야 모습을 드러냈다. 정문에서 기다리던 기자들과 관계자들은, 그들의 등장과 함께 일순간 숨을 죽였다. 그들은 단순히 협상을 위해 온 자들이 아니었다. 그들의 발아래에 땅이 지근지근 밟히는 소리는 지극히 의도적이었다.

먼저 들려온 건 발톱 소리였다.

'그드득, 드득.'

리그레서들은 일사불란하게 그들의 우두머리를 맞았다. 아무런 의복도 걸치지 않은 채, 그의 존재만으로 군중을 위압하는 독수리, 레브그로우 스캐들이 그였다.

일방적인 선언 외에는 언론과 접촉을 하지 않던 리그레서들이었기에, 기자들은 그를 찍을 준비를 단단히 하고 있었다. 하지만 서슬 퍼런 기세에 눌린 것인지 그에게 카메라를 들이대는 이는 없었다.

그때, 한 어리숙한 카피바라 기자가 입을 달싹이며 간신히 목소리를 냈다.

"스캐들 님, 리그레서들 사이에서 '피의 강'이라 불리는 죽음의 형벌이 있다는 소문이 있습니다. 사실인가요……?"

스캐들은 질문에 대답할 가치도 없다는 듯, 얼굴에 조소를 띠웠다. 그의 눈동자가 날카롭게 수축하며 카피바라를 응시했다. 사냥감이 된 그는 본능적으로 뒷걸음질치더니, 이내 군중들의 틈바구니 사이로 숨어버렸다.

스캐들은 아카데미 대강당으로 걸음을 옮겼다. 뒤를 따르는 간부들과 행동파 구성원들은 마치 한 덩어리의 생명체처럼 움직였다. 주변에 모인 동물들, 언론인 그리고 소수의 친인간파 동물들조차 침묵 속에서 그들의 행렬을 바라볼 수밖에 없었다.

그날, 동물들의 몸에 새겨진 '약육강식'이라는 단어는 단순한 철학이 아니라 절대적인 진리로 변했다. 스캐들은 자신의 발걸음만으로도 이를 각인시켰다. 하늘 아래, 그들의 행보는 강한 자만이 지배하는 새로운 시대를 예고하고 있었다.

대강당의 공기는 납처럼 무거웠다. 밀리오와 스캐들, 이 두 존재는 극명히 대조를 이루며 각자의 강단에 섰다. 스캐들과는 달리, 밀리오는 혼자였다.

"밀리오."

스캐들의 날카로운 음성이 강당을 가르며 울렸다.

"우리가 너에게 이 대담을 마련하라고 한 이유를 알고 있나?"

밀리오는 조끼 안에 넣은 회중시계를 꺼내들어 시간을 확인히며 대답했다.

"아, 어디 한번 말해보거나. 그 잘난 우두머리께서 지각까지 하며 이런 자리를 마련하신 이유가 무엇인가?"

스캐들의 뒤에서 코뿔소 간부가 격분한 콧김을 내뿜으며 앞으로 나서려 했으나, 스캐들은 한 날개를 들어 그를 제지했다. 대신 그는 부리에 미소를 띠며 말을 이었다.

"네놈의 소위 예술이라 칭하는 것들, 그리고 그 허울뿐인 무대라는 것들이 실로 가소롭더군. 〈금수 의복 경연 대회〉 그리고 '빅

슬립을 타파하자' 같은 나약한 구호라니. 옷가지로 장난질하는 꼴을 보자니, 더는 두고 볼 수가 없었다."

스캐들의 조롱에 밀리오의 얼굴이 일그러졌다.

"무슨 말이냐, 스캐들?"

"다만, 네가 런던 하늘을 활공하며 검은 날개를 펼쳤던 그 쇼는 내 높게 사겠다. 동물이면 동물답게, 그 검은 날개를 펼칠 무대를 스스로 만든 것 아니겠느냐. 그것은 우리의 대의에 맞는 퍼포먼스라 칭할 수 있지."

스캐들은 간부들 중 하나에게 은밀한 신호를 보냈다. 사다새 간부가 날개를 들어 올려 작은 장신구를 밀리오에게 내보였다. 날개로 방청객의 시선을 차단한 채, 오직 밀리오만이 그것을 볼 수 있게 했다.

그것은 밀리오가 인간 재단사 W에게 준 〈금수 의복 경연 대회〉의 재단사 배지였다. 밀리오의 얼굴이 순간 어두워졌다. 스캐들은 그 미세한 동요를 놓치지 않고, 독기 어린 본론을 꺼냈다.

"네 무대에서 다리가 부러져 무대 아래로 떨어진 치타 말이다. 그 말고도 앞으로 더 많은 희생자가 나올 게 안 봐도 뻔하지 않나? 네 하잘것없는 경연 대회가 비난과 조롱 속에 마무리된다면, 그것 또한 흥미로운 결말이겠지. 하지만……."

스캐들은 밀리오를 향해 한 발짝 다가서며 목소리를 낮췄다.

"이 레브그로우 스캐들이 너에게 기회를 주겠다. 무지몽매한 짓거리는 이제 그쯤하고, 우리 편에 서라. 리그레서가 되어 대의를 위해 싸워라. 밀리오."

스캐들의 날개가 그림자를 드리우며 밀리오를 향해 검은 마수를 뻗었다.

"대의라."

밀리오가 입을 열었다.

"내가 묻고 싶군. 스캐들, 네가 말하는 대의란 대체 뭐지? 다수를 위한 것이라 하더니, 결국 인간이라는 소수를 희생시키기 위한 핑계에 지나지 않는 것이 아니냐?"

스캐들은 고개를 저었다. 밀리오를 미성숙한 아이를 대하듯 하는 조롱조는 여전했다.

"고작 약한 인간을 감싸고 돌며, 우리가 '근본'을 추구하지도 못하고, 자연스럽게 존재하지도 못할 이유가 있을까? 밀리오, 너도 알겠지만, 우리는 인간과 다르다. 우리는 '근본'이 있는, 자연 그 자체다. 인간 따위가 뒤얽은 실밥과 넝마에 눈이 멀어버린 네 모습이 안타깝기 그지없구나."

스캐들의 노란 눈동자가 밀리오에게 고정됐다.

"더군다나 네 아버지, 섀클턴 경 또한 친인간파라 칭하며 그들의 허울뿐인 문명에 기대어 이익을 탐하는 자가 아니더냐? 이제라도 그 눈을 뜨고, 현실을 직시하는 게 어떠한가, 밀리언 도련님?"

리그레서 무리가 조소를 터뜨렸다. 그러나 밀리오는 침묵할 뿐이었다. 그의 아버지를 겨냥한 도발은, 그가 이미 오래전에 극복한 상처에 불과했기에. 섀클턴 경이라는 이름이 그의 길을 가로막던 때가 있었으나, 밀리오는 밀리언 섀클턴이라는 이름을 벗어던진 지 오래였다.

밀리오는 그 모든 과거를 자신의 A-패션 아카데미와 경연, 그리고 곧 자신의 무대로 녹여낼 터였다. 그래서 지금, 밀리오의 목소리는 단단히 다져져 있었다.

"두려워하는 것은 너희가 아니더냐?"

밀리오는 천천히 걸음을 옮기며 말을 이어갔다.

"다리가 부러진 치타 이야기가 나와서 말인데, 그래. 너희는 그 치타, 코너 윈슬로우가 했던 말을 들어본 적이라도 있나? 당연히 없겠지. 너희 조잡한 이상에 가려져 그의 목소리는 언론 구석에 겨우 실렸으니까. 그는 이렇게 말했다. '난 최고의 무대를 펼쳤고, 더 이상 후회가 없다'라고.

그는 자신의 이상을 향해 날아올랐고, 자신만의 후회 없는 자연을 완성했지. 그는 너희처럼 인간의 문명을 외면하지 않았으며, 도망치지도 않았다. 오히려 그 문명의 물결 속에서 자신만의 길을 개척해냈다.

너희가 말하는 '자연'이란 무엇인가? 그저 겁에 질린 자들이 숨는 굴일 뿐인가, 아니면 자신의 한계를 넘어서며 스스로를 증명하는 힘인가?

우리가 선택한 문명의 힘으로, 각자의 소망은 한 차원 올라갔다. 헌데, 너희들은 어떠냐? 한 개인의 이상과 꿈을 헐뜯으며 어떻게 다 같이 근본으로 돌아가자는 것이냐? 자연은 말 그대로 자연스러운 것 아닌가? 한 개인의 근본과 자연을 너희들이 일축시키고 강압적으로 짓밟을 권리라도 있는 것이냐?"

밀리오의 말은 점점 선명해졌다. 짓밟히는 기분을 알고 있었기에, 그의 목소리는 꽤 정리되어 있었다. 자신이 좋아하는 길을 전혀 지지해주지 않는 아버지인 섀클턴 경에게서 어린 시절 모든 예술세계를 짓밟혔던 과거가 그를 강하게 만들었으리라.

"우리가 선택한 것이다. 인간의 문명을 취하는 것 말이다. 그리고 각자의 소망은 한 차원 올라갔지. 네 말대로, 우리 수인은 강하다. 그렇기에 수인은 수인대로, 인간은 인간대로 좋은 것을 취하는 것이야말로 자연의 섭리다."

밀리오가 말했다. 스캐들의 부리가 조금 꿈틀거렸다. 그 맹금류 특유의 눈은 점차 날카로워지며, 곧 그 앞의 모든 것을 집어삼킬 듯 빛을 발했다.

"좋아. 밀리오, 마지막으로 묻지. 네가 날개를 편 것은 무슨 의미이지? "까-악" 하고 운 것은? 네가 수인으로서, 그리고 우리처럼 자연과 근본을 추구하려는 네 본능을 억제하지 못한 것이 아니냐?"

"아니."

밀리오는 질문이 끝나기도 전에 대답했다. 스캐들이 고개를 까닥이며 되물었다. 그의 깃털이 꼿꼿이 세워졌다.

"뭐라?"

"네가 묻지 않았나, 스캐들. 내가 날개를 편 이유가 뭐냐고."

밀리오의 말 한 마디 한 마디가 기둥을 울리듯 단단했다. 그 순간 모든 이들의 시선이 밀리오의 부리에 머물렀다. 스캐들뿐만 아니라 방청석까지 그 답변을 기다리는 신경전은 짙은 안개처럼 강당을 메우고 있었다.

"내가 멋지기 때문이지."

짧은 대답이 폭탄처럼 강당에 떨어졌다.

"뭐, 뭐라?"

"말 그대로다. 수인, 근본, 그런 것과는 하등 관계없어. 커다란 검은 날개가 멋지다, 그렇게 생각했기 때문에 펼쳤다. 그리고 그 울음소리? 내가 매력적이라 느꼈으니 울었을 뿐이야."

스캐들의 부리가 불규칙적으로 여닫기를 반복했다. 발톱이 강당 바닥을 긁는 소리가 금속성의 울음소리를 내었다. 팽팽히 조여오는 긴장감 속에서 방청석에서는 탄성이 발했다. 그 무서울 것 없던 우두머리, 스캐들에게 이처럼 노골적인 반격은 처음이었다.

"네놈이……. 단단히 미쳤구나!"

스캐들이 마침내 분노를 폭발시키려는 찰나, 밀리오의 등뒤에서 한 그림자가 모습을 드러냈다. 일순간 소란을 잠재운 존재는 다름 아닌 나약하기 그지없는 인간, 사라졌다고 알려진 재단사 W였다.

"……."

W는 입을 꾹 다문 채, 온 힘을 실은 걸음을 옮겨 무대 앞으로 나섰다.

카메라 셔터 소리가 연쇄 폭발처럼 터지고, 기자들은 펜과 종이를 휘날리며 앞다투어 밀리오와 인간 재단사를 향해 질문세례를 쏟아냈다. 방청객들은 믿을 수 없다는 듯이 몸을 일으켰고, 뒤엉킨 웅성임은 강당을 삼켰다.

"말도 안 돼……!"

스캐들의 등 뒤에서 서 있던 간부들조차 당황한 얼굴이었다. 자신들의 손아귀에서 벗어날 수 없으리라 믿었던, 숨을 겨우 껄떡대던 그 인간 재단사가 어떻게 여기에 있을 수 있단 말인가?

"자, 보아라. 스캐들."

밀리오가 미소를 지으며 W의 어깨에 손을 얹었다. 그의 목소리는 방금 전과 달리 부드러웠지만, 스캐들의 분노를 자극하는 촉매제로서는 더할 나위 없었다.

"스캐들, 이게 내가 멋진 이유다. 너희는 흉내도 내지 못하는 무대를 만드니까."

스캐들의 분노는 강당을 휘감았으나, 이제는 아무것도 삼키지 못하고 허공에 흩어질 뿐이었다.

밀리오는 한 걸음 앞으로 나섰다.

"너희가 말하는 근본은 힘에 취한 자들의 거짓이다. 내 무대로 증명해 보이지. 〈금수 의복 경연 대회〉의 마지막 주제는 '근본으로'. 두 눈 똑똑히 뜨고 지켜보아라."

***

"난 끝장이야!"

플랜시가 볼멘소리로 투덜거렸다. W와 플랜시는 대담장에서 빠져나온 후, 소란스러운 거리를 지나 리틀페어 가의 토퍼스 양복점으로 향했다. W는 걷는 것조차 힘겨운지, 몇 번이나 넘어질 뻔해, 플랜시가 부축해야 했다.

"참나, 자네는 이런 몸으로도 아까는 용케 무대 위에서 똑바른 자세를 유지하더군. 역시 신사야, 신사!"

말없이 걸음에만 온 신경을 집중하는 W를 보며 플랜시는 이 거리를 다시 밟기 위해 겪었던 고군분투를 떠올렸다.

플랜시는 리그레서 내에서 의심을 사지 않기 위해 W와 만나기로 했던 날까지 필사적으로 몸을 사렸다. 다음 날 열릴 대담으로 인해 리그레서의 경비가 허술해질 것이 분명했으므로, 이 밤은 계획을 실행하기에 최적의 순간이었다. 사흘 밤을 기다린 플랜시는 마침내 W가 갇혀 있는 감옥으로 헐레벌떡 올라갔다.

마침내 플랜시는 W를 마주했다. 그는 염소가 가져다 준 수프를 억지로 삼키고 있었다. 그의 깨진 안경 뒤로 보이는 눈은 겨우 불꽃을 지키는 겨울 장작불 같았다. 플랜시가 한 발짝 다가서자, W는 쉰 목소리로 그를 맞이했다.

"어, 어서오게나."

그 목소리는 과거 토퍼스 양복점에서 들었던 인사와 같은 것이었다. 플랜시는 감정이 북받친 나머지 그에게 목이 멘 채로 대답을 했더랬다.

"W!"

큰 소리로 친구를 부르고 난 뒤에서야 플랜시는 혹여 자신의 큰 목소리가 새어 나갔을까 주위를 두리번거렸다. W는 그런 플랜시에게 얼핏 미소를 지어보이며 말했다.

"내 양복점으로 돌아가고 싶네."

그 한마디. W의 말 한 글자, 한 글자마다 그의 고통과 희망 그리고 의지가 서려 있었다. 플랜시는 그 말을 듣고 눈물이나 흘릴 여유가 없다는 것을 깨달았다. 그는 즉시 다음 단계로 움직이기로 마음먹었다. 그는 옆구리에 끼고 있던 빅 슬립에서 자신을 구원해줬던 코트를 W의 어깨에 둘러주었다.

W의 생존을 확인한 뒤, 플랜시는 탈출 계획의 마지막 열쇠인 염소를 설득해야만 했다. 스캐들에 대한 공포에 사로잡혀 날이 갈수록 쇠약해지고 있던 염소를 부랴부랴 찾아간 그는 숨을 고르

며 최대한 침착하게 말을 꺼냈다.

"어차피 스캐들에게 너나 나나 죽은 목숨이야."

플랜시는 염소의 흔들리는 눈동자를 바라보았다.

"하지만 목숨을 부지하려면 선택지는 하나뿐이지 않나? 밀리오에게 가세. 그의 쪽에 붙어야 살 길이 열릴 거야. 자네도 알잖나."

그러나 염소는 몸을 떨며 쉽사리 대답하지 못했다. 그의 네모난 눈동자에는 망설임과 두려움이 교차했다. 스캐들이 심어놓은 공포는 그의 판단력을 이미 흐려놓은 상태였다.

플랜시는 잠시 망설이다가, 코트 안감으로 손을 뻗었다. W가 만들어 준 코트, 그 안에 꿰매어 있던 작은 금화를 꺼내며, 그는 말투를 낮췄다.

"자, 이건 내 행운의 증표네. 이걸……. 자네에게 주겠네."

플랜시는 금화 한 닢을 염소의 손바닥 위에 올려놓았다. 영롱한 1파운드짜리 금화. 이는 스캐들의 열악한 일터에서 5년 동안 일해도 구경조차 할 수 없는 귀중한 것이었다. 염소의 까만 눈은 금색으로 변질되었다. 그는 마치 홀린 듯 금화를 낚아채더니, 잠시 머뭇거리다 곧 플랜시가 알려준 탈출 경로를 향해 도망치듯 달아났다.

"이제부터 W, 자네와 난 피의 강보다 진한 인연으로 리그레서들과 이어지게 되겠구만. 하하!"

플랜시는 반쯤 실성한 듯 웃으며 떠들었다. 그의 경박한 웃음소리는 여느 때와 다름없었지만, 덕분에 W의 마음은 사뭇 달라졌다. 며칠 전까지만 해도 자신을 외면하던 리틀페어 거리와 골목이 이젠 정겨워 보였다.

마침내 토퍼스 양복점의 간판이 그의 시야에 들어왔다. 빅 슬립에 빠진 내내 신기루처럼 떠오르던 바로 그 간판이었다.

"아!"

W는 플랜시의 부축을 마다하고 양팔과 다리를 부자연스럽게 휘적거리며 양복점의 문으로 다가갔다. 오랜 겨울잠 탓에, 그답지 않게 양복점에 너무도 늦은 출근을 했다.

'딸랑.'

문이 열리며 그리웠던 양복점 냄새가 그를 맞이했다. 콤콤한 셔츠의 냄새, 촉촉한 가죽의 냄새, 꿋꿋한 모직물의 냄새. W는 후각이 되살아난 사람처럼, 온몸으로 양복점의 공기를 만끽했다. 하지만 그보다 더 그를 놀라게 한 건 익숙한 목소리였다.

"어서 오게나."

W는 고개를 들어 소리를 따라 시선을 돌렸다. 양복점 안에는 놀랍게도 올리버와 제이콥이 있었다.

"주인장, 너무 늦은 거 아니야? 단골손님 둘이서 매일같이 이곳에서 자네를 기다렸어야 했잖나……."

올리버는 특유의 빈정거리는 말투로 그를 맞았다. 하지만 그의 말은 이내 끊어졌다. W의 피골이 상접한 얼굴을 본 올리버는 말문이 막힌 듯 입을 다물고 안쪽으로 들어가 홍차를 끓이기 시작했다.

"W."

제이콥은 의자에서 벌떡 일어나 W를 부축했다. 그의 거대한 몸에 W는 거의 파묻히다시피 했다.

"여기 앉게나."

제이콥은 그에게 하고 싶은 말이 많아 보였지만, 목이 막힌 듯 아무 말도 하지 못하고 자신의 두꺼운 코트를 덮어주었다.

W가 먼저 입을 열었다.

"반갑네, 다들."

W는 허리를 곧게 펼 수도 없을 만큼 추위에 절어 있었지만, 올리버의 따뜻한 홍차와 포개져 덮인 제이콥과 플랜시의 코트 덕분에 빅 슬립의 흉터를 잠시 잊을 수 있었다.

"고맙네."

그의 목소리는 나지막했지만, 진심이 담겨 있었다. 안경 위로 뿌옇게 김이 서려 그의 눈을 가렸지만, 아마 눈을 보지 않는 편이 더 나았을지도 모른다. 제이콥은 그제야 입을 열었다.

"W. 내가, 아니 우리가 고맙네. 돌아와줘서 고마워. 우리가 할 수 있는 일이라고는, 자네의 목숨과도 같은 이 양복점을 지키는 것뿐이었네. 그래서 올리버와 내가 매일 이곳에 나와 가게를 지켰지."

W는 천천히 안경을 고쳐 쓰며 고개를 들었다. 그의 시선은 제이콥이 서 있던 자리 너머로 옮겨갔다. 등받이가 부서진 채로 남

아 있던 그의 오래된 의자가 수리되어 있었다. 제이콥이 고친 것이 분명했다.

한편, 플랜시는 올리버와 제이콥에게 그간의 이야기를 설명했다. 그는 평소처럼 과장과 왜곡을 섞어 떠들었지만, 두 친구는 그의 말을 진지하게 들었다. 오히려 플랜시가 자신의 말을 스스로 정리하며 참과 거짓을 구분하는 모습은 보기 드문 진풍경이었다.

며칠 뒤, 〈전서구일보〉에 마지막 라운드의 주제가 공식적으로 발표되었다.

> 마지막 주제: 근본으로
>
> 모델: 밀리오 / 심사 위원: 랜돌프 허먼
>
> 최선의 옷. 최고의 옷 그리고 근본의 옷으로.

이 소식은 그날 아침, 영국 전역에 퍼져나갔다. 신문은 찻집의 은쟁반 위에, 노동자들의 거칠어진 손바닥 위에, 귀족들의 응접실 테이블 위에 올려지며 도시 곳곳에서 이야기를 만들어냈다. 밀리오의 이름과 그의 주제는 그날 내내 사람들 사이에서 큰 화젯거리가 되었다.

찻집의 테이블에서는 귀족 부인들이 신문 위의 제목을 손끝으로 짚으며 속삭였다.

"어머, 저런 주제를 내걸다니……. 정말 그의 뻔뻔함에는 혀를 내두를 지경이에요. 아무리 리그레서가 상대라지만, 지나친 도발은 자칫 우아함을 잃는 길이란 걸 왜 모를까요?"

"글쎄요. 그는 항상 자신만의 방식으로 대답해 왔으니까요. 아마 이번에도 우리를 놀라게 할 뭔가를 준비하고 있는 게 아닐까요?"

어두운 작업장에서는 땀에 젖은 신문이 한쪽 구석으로 던져졌다.

"근본이라니. 그놈의 귀족들은 매번 허황된 말만 지껄이는군. 이놈들이 우리에겐 하루 버틸 빵 한 조각이 근본이라는 걸 알 턱이 있을까."

한 늑대 노동자가 투덜거렸다. 그의 말에 다른 노동자들도 동의하며 콧방귀를 뀌었다. 작업장의 한쪽 구석에서 순록이 조용히 신문을 집어 들었다. 그는 한참 동안 신문을 응시하다 중얼거렸다.

"하지만, 그는 우리가 입을 수 있는 저렴하고 튼튼한 옷들도 만들어내잖아. 지금 내가 입고 있는 옷도 마찬가지고. 그게 그의 근본이라면······."

런던 곳곳의 거리에서는 리그레서들이 행진을 이어가고 있었다.

"밀리오는 우리의 철학을 비웃고 있다!"

그들의 구호는 여전히 도로 위를 장악하며 '리그레서의 대 인간 선언'이 받아들여지지 않으면 닥칠 위험을 괴담처럼 퍼뜨리거나, 특권층의 행패라고 주장하며 거리를 더 자주 확보하며 시위했다. 스캐들은 밀리오와 그의 주제를 맹렬히 비판했다.

"'근본으로'라는 우리의 표어를 조롱하는 밀리오 섀클턴의 경연 대회는 명백한 모욕이며, 우리의 철학을 왜곡한 우스꽝스러운 행위에 불과하다."

마지막으로, 그의 아버지인 섀클턴 경이 누운 침대 옆 콘솔 위에도 신문이 펼쳐져 있었다.

"이놈이 대체 무슨 짓을 꾸미는 건지……."

섀클턴 경은 신문을 가지고 온 집사를 손짓으로 물리치며 중얼거렸다. 그 대문짝만한 사진 속에서 아들이 마치 자신을 바라보는 듯한 느낌이 들자, 진저리를 치듯 몸을 돌렸다.

그의 입에서 기침이 터져 나왔다. 그는 힘겹게 다시 몸을 돌려 창가를 바라보았다. 아름다운 정원이 눈에 들어왔지만, 정작 시선은 그 너머 어딘가를 헤매는 듯했다.

"역시 이 녀석은 정치를 했어야 했어."

그는 피곤한 숨을 내쉬며 다시 베개에 머리를 기댔다.

***

"좋은 아침입니다."

밀리오가 말했다. 그의 낮은 목소리는 마치 오래된 종소리처럼 공간에 울려 퍼졌다. A-패션 아카데미의 정문 앞, 경연에 참가한 네 팀은 짐을 끌고 이 거대한 건물 앞에 서 있었다.

밀리오의 옆에는 그의 오랜 친구이자 이곳의 교감을 맡고 있는 산양, 랜돌프 허먼 교수가 서 있었다. 랜돌프는 밀리오와 대조적으로 소박한 회색 코트를 입고 있었으나, 그 정돈된 완벽한 실루엣이야말로 재단사들의 모범이라 칭할 만했다. 그는 말없이 주변

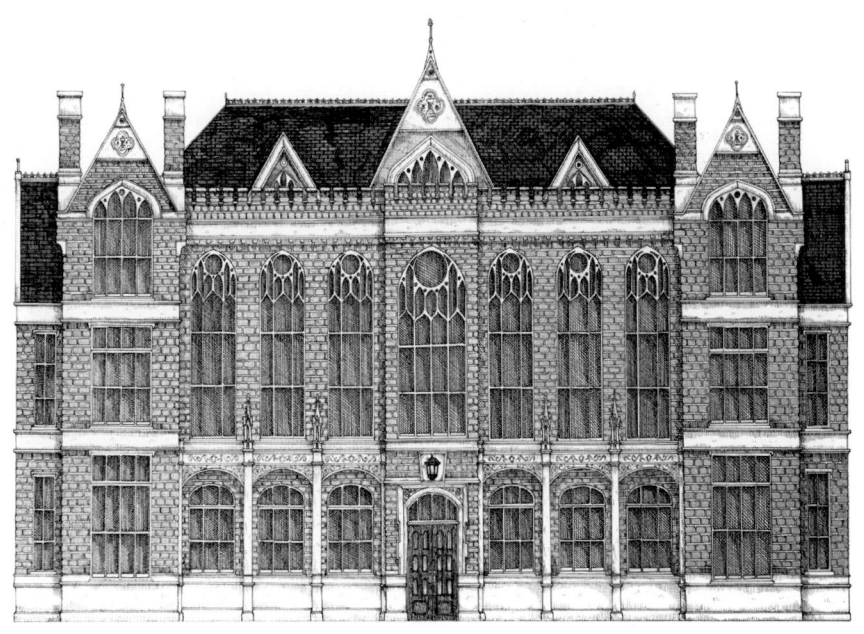

을 둘러보며, 뒤따라온 참가자들의 상태를 살폈다. 계속된 경연으로 인해 피곤이 짙게 깃든 참가자들과는 달리, 밀리오는 여전히 여유롭고 기품 넘쳤다.

아카데미의 직원들이 경연 대회 팀들의 짐을 옮기고 방 배정 안내도를 나누어 주며 분주히 움직였다. 이 과정 속에서도 밀리오의 존재는 단연 눈에 띄었다. 그의 걸음걸이는 흐트러짐이 없었고, 그가 지나는 곳마다 자연스레 사람들이 조용해졌다. 케이프 코트 아래로 감춰진 그의 거대한 체격은 한눈에 가늠하기 힘들었지만, 그의 실루엣 아래로 드리운 기다란 그림자는 뒤따르는 이들에게 신비로움과 경외심을 동시에 불러일으켰다.

"마지막 주제는 이미 여러분의 귀에 닿았겠지요."

밀리오의 말에 일행은 그의 실루엣을 일제히 바라보았다. 하늘을 향해 높이 솟은 아카데미의 웅장함은 밀리오와 함께 완벽한 정경을 만들어냈다. 역사의 무게를 짊어진 듯한 묵직한 외벽과 그의 검은 케이프 코트는 한데 어우러져, 밀리오를 이 아카데미의 상징처럼 보이게 했다.

아카데미 홀로 일행을 이끌고 들어온 밀리오가 몸을 돌리며 말했다. 그의 작은 움직임에도 바람이 일었다.

"이틀 뒤 아침 6시, 제1 드레스룸에서 제 몸 치수를 재는 것으로 시작하지요. 곧 다시 뵙겠습니다."

밀리오가 사라지고, 대신 그들을 맞이한 이는 박쥐 사회자, 뮤토였다.

"오랜만입니다, 여러분. 이번 라운드에서 여러분을 안내할 아카데미의 학생회장, 뮤토입니다."

그는 특유의 친근한 미소로 일행에 인사를 건넸다. 그는 대연회장을 지나 제1 드레스룸으로 일행을 이끌었다.

"여기가 바로 저희 아카데미의 중심 중 하나인 제1 드레스룸입니다. 내일 밀리오 님의 치수를 잴 장소이자, 여러분의 창작이 시작될 공간이지요. 자, 안으로 들어가 보시죠."

드레스룸에 들어서자, 팀원들은 중앙에 위치한 4개의 거대한 거울과 넓은 무대에 압도되었다.

"제1 드레스룸은 정밀한 치수 측정을 위한 도구와 대형 거울, 가봉재료 그리고 스타일링을 완성시킬 액세서리들까지 완벽히 갖춰져 있습니다. 커프 링크스, 타이 핀, 행커치프, 서스펜더, 벨트 등은 물론이며, 수집가용 한정판 시계와 만년필까지 준비되어 있지요.

또한, 바로 사용할 수 있는 옷감들이 준비된 간이 창고와 바로 착장해볼 수 있는 탈의실도 구비되어 있습니다. 추가로 필요한 재료가 있다면 곧 소개해드릴 '지하basement'에서 가져다 드릴 수 있으니, 언제든 말씀해 주십시오."

뮤토는 손짓과 함께 설명을 이어갔다.

"자, 이제 여러분을 저희 아카데미의 보고라 할 수 있는 아카데미의 '지하'로 안내하겠습니다."

지하는 네 개의 주요 구역으로 나뉘어 있었다. 재단사의 방, 햇메이커의 방, 슈메이커의 방 그리고 연구의 방. 각 방은 독립된 작은 세계처럼 독특한 개성을 자랑하며, 그 안에 담긴 자료와 물품들은 방대했고, 세심하게 정돈되어 있었다. 뮤토는 한 걸음 앞으로 나아가 손짓으로 방들을 가리키며 말했다.

"이곳에서는 여러분이 필요로 하는 모든 재료를 찾을 수 있습니다. 원단부터 부자재, 희귀한 자료까지 모두 준비되어 있죠. 여러분의 작품이 완성될 수 있도록 저희 아카데미가 모든 지원을 아끼지 않을 겁니다."

뮤토는 말을 마치고, 그 지하를 지키고 있는 다른 직원들에게 몇 가지를 지시한 뒤, 자리를 떠났다. 지하는 그 규모만큼 직원 수도 상당했는데, 경비를 서는 직원뿐 아니라 원사 조합 배율과 품질 검사를 하는 직원 그리고 옷을 나르는 직원들까지 상당수 배치되어 있었다.

W는 당연히도 '재단사의 방'으로 먼저 들어섰다. 이곳은 이름 그대로 재단사의 꿈이 응축된 공간이었다. W는 방 안을 천천히 둘러보았다. 세기를 관통하는 경연 대회의 시작점, W는 이곳에 발을 들이는 것만으로도 자신이 지금껏 경험하지 못한 특별한 작업을 준비하고 있음을 실감했다.

하지만 그 설렘은 오래가지 못했다. 화려한 공간에 압도당하는 동시에, W는 고독감을 느꼈다. 주위가 화려하면 화려할수록 자신만 고립된 듯한 모순적인 감각이 그를 휘감았다. 다른 일행들이 지하의 다른 방을 마저 탐험하고 있을 동안, 그는 홀로 이곳에 서

있었다. 아니, 어쩌면 그는 여전히 그 탑의 감옥 속에 있는 것일지도 몰랐다. 빅 슬립의 후유증은 그를 결핍으로 채우고 있었다. 화려한 공간과 반대로 마음은 점점 더 좁아졌다. 초점이 파동처럼 번져나갔다가, 단 하나의 존재로 수렴되었다. 밀리오.

"밀리오에게는 자네가 만든 옷이 필요해."

리그레서 감옥에서 플랜시가 던진 그 말이 머릿속에 떠올랐다. 밀리오 같은 완벽한 존재가, 대체 무엇이 더 필요하단 말인가? 그의 깃털, 그의 근육, 그의 날개는 이미 대자연이 만든 최고의 피조물처럼 보였다. 그런데도 플랜시는 밀리오가 자신을 필요로 한다고 말했다. 이 말의 의미는 뭐지? 그 완벽함 속의 결핍을 찾아야 하는 것일지, 아니면 빼곡한 이 '지하' 공간처럼, 모든 것이 갖춰진 어딘가에서 보이지 않는 작은 틈이라도 발견해야 한다는 것인가?

우스운 일이다. 지금의 자신을 보라. 감옥에서 나온 지 얼마나 되었다고? 그의 마음은 여전히 '결핍' 그 자체였다. 그는 수인에 비해 한참 부족하고 나약한 인간이 아닌가? 그런데 그런 자신이 감히 밀리오를 완성시킬 수 있을까? 그의 존재를, 그의 '근본'을?

그는 천천히 선반 사이를 거닐며 조심스레 원단의 질감을 느꼈다. 견고한 울 그리고 따뜻한 니트, 섬세한 실크. 모든 소재들은 그가 손을 뻗기만 하면 하나의 이야기가 될 준비를 하고 있었다. 그러나 이 이야기는, 유기적으로 실과 바늘로 연결되며 하나의 옷, 하나의 존재를 단 하나의 결점 없이 완성해야만 했다.

그는 고요히 숨을 고르며 자신에게 주문을 걸 듯 말했다.
"그래, 그는 내가 만든 옷이 필요해."

답을 찾기 위해 W는 2일 뒤 오전 6시, 팀원들과 제1 드레스룸으로 향했다. 밀리오는 이미 그곳에서 기다리고 있었다. 이른 아침 안개는 밀리오와 함께 드레스룸의 공기를 무겁게 짓누르고, 시간을 굼뜨게 만들었다.

밀리오는 여러 팀이 동시에 몸 치수를 재는 것을 허락하지 않고, 각 팀이 차례로 하게끔 했다. 웹앤퍼 팀은 첫 번째로 나섰고, 치수를 재자마자 저들끼리 열띤 회의를 시작했다.

W는 인원이 열댓 명도 넘는 이 드레스 룸에서, 혼자가 되는 상상을 했다. 그와 밀리오 둘만이 안개와 거울이 가져온 적막 속에 남겨졌다.

'이 거대한 사내의 옷을 내가 만들어야 한다.'

누군가에게는 등장만으로도 두려움을 줄 수 있는 존재이자, 살아있는 거대한 전설과도 같은 검은 새. 하나의 거리를 그림자로 덮는 거대한 날개를 가진 괴물 새…….

W는 몸의 작은 신경 하나까지 예민하게 곤두세웠다. 그의 몸짓 손짓, 깃털의 단 한순간의 움직임도 놓치고 싶지 않았다. 두어 시간 정도가 지났을까, 올리버가 투덜거렸다.

"이러면 우리가 몇 시간은 손해 보는 장사가 되겠구만."

W는 꿈쩍하지 않았다. 아침 해가 중천으로 서서히 이동할 때까지, 밀리오에게서 눈을 떼지 않았다. 7시 반 경의 밀리오, 8시 경의 밀리오, 9시 경의 밀리오……. 그는 다른 팀이 치수를 재는 동안의 밀리오의 모든 움직임을 관찰했다.

"어이, 재단사. 이제 우리 차례야."

올리버가 말을 건넸지만, 그는 여전히 무언가에 사로잡힌 듯 움직이지 않았다. 제이콥은 이런 그를 물끄러미 바라보더니, 밀리오에게 양해를 구했다.

"밀리오 님, 제가 먼저 발과 다리 치수를 재겠습니다. 이후 햇메이커가 머리 치수를, 마지막으로 재단사가 몸 치수를 재도 되겠습니까?"

밀리오는 묵묵히 고개를 끄덕였다. 제이콥과 올리버는 아카데미에서 제공한 신식 도구 대신 자신들에게 익숙한 낡은 도구들을 꺼내들고 꼼꼼히 밀리오의 치수를 쟀다.

"자, W. 자네 차례야."

올리버와 제이콥이 물러나고, W가 그에게 다가갔다. 그의 몰입 속에서 이 공간에는 여전히 밀리오와 자신, 둘뿐이었다. 코트와 재킷, 조끼 없이, 셔츠만 그의 깃털을 겨우 덮고 있다. 그 아래에 꿈틀대는 근육과 깃털. 얼마 만에 치수를 재는 것인가. W의 가슴이 터질 듯이 뛰었다.

"밀리오 님, 안녕하세요."

W가 말을 꺼냈다. 오랜 침묵 후에 꺼낸 목소리는 살짝 잠겨 있었지만, 그 어조에 실린 따뜻함은 숙련된 재단사만의 것이었다.

"그럼, 실례하겠습니다. 어깨 길이를 먼저 재도록 하겠습니다."

줄자를 들고 그의 어깨로 다가갔다. 손끝이 살짝 떨렸지만, W는 그 떨림을 애써 의식하지 않으려 하며 측정에 몰두했다. 어깨의 너비, 양 날개의 길이, 가슴 품의 크기……. 줄자가 움직일 때마다 수치는 그의 머릿속에 또렷이 각인되었다.

'이렇게 압도적인 몸을 재단하는 것은 처음이다.'

W는 줄자의 끝이 도저히 닿지 않는 양 날개의 길이에 한 차례 멈칫했다. 한 번의 측정으로는 모자랐다. 그는 다시 줄자를 펴며, 그가 단순한 수인이 아니라는 확신을 굳혔다.

그의 몸은 범상치 않았다. 까마귀나 콘도르, 심지어 맹금류와도 다른, 어디서도 본 적 없는 비율과 크기다. 어깨뼈와 날개골, 깃털의 결 하나하나는 마치 자연의 손길이 정성스레 빚어낸 예술품처럼 완결되어 있었다. 그는 오래된 전설 속에만 존재할 것 같은, 한 시대를 장악했던 창조물의 후손일지도 몰랐다. 그러나 그것이 어디에서 왔는지, 어떤 종에 속하는지 그는 더 추측하지 않기로 했다. 지금 중요한 것은 그의 손끝이 말해주는 진실뿐이었다.

"재단사."

밀리오는 조용히 재단사를 내려다보던 중, 닫고 있던 입을 열었다.

"자네에게 '체상기억능력'이 있다는 이야기를 들었네."

W는 줄자를 고쳐 잡았다.

"그 능력은, 제겐 직업병일 뿐입니다."

그리고는 담담하게 밀리오에게 대답했다.

"하지만 손님의 몸에 새겨진 삶을 손끝으로 느끼는 이 순간을……. 제가 어떻게 포기하겠습니까?"

줄자가 그의 허리를 따라 미끄러지며 또 하나의 수치가 머릿속에 새겨졌다. 그는 자신도 모르게 미소를 지었다. W의 손끝은 더 떨리지 않았고, 그의 손놀림은 점점 더 정교하고 매끄러워졌다.
"그렇군. 기대하겠네."
밀리오의 간결한 대답에 W는 속에 무언가 단단히 다져지는 것을 느꼈다.

***

밀리오의 마지막 라운드 주제 발표 이후, 리그레서 무리는 들불처럼 타올랐다. 그들의 과열된 시위는 영국 곳곳으로 확산되며, 도시 전체를 마치 연기로 뒤덮은 듯 무겁게 만들었다. 의회는 A-패션 아카데미를 보호하기 위해 철제 바리케이드를 세우고, 경비대를 추가로 배치했지만, 날로 불어나는 시위대의 숫자와 격앙된 분위기는 그들을 막기엔 역부족이었다. 경연 대회는 그야말로 화약고 위에서 준비되고 있었다.

거리 곳곳에서는 격렬한 함성과 피켓의 소리가 메아리쳤다. '경연 대회 중지!'라고 적힌 깃발들이 바람에 펄럭였고, 시위대는 아카데미 대문 밖에서 밤낮없이 북소리와 함께 구호를 외쳤다. 종종 바리케이드를 넘어 물건을 던지는 이들이 있었고, 진입을 시도하려는 무리도 나타났다.

이 모든 상황은 학생들과 직원들의 신경을 바짝 날카롭게 만들었다. 작업실의 가위와 실, 재봉틀 소리가 긴장을 누르듯 공간을 채웠지만, 새벽까지 켜진 가스등의 불빛은 창문 너머 시위대의

횃불과 겹쳐 흔들렸다. 시위대의 불빛은 따라다니는 유령처럼 이들의 정신을 끊임없이 괴롭혔다.

특단의 조치로, 학생들과 경연 대회 팀들은 지하의 '연구의 방'으로 작업 공간을 옮겨 방해를 줄이려 애썼다. 그러나 작업대 위의 원단조차 긴장으로 떨리는 손끝 아래서 주름이 잡히는 듯했다.

청각에 예민한 수인들은 밖을 걸어 다닐 때 천으로 귀를 틀어막기까지 했다. 고막이 밖으로 드러나 있는 개구리, 플랜시도 마찬가지였다. 그는 건물 밖으로 나설 때마다 천으로 급조한 거대한 귀마개로 얼굴을 다친 것처럼 칭칭 감고 돌아다녔다.

"무섭네, 무서워."

플랜시는 그들의 열성적인 시위에 감복이라도 하듯 중얼거렸다. 그러나 그가 정말 두려워한 것은 리그레서 시위대 자체가 아니었다. 플랜시는 알고 있었다. 그들 중 다수가 진정한 신념에 따른 행동이 아니라, 스캐들의 압박과 공포에 눌려 몸이 본능적으로 움직이고 있다는 것을. 리그레서들의 말마따나 '약육강식'은 정말 그 무리 안에서 굳건히 자리잡고 있는 것이다.

플랜시는 아카데미에 온 이후로, 밀리오의 조치에 따라 경연 대회의 일에는 전혀 관여할 수 없었다. 대신 아카데미의 직원으로 잡다한 일들을 도우며 시간을 보내고 있었다.

"쳇, 파필드나 웹앤퍼 놈들은 아카데미 관계자들에게서 정보라도 캐내려는 건지, 인맥 쌓기에 열을 올리는데 나만 토퍼스 팀 근처에도 못갈 건 뭐냔 말이야."

플랜시는 혼잣말로 투덜댔다. 파필드는 귀족의 사교성을 살린 특유의 친화력으로, 웹앤퍼는 분명한 목적성을 가지고 아카데미의 학생들이나 직원들과 관계를 쌓는 데 수단을 가리지 않았다. 반면 데니스 팀은 늘 지하에 틀어박혀 자료를 뒤적이다가 자기들끼리 연구의 방에서 굴토끼들처럼 모여 토론하기 바빴다. 그리고 토퍼스 팀은 좀처럼 모습이 보이지 않았다.

"혹시 W, 그 녀석. 리그레서들의 감옥에 갇힌 것이 트라우마로 도진 게 아닐까? 지금 밖에 즐비해있는 그 시위대에 해코지를 당할까봐 말이야. 빅 슬립 후유증이 또 심하다고들 하던데……."

플랜시는 머릿속에서 불길한 상상을 떨쳐내려 애썼지만, 걱정은 쉽게 가시지 않았다. 결국 이튿날 아침, 그는 토퍼스 팀의 기숙사 건물의 로비에서 무작정 기다렸다. 한참이 지나자, 기숙사 밖으로 나온 제이콥이 눈에 들어왔다. 플랜시는 그를 붙잡고 다급히 물었다.

"어이, 제이콥."

"아, 플랜시. 자네, 나랑 만나면 안 되는 것 아닌가? 우리 담당 안내 학생이 외부인과 접촉을 금하라고 신신당부를 하던데."

제이콥은 그렇게 말하면서도 W를 구해준 플랜시가 고마워서, 그를 억지로 내쫓지는 않았다.

"그렇지만, 걱정돼서 가만히 있을 수 있어야지. 최근의 일도 있지 않나. 그리고 지금……."

플랜시는 당장에 밖의 아카데미 밖으로 세워 놓은 바리케이드

뒤로 거칠게 소리를 질러대는 리그레서들을 손으로 가리키며 말했다.

"지치지도 않는 저놈들 때문에 혹시······."

"하하, 플랜시. 그거 아냐?"

"뭐를 말인가?"

"나와 올리버도 겨우 사흘에 한 번 정도 W의 얼굴을 본다네. 바로 옆방에 묵고 있는데도 말이지."

"그게 무슨 말이야?"

"그 녀석, 작업에 심하게 몰두하고 있는 모양이야. 심지어 아카데미에서 내주는 식사도 마다하고 바보같이 통조림으로 연명하고 있어. 전시 상황의 군인처럼 말이지."

플랜시는 제이콥의 말을 듣고 믿기지 않는다는 듯 고개를 저었다.

"그래도, 지금 밖에 시위대가 저렇게 시끄럽지 않은가. 저 살벌한 반인간주의 구호 좀 들어보라고."

제이콥은 시가 연기를 길게 내뱉으며 말했다.

"W가 어떤 성격인지 자네도 알잖나. 저렇게 몰두하면 그 아무도 말리지 못하지. 일주일에 한 번 옷감을 확인하러 지하로 내려가는 게 고작일 정도야."

그의 말에 플랜시는 조금 안심이 되면서도 묘한 감정에 휩싸였다. 제이콥은 플랜시의 걱정을 읽은 듯 미소를 띠며 덧붙였다.

"자네가 그렇게 극진히 걱정하고 있다는 건 내가 W에게 꼭 전하겠네. 아마 녀석도 기뻐할 거야."

플랜시는 목뒤를 한 번 쓰다듬고는 기숙사에서 걸음을 옮겼다.

다시 귀마개를 단단히 고쳐 쓰고, 건물 밖으로 향하자 익숙한 시위대의 소란이 귀를 찔렀다. "인간 재단사, 죽어라!", "인간은 우리 사회에서 배척하라!"라는 외침이 바리케이드 너머에서 거칠게 메아리쳤다.

'귀를 틀어막은 것도 아니고, 저런 말들을 뒤로 하고 작업에 몰두한다고? 아무래도 제이콥이 날 안심시킨다고 거짓말을 하는 것 같은데…….'

감옥에서 고통에 휩싸였던 W의 모습을 떠올린 플랜시는 그의 귀마개를 꾹꾹 누르며 중얼거렸다.

"W, 잘 하고 있는 거겠지?"

"이러면 밀리오의 고개가 움직일 때 셔츠가 받쳐주지 못할 거야. 넥타이를 맸을 때도 그 꼿꼿한 마감을 유지할 수 있게 해야지. 아니, 이러면 목 부분이 너무 굳을 테니, 대신 날개 쪽 패턴을 다시 조절해야겠어……."

W의 작업실 안에서는 혼잣말이 끊이지 않았다. 아니, 멈출 수 없었다. 빅 슬립의 기억이 그의 머릿속에 깊은 상처처럼 남아 있었다. 일을 멈추는 순간, 환청처럼 들려오는 그날의 노래가 그의 정신을 갉아먹는 듯했다.

외로움이 덮이고 나면은
조용한 거리의 사람들은 사라진다네.

"밀리오의 날개 곡선은 지금까지 본 어떤 새들과도 달라. 리틀 페어 가에서 그가 활공할 때, 거의 빈틈없이 하늘을 가렸던 것 같아. 이렇게까지 펼쳐질 수 있고, 아직 퇴화되지 않은 날개 근육과 어깨. 아, 밀리오……. 대체 정체가 뭐지?"

희미한 빛도 이제는 사라졌다네.
보잘것 없는 우리는 추위에 부서진다.
할 수 없는 것들은 왜 이리도 많은지.

"바지의 곡선을 더 다듬어야겠어. 제이콥이 그의 큰 다리에 맞춘 특수한 각반을 제작할 텐데, 내가 그의 실루엣을 그르칠 수는 없지. 당연히 안 되고말고, 절대 안 되지.

빅 슬립. 잠들자꾸나.
어린 아이들도, 노인들도, 일하던 그대들도.

"젠장, 대체 왜 이렇게 어렵지? 체상기억능력……. 이건 저주야. 그의 깃털 하나, 근육 하나의 움직임이 생생히 머릿속을 떠돌아. 모든 게 유기적으로 연결되어 살아 움직이는 걸 상상하다 보니 정신이 나갈 지경이군. 아아…….."

다 함께 구덩이로 들어가
다 함께 편히 잠들자꾸나.

W는 이 감옥 같은 작업실에서 숨이 막힐 것 같았다. 위스키 한 잔으로 목을 축이고 싶었지만, 그의 목소리가 높아지면 귀가 밝은 제이콥이나 올리버가 염려할 게 뻔했다. 담배 한 모금조차 들이킬 수 없었다. 그나마 바리케이드에서 먼 방으로 배정받았지만, 리그 레서들의 외침은 그저 귀로 들리는 소음이 아니었고, 그의 가슴 깊은 곳까지 후벼파는 것이었기에 밖으로 나갈 수도 없었다.
"인간 재단사를 추방해라!"
"인간은 사회악이다!"
W는 무거운 숨을 몰아쉬며 눈을 질끈 감았다.
"젠장……."
그 순간, 문밖에서 소리가 들려왔다.
"W, 또 갇혀 있나? 꺼내 주러 왔네."
올리버가 웃음을 섞어 노크를 했다.
"W, 달콤한 간식은 필요 없나? 자네가 좋아하는 홍차를 특별히 주문했네."
제이콥의 조심스러운 목소리가 이어졌다. 그 소리들이, 자신을 고립된 구덩이 속에서 위로 끌어올려 주는 줄기 같았다. 그날은 일주일에 한 번 있는 회의 날이었다. 이번이 다섯 번째였던가? W는 까맣게 잊고 있었다.

"플랜시가 자네를 '제대로' 모셔달라고 했지. 물론, 자네는 우리 도움 따위 필요 없다 생각하겠지만 말일세. 아무튼 그랬다네."

제이콥이 한 쪽 입꼬리를 올리며 말했다. 옆의 올리버는 킬킬대며 웃었다.

"아, 그리고 얼굴은 볼 수 없으니 이거라도 전해달라는데. 이거, 아카데미 관계자가 아니면 볼 수 없는 금서라도 들어있는 거 아닌가?"

제이콥은 손을 들어 무언가를 흔들어 보였다. 두툼한 봉투였다. 주소도 없이 커다란 글씨로 '수신: 토퍼스 팀'이라고만 쓰여 있었다. 플랜시 특유의 성급하고 흘려 쓴 글씨였다.

"이번 회의를 시작하기 전에, 이걸 먼저 뜯어보는 게 어떤가? 물론 대장인 자네가 뜯게."

올리버가 제이콥의 손에서 그 봉투를 낚아채 W에게 건넸다. 안에는 깔끔하게 정리된 세 통의 편지가 들어 있었다.

첫 번째 편지는 타자기로 정갈하게 쳐 낸 글씨로 작성되어 있었다.

W, 아무리 생각해봐도 당신이 만들어 준 옷 이외의 다른 옷을 도저히 못 입겠소. 입을 때마다 당신네들과 함께한 시간들이 떠

오르는군. 퍽 즐거웠소. 최근에 또 옷을 주문하고 싶어 방문했더니만, 가게가 만신창이가 되어있더군. 내 변호가 필요하면 언제든 연락 주시오. 다음에 또 방문하겠소.

- 네이선 포타모스

두 번째 편지는 삐뚤빼뚤한 글씨로, 어설프게 필기체를 흉내 내려고 애쓴 흔적이 역력했다.

멋진 옷을 만들어주셔서 정말 감사합니다. 아저씨들 보고 싶어요. 시간되시면 저희 가게 복작복작으로 놀러오세요. 매일 같은 옷과 모자를 입는 건 왜 안 되는 걸까요? 난 이 옷이 진짜진짜 좋은데.

- 스타 키키 & 조연 맥스

마지막 편지는 고급스러운 리본으로 묶여 있었다.

혹여 자책하지 마세요. 최고였으니까.

-코너 윈슬로우

W는 편지를 하나하나 읽어나갔다. 손끝의 떨림은 어느새 잦아들었다. 그는 깨달았다. 빅 슬립의 후유증이든, 리그레서 무리가 자신을 부수려고 안달 난 외침이든, 자신을 억지로 구덩이에 집

어넣으려는 것들이 있을 때마다, 그는 그 구덩이를 마주할 수밖에 없었다.

하지만 주저앉아 머리를 쥐어싼 채 잊으려고 고군분투하거나, 더 깊은 구덩이를 파서 그 안에 누워 시체처럼 누워있지 않아도 되었다. 구덩이는 도망칠 수 없는 것이었다. 하지만 그것은 끝도 아니었다.

구덩이를 마주하고, 심호흡을 하고, 그 위에서 내밀어진 손을 잡는 것. 그것이 자신을 구덩이에서 끌어올릴 유일한 길이었다.

그 순간, W는 연필을 고쳐잡으며 입술을 굳게 다물었다. 그의 손끝은 더 이상 떨리지 않았다.

웹앤퍼

경연 대회 팀들은 무대가 준비되는 모습을 바로 앞에서 확인할 수 있었다. 이렇게 개방적으로 준비하는 경연 대회는 지금껏 없었지만, 아이러니하게도 밀리오는 지금까지의 모델들처럼 별도의 주문을 청하지 않았다. 가장 까다로울 것 같았지만, 그는 오히려 주제인 '근본으로' 이후로 함구하고 있는 것이다. 경연 대회 팀의 요청에 따라 가봉된 옷을 입어볼 뿐이었다. 이후에는 묵묵히 팀들의 작업을 지켜보기만 했다.

오늘 밀리오는 웹앤퍼 팀의 요청에 따라 제3 드레스룸에서 가봉한 옷을 입어보는 중이었다.

밀리오가 드레스룸을 나서자마자, 터너는 투덜거리며 작업 책상 쪽으로 돌아왔다. 팀원들인 하버와 라프트는 터너가 무슨 말을 꺼낼지 기다리며 고개를 들었다.

"알아서 답을 찾으라는 거야, 뭐야."

터너가 불만스럽게 중얼거리며 의자를 잡아당겨 앉았다.

"밀리오 님이 이번 주제에 대해 뭐라고 하시던가요?"

하버가 조심스럽게 물었다.

"아무것도." 터너는 짧게 대답하며 테이블 위에 손을 툭 올렸다. "날개 쪽의 움직임이 불편할 것 같다는 말 하나뿐이야. 그리고 또 침묵. 이런 손님은 정말 처음이야. 도대체 뭘 원하는지 감이 안 잡혀."

하버가 고개를 갸우뚱하며 말했다.

"그럼, 다른 팀들도 같은 고민을 하고 있겠네요?"

"그렇겠지. 정보가 너무 없으니." 터너는 헛웃음을 지으며 말했다. "내가 아카데미 학생들한테도 물어봤다니까? 밀리오 님의 취향에 대해 아는 게 있나 하고. 그런데 다들 똑같은 말만 하더군. '최선의 옷, 최고의 옷.' 이게 전부야. 그 이상은 아무도 몰라. 답답하게 원."

라프트가 조용히 입을 열었다.

"그럼, 밀리오 님이 정말로 기대를 거는 건 우리 같은 경연 대회 팀들일지도 모르겠네요. 자신을 놀라게 해줄 무언가를 원한다는 건 아닐까요?"

"놀라게?" 터너는 비웃듯 코웃음을 쳤다. "말은 좋지. 그런데 아무것도 알려주지 않고 놀라게 해달라는 건, 대체 무슨 심보야?"

터너는 신경질적으로 테이블 위의 신문 스크랩을 펼쳤다. 밀리오와 A-패션 아카데미 설립 당시의 기사를 유심히 들여다보았다. 그 당시에도 밀리오는 아카데미 학생들이 경구처럼 읊던 말을 그대로 했었다. 또 '최선의 옷, 최고의 옷.' 이 문장이 터너의 머릿속을 계속 맴돌았다. 터너는 그 말을 곱씹으며 눈을 가늘게 뜨고 생각에 잠겼다. 잠시 후, 그가 입을 열었다.

"근본이라……. 근본이 뭐겠어? 우리가 제일 잘하는 걸 하면 되는 거지."

터너는 고개를 끄덕이며 점점 확신에 차올랐다.

"그래, 이거야! 다른 데서 답을 찾으려고 하니 없는 거였어. 우리가 잘하는 것. 그게 우리의 근본이겠지!"

하버와 라프트가 동시에 터너를 바라보았다. 하버가 물었다.

"그래서, 그게 뭔데요?"

"우리가 제일 잘 만드는 걸 하면 되는 거지. 우리가 제일 많이 만들었던, 익숙한 것으로 최고와 최선의 옷을 보여주자고."

라프트가 의심스러운 눈빛을 보냈지만, 결국 고개를 끄덕였다.

"뭐, 다른 팀도 결국 같은 고민일 텐데. 적어도 이 방법이면 우리만의 색깔은 확실히 보여줄 수 있겠네요."

"좋아. 바로 시작하자고."

터너가 손뼉을 쳤다.

그의 자신감은 언제나처럼 강제로라도 팀원들에게 전염됐다. 하버와 라프트도 자리에서 일어나 도구를 챙기며 손을 움직이기 시작했다. 터너는 테이블 위의 신문 조각을 한쪽으로 밀어놓고, 작은 미소를 지었다.

파필드

항상 여유를 즐기던 파필드 팀도 이번만큼은 갈피를 잡지 못한 듯했다. 이들은 A-패션 아카데미에 온 뒤로, 지하에서 가져온 '기본'과 '근본'이라는 키워드가 적힌 패션 서적들을 재단사 리처드의 방에 펼쳐놓고 회의를 이어갔다. 방 안은 향긋한 홍차와 고급 담배 냄새로 가득했고, 치타 볼트는 다리를 꼬고 창가에 기대 휘파람을 불며 서적에 적힌 단어들을 흘려읽고 있었다. 그들은 서로 동문인 퍼블릭 스쿨에서도 이런 식으로 항상 회의를 했었기에, 볼트는 그저 당시를 추억하며 즐거운 눈치였다.

"근본……. 음, '근본'이라. 참, 모호한 단어라니까."

볼트가 휘파람을 멈추며 중얼거렸다.

그때까지 책에서 눈을 떼지 않던 하이에나 해머가 조용히 고개를 들었다.

"내 생각엔, 우리가 너무 어렵게 생각하는 것 같아."

"어렵게 생각하지 말라고?"

리처드가 멋진 사자 갈기를 흔들며 되물었다.

해머는 책에서 손을 떼며 말했다.

"생각해 봐. 밀리오 님은 단순히 패션계의 중심에 있는 분이 아니야. 그는 사회적 지위와 책임을 가진 분이잖아. 그런 그가 '근본'을 이야기한다면, 단순한 아름다움 이상을 의미할 거야. 역사와 철학 그리고 그걸 조화롭게 엮어내는 것. 바로 '클래식'이지."

그 말을 들은 볼트가 중얼거렸다.

"여전히 어려운데……."

리처드가 호탕하게 웃으며 말했다.

"그래, '클래식'이라는 말이지? 그렇다면……. 그의 위치에 걸맞은 책임감과 메시지를 담아야 하겠군."

"오, 그렇겠군. 리처드, 나도 해머의 말에 동의해. 그게 밀리오 님의 위치에서 보는 패션의 근본이 아니겠어?"

볼트는 긴 회의를 좋아하지 않아서인지는 모르지만 빠르게 해머의 말에 동의하며 의견을 정리하고자 했다. 리처드는 팀원들의 말에 호쾌하게 웃었다.

"좋아, 아카데미에서 여유는 충분히 부렸으니, 이제 작업에 들어가자고!"

데니스

데니스 팀의 세 사람은 '연구의 방'에서 모였다. 이곳은 A-패션 아카데미의 역사가 고스란히 담긴 공간이었다. 역대 컬렉션 포트폴리오와 관련 문서가 벽을 가득 메우고 있었으며, 책장에는 패션 관련 인문학 서적과 위인들의 이야기가 정갈하게 정리되어 있었다. 무엇보다 이곳은 다른 방보다 종이 냄새가 가득했는데, 팀원 모두 그 냄새를 유독 좋아했다. 그래서 데니스 팀은 시간이 날 때마다 이 방으로 모여 토론을 나누곤 했다.

"난 말이야, 밀리오 님이 강조하는 '근본'이란 그의 신조에서 찾아야 한다고 생각해."

땃쥐 휴즈가 책을 넘기며 조용히 입을 열었다.

"'최선의 옷, 최고의 옷' 말이지?"

토끼 벌키가 고개를 갸우뚱하며 물었다.

"그래. 하지만 '최선'이란 단어가 앞에 온 건 우연이 아니야. 결국 그의 철학은 '최선'에서 시작되지 않을까 싶어."

벌키는 휴즈의 말에 깊이 공감한 듯, 고개를 끄덕였다.

여우 에릭은 그들의 대화를 들으며 능글맞은 미소를 지었다. 두 손을 책상 위에 올려놓고는 느긋하게 물었다.

"그래서, 너희들이 생각하는 그 '최선'이란 대체 뭐야?"

이번에는 벌키가 고민하다가 대답했다.

"대중."

"대중?"

에릭이 흥미롭다는 듯 눈썹을 살짝 치켜올렸다.

"'대중'이지."

휴즈가 맞장구쳤다.

"밀리오는 대중을 위해 옷을 만들어왔어. 그는 누구보다도 다양한 체형과 크기의 동물들을 위해 작업했고, 우리처럼 작은 동물부터 대형 동물까지 아우르는 옷을 설계했잖아. 대중성을 고려한 그의 작업은 언제나 '최선'이었다고 생각해."

"맞아!"

벌키가 책을 만지작거리며 고개를 끄덕였다.

"그가 대중의 시선을 잘 이해했기 때문에, 이 A-패션 아카데미도 이렇게 빠르게 런던 최고의 예술학교로 성장할 수 있었던 거겠지. 대중성은 곧 그의 근본과도 같은 거야."

"대중성이라……."

에릭은 자신의 길쭉한 입을 쓰다듬으며, 그 말에 일리가 있다고 생각하고 있었다. 벌키와 휴즈 둘은 의견이 다른 적이 단 한 번도 없었기 때문에, 항상 이 팀은 다수결의 원칙을 존중하는 팀이라 볼 수 있었다. 일단 세 명 중 두 명은 의견이 일치했고, 재단사인 에릭은 여기에 따라주는 편이었으니까. 에릭은 입꼬리를 올리며 말했다.

"좋아. 준비하자고. 친구들. 뭘 만들어야 하는지 알겠으니 말이야."

토퍼스

"나는 알았네. 올리버, 제이콥."

W는 침묵을 깨고 입을 열었다. 피맛이 나는 목구멍에서 거북하게 긁히는 소리가 났지만, 그의 눈은 빅 슬립 때와는 완전히 달랐다. 지금까지 토퍼스 팀을 인간의 몸으로 이끌었던, 그 재단사로 돌아와 있었다.

"내가 구덩이에 빠져보니, 그 속에서만 보이는 것이 있더군."

그는 두 팀원을 향해 똑바로 시선을 돌렸다. 올리버와 제이콥은 그의 마른 입술이 다시 열리기를 기다렸다.

"밀리오······. 그가 런던 하늘을 날며 울부짖은 날을 기억하나? 난 그 자리에서 직접 밀리오를 보았네. 그리고 생각했지. 그의 활공은 단지 리그레서들을 도발하기 위해서였을까? 아니면 정말 그가 말했듯, 자신이 멋져서? 그렇다면 왜······." W의 목소리가 깊어졌다. "왜 그토록 웅장한 날개를 가진 자가 케이프 코트로 날개를 가렸겠나?"

방 안은 잠시 고요해졌다.

"나는 그가······ 뭔가 지키고 싶었다 생각하네. 케이프 코트라는 갑옷으로 말이야. 스스로도 온전히 이해하지 못한 무언가를. 그리고 이것은 밀리오가 찾으려는 근본과도 일맥상통하겠지."

W의 손가락이 공중에서 완만한 포물선을 그리듯 움직였다.

"그날 밀리오는 아카데미 탑 꼭대기에서, 그가 쌓은 업적의 산

위에서, 작은 변두리 리틀페어 가의 화마 속으로 날아갔어. 남들이 떠받드는 재능, 사회적 책임 그리고 대중의 눈길. 그 모든 것을 검은 두 날개로 덮었지."

그의 시야는 눈꺼풀에 가려졌다가 다시 빛을 받아 반짝였다.

"아, 이제야 알 것 같아. 밀리오의 근본! 잊은 것, 기억해내고, 찾으려던 것, 지키고 싶은 것……. 난 끝내 알아냈네."

W는 입술을 달싹였다. 수없는 고민 끝에 내린 결론이었지만, 확언은 아니었다. 밀리오의 실루엣이 완성되었을 때라야 비로소 확신할 수 있을 터였다.

"그의 근본은, 그의 등이네."

W는 고개를 들어 팀원들과 시선을 마주쳤다.

"평생 앞만 보고 날아가느라 그는 자신의 등을, 그 등에 새겨진 삶을 보지 못했던 거야. 드리웠을 그림자는 그 몸만큼이나 컸을 텐데도 말이지."

W의 목소리가 곧 나오지 않을 것만 같이 불안하게 떨렸다.

"이제 우리가 해야 할 일은 명확하네. 그의 등을 완성하는 것. 잊었지만 잃지는 않았던 한 남자의 삶의 궤적을 그려내는……."

제이콥이 천천히 W에게 다가갔다. 거의 자신이 밀리오가 된 듯 몰입한 그를 불러 현실로 불러오기 위해 조심스레 그의 이름을 말해주었다.

"W."

안경 너머 흐릿했던 초점이 돌아오자, 제이콥은 미소를 지으며 물었다.

"근본은, 밀리오의 등이라는 건가?"

W는 고개를 끄덕였다.

"맞아."

W는 자신의 말을 곱씹다가 입을 열었다.

"내가 이걸 깨달을 수 있었던 건 자네들 덕이야. 제이콥, 올리버, 플랜시, 경연에 함께 한 모든 이들 덕분이지. 정말로 고맙네."

올리버와 제이콥은 갑작스러운 W의 감사 선언에 짐짓 놀란 표정을 지었다. W는 멋쩍게 안경을 고쳐 썼다. 그의 얼굴에는 감옥 속 고통과 빅 슬럼의 어둠을 지나온 뒤의 여명이 감돌았다.

"어쩌면 나 또한 내 등을 보지 못한 채 살아왔던 것 같네. 자네들도 그런 면이 있지 않겠나? 하지만 이번 마지막 무대. 이 무대는 우리 자신을 완성하는 기회가 될 수 있을 거네."

올리버는 수염을 긁적이다 말을 꺼냈다.

"그야 좋지……. 하지만 그 케이프 코트에 항상 뭘 감추고 있는지 우리가 대체 어떻게 알아내 만든다는 말인가?"

그 질문의 답은 말로는 얻어질 수 없었다. 그들이 손으로 직접 실체화하고, 만들어내야만 했다. 그 답을 찾는 과정은 곧 작업으로 이어졌다. 밤새도록 불이 꺼지지 않은 작업실, 가스등 아래에서 그들의 손은 경연의 마지막 한 벌을 지어내기 위해 멈추지 않고 움직였다.

각자의 그림자와 등을 마주하며, 그들은 자신들의 길을 새로이 꿰매고 있었다.

마침내, 경연 대회의 마지막 무대의 막이 올랐다.

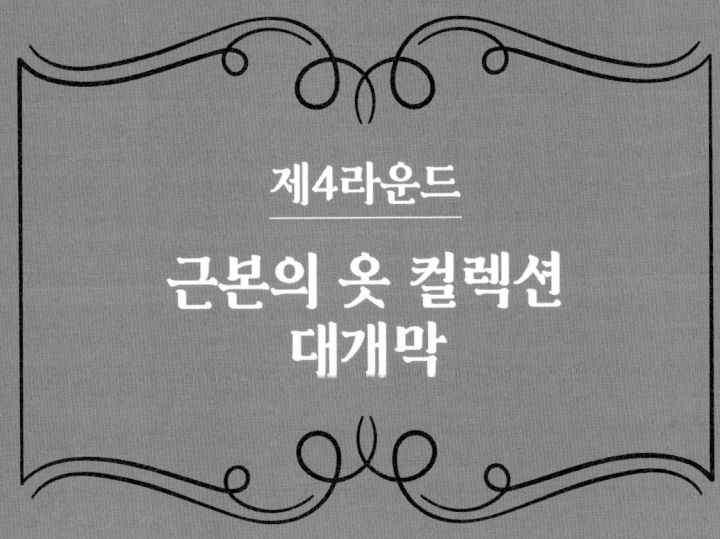

웹앤퍼

　밀리오는 자신이 세운 단상 위로 걸어올랐다. 앞섶이 없는 코트는 그 아래로 그의 강인한 두 다리를 내보였다. 평소에 자신의 몸 일부도 잘 드러내지 않는 그였지만, 앞섶이 없는 잘록하게 디자인된 테일코트는 밀리오의 부피감을 줄이면서 날렵한 몸을 드러냈다. 여태 그가 케이프 코트를 입고 보여준 모습과는 완전히 다른 모습이었기에 관중들은 새로운 모습이라며 웅성거렸다. 높은 실크해트, 깔끔한 흰색 셔츠와 보타이 그리고 세련된 각반. 마치 그가 어릴 적에는 이런 이브닝코트와 함께 연회를 다녔을까 하는 생각이 들게 하는 것이었다.
　그러나 무대 밖에서는 리그레서들이 소란을 피우며 소리를 질러댔다. 밀리오가 상류층 행사를 연상케 하는 옷을 입고 나오자, 기다렸다는 듯 야유를 퍼부은 것이다. 무대 위를 향한 감탄 어린 시선과 리그레서의 야유, 그 둘의 대비되는 모습 속에서 밀리오는 그의 아버지를 발견했다. 그는 야유나 반응에는 개의치 않았지만 아버지에게서는 차마 눈을 뗄 수 없었다.

아버지의 존재는 그를 한순간에 과거로 데려갔다. 어째서 아버지 앞에만 서면 어린 아들, '밀리언 S. 섀클턴'으로 돌아가고 마는지, 그 이유를 알 수 없었다. 밀리오는 권위와 명망의 중심에 있던 아버지의 말이 떠올랐다. 아마 그날이었을 것이다. 정치인들이 그득그득 모이는 연회에 나가기 전, 정문에서 옷을 가다듬고 있는 밀리오에게 섀클턴 경이 말했다.

"밀리언, 너는 곧 내 뒤를 이을 그릇이다. 너의 근본은 네가 가장 잘하는 것에 있으니, 한눈팔지 말거라."

하지만 아버지는 몰랐다. 그때 입고 있던 이브닝코트는 밀리오가 직접 만들었다는 사실을. 밀리오는 알고 있었다. 자신을 빛나게 하는 것은 좋은 집안도, 화려한 파티장도 아니라는 것을.

- **모자**

  세미 벨 크라운 탑햇. 샤프한 라인으로 밀리오의 날카로운 카리스마를 돋보이게 한다. 브림(챙)은 완만한 곡선을 그리며 과시 없는 품격을 더해준다.

- **옷**

  라펠 위의 칼라 부분에 새틴 재질을 덧댄 클로버 리프-피크드 라펠의 이브닝코트. 흰색 포인티드 보타이에 가슴팍(비브)에 핀턱 장식을 추가한 셔츠를 채택했다. 푸른빛이 은은하게 도는 검정 원단을 사용해 중후함을 더했다. 원단은 두께감이 있어 형태 유지에 용이하며, 밀리오의 압도적인 체형에 조화롭게 어우러졌다.

앞섶을 여미지 않는 이브닝코트의 본질을 살리며, 등에 흐르는 곡선미가 돋보인다. 피크드 라펠에 클로버 리프의 둥근 마감을 더해 강렬함과 우아함을 조화시켰다.

최근 유행은 앞판 가운데 재봉선을 없애는 디자인이지만, 클래식한 품격을 중시한 팀의 선택에 따라 앞판에 재봉선을 추가했다. 전통적이면서도 정교함을 더한 선택.

액세서리로는 금속 리본 타입의 회중시계 줄을 채택하여, 포인트를 더함과 동시에 복장 전체의 세련미를 한층 끌어올렸다.

- **각반**

버튼 다섯 개의 목이 짧은 백색 가죽 각반. 과감한 흰색 가죽을 사용해 밀리오의 대담한 동작을 돋보이게 하며, 눈에 띄는 마무리를 선사한다.

파필드

파필드의 의상은 광택이 없었다. 짙은 색 프록코트는 그를 향해 내리는 오후의 햇빛을 빨아들이며 관객의 숨소리마저 삼켰다. 가늠할 수 없는 무게감을 한데 두른 코트의 힘에 감히 누구도 그 앞을 막아서긴 어려워보였다. 리그레서들의 야유는 한층 잦아들었고, 대신 귀빈석에서 젠체하던 이들의 낮은 탄성이 흘러나왔다.

클래식한 품격이 모자의 곡선과 라펠을 타고 흐르며 지팡이는 그 걸음마다 점을 찍어주었다. 이 프록코트는 즐기러 온 앞선 무대와는 거리가 멀었다. 꼬리깃과 함께 무겁게 흔들리는 옷의 뒷판은 그의 등에 얹힌 보이지 않는 짐을 드러냈다.

"이 코트의 무게가 느껴지느냐, 아들아. 네 손에 쥐어야 하는 것은 바늘과 실이 아닌, 가문의 이름과 전통이다."

밀리오는 언제인가 섀클턴 경이 오래된 장롱에서 꺼내주었던 프록코트의 무게를 떠올렸다. 갓 성인이 된 밀리언에게 내려진 아버지의 선물, 혹은 짐. 그 순간 깨달았다. 이 무게는 원단과 고

급 장식의 무게가 아니라 '섀클턴'이라는 이름에 깃든 불문율의 무게라는 것을. 프록코트의 어깨는 가문의 기대를 짊었고, 단추 하나하나는 섀클턴 가의 역사와 사명을 꿰어내고 있었다.

그날 밤, 그는 운명을 거역했다. 섀클턴이라는 성을 내려놓고, '밀리오'라는 이름을 스스로 썼다. 무대 위의 그는 더 이상 아버지의 그림자가 아니었다. 프록코트는 여전히 무겁게 그를 감쌌지만, 이제 그 무게는 밀리오 자신의 것이었다.

- **모자**

    풍채를 돋보이게 하는 풀 벨 크라운 탑햇. 곡률과 부피감이 풍성하다. 웅장한 실루엣으로 착용자의 존재감을 한껏 끌어올리며, 과감하면서도 우아한 매력을 뽐낸다.

- **옷**

    실루엣을 살리는 라인과 세 쌍의 단추가 돋보이는 더블 브레스티드 디자인. 스트라타파 스타일로, 하단 두 단만 잠그거나 세 단 모두 채울 수 있어 연출이 자유롭다.

    엠페러 칼라 중에서도 가장 높은 디자인을 채택하여 밀리오의 존재감을 한껏 과시한다. 버건디 에스콧 타이와 부드러운 갈색 조끼가 조화를 이루고, 조끼는 라펠과 칼라 안쪽 단추로 웨이스트코트 슬립(조끼 안에 겹치는 얇은 레이어 조끼)을 더해 입체감을 살렸다. 앞판의 시곗줄용 작은 주머니로 세심한 디테일을 완성했다.

- **각반**

  다리 관절 아래 절반 이상을 덮을 만큼 목이 높게 올라오는 스타일의 각반. 미색 최고급 가죽에 밝은 갈색 끝단으로 마감돼 프록코트의 고결한 품격을 한층 돋보이게 한다.

데니스

그의 가슴팍에서 따뜻한 햇빛을 반사하는 핀턱 스트라이프 셔츠를 중심으로, 숄 라펠의 은은한 광택이 그 빛을 미끄러지듯이 이어받았다. 과장된 장식을 배제한 깔끔한 완성도에 자연스러운 매력을 드러낸 턱시도. 데니스 팀이 주로 신경 쓴 것은 대중성이었지만, 마지막으로 그가 보인 실루엣은 결코 캐주얼하거나 하지 않았다. 관객 중 하나가 '보기 좋다'라고 말했고, 이는 이 의상을 관통하는 평이었다. 말 그대로 길을 걸으며 일상적으로 마주칠 수 있으면서도, 절대 무심코 지나칠 수 없는 매력을 발산하는 실루엣.

랜돌프는 그와 오픈한 첫 컬렉션을 떠올렸다. 밀라노의 패션학교를 마치자마자 밀리오와 함께 런던으로 돌아와 A-패션 아카데미를 설립하기 전, 오픈했던 컬렉션이었고, 이는 아카데미의 창립 철학, '최선의 옷, 최고의 옷' 처음 선보이는 자리였다. 패션 잡지 〈A-스타일〉의 수석 편집장은 이 컬렉션에 이런 평을 남겼다.

'짐꾼도, 백작도 한 벌의 옷으로 신사가 되는 마법.' 곧 이 턱시

도는 런던 전역을 휘감는 패션계의 혁명이 되었고, 런던의 중심 산업지, 피카딜리의 유리 진열창마다 이 턱시도가 전시되었다. 아카데미는 그 성공을 시작으로 여러 컬렉션을 전전하며 규모를 키워갔다.

무대 위에서, 밀리오는 마치 모든 이들의 신사처럼 보였다. 귀족이든 평민이든, 그의 턱시도는 그 경계를 허물고 무대 위에 섰다.

- 모자

  울 소재의 홈버그 햇이다. 검은색에 은은한 광택의 리본을 둘러 마무리했다. 간결함 속에 품격을 담아 턱시도의 세련된 시작을 알린다.

- 옷

  중간 높이의 라운드 칼라에 검은색 버터플라이 보타이를 매치한 디너재킷. 원 버튼과 링크 프런트로 라펠에서 밑단까지 부드러운 라인을 그린다. 편안함을 최우선으로 설계해 무대 위 밀리오의 자유로운 퍼포먼스를 돕는다.

  겉은 검소해 보이나, 세부 디테일에서 품격이 빛난다. 숄 라펠은 새틴 소재로 은은한 질감을 강조했으며, 밀리오의 풍성한 꼬리깃을 감안해 본래 턱시도에는 흔치 않은 센터 벤트(트임)를 추가해 우아함과 실용성을 동시에 추구했다.

  높지 않은 클럽 칼라 스타일의 낮은 셔츠 칼라는 착용자의 편안함을 고려했으며 핀턱 스트라이프 패턴이 은근히 시선을 끄는 포인트다.

- **각반**

중간 높이의 각반은 밝은 황토색 가죽 소재로 제작돼 검은색 턱시도에 생기를 더한다. 탄탄한 구조 덕에 하의의 실루엣을 정돈해 주며, 착용자의 자세까지 곧고 단정하게 연출해 준다.

토퍼스

　이번에도 커튼 뒤에서 그의 모습이 나타날 것이라 생각했기에 관객들과 리그레서 무리는 커튼만을 바라보았다. 수천 개의 눈이 한데 보였다. 관객들은 밀리오가 나오기도 전에 리그레서 무리가 바리케이드와 무대를 먼저 무너뜨릴 것이라 생각했다. 마침 그들은 이 마지막 무대에 모든 것을 쏟아 부을 것은 바로 자신들이라는 듯이 벼르고 있었기 때문이다. 네 발을 짚은 리그레서들은 발을 구르고, 날개를 퍼덕이는 리그레서들은 성대를 긁었다. 사냥감이 커튼 뒤에서 나오기만을 기다리며.

　하지만 모든 예상은 빗나가고, 밀리오는 관객석 뒤, 아니 그보다 더 뒤인 리그레서 무리의 등 뒤에서 그 모습을 드러냈다. 뒷쪽 털이 곤두서는 것은 극히 자연스러운 일이었다. 약육강식이 몸에 새겨진 그들이 아니던가. 곧, 잿빛 런던의 밤하늘을 갈랐던 그 울음이 다시 울려퍼졌다.

　"까-악."

　검은 그림자가 머리 위를 덮쳤다. 바리케이드의 작은 틈 사이

로 시커먼 눈빛이 비집고 들어왔다. 빛이 아니라, 검은 색의 구멍이었다. 모든 것을 빨아들일 듯한 구름 속의 구멍. 무거워진 공기에 호흡이 느려진 관객들은 기립하여 목을 뺐었다. 억센 비구름과 함께 개벽하는 하늘을 기다리는 태초의 동물들처럼.

침묵은 곧 술렁임으로 변했다.

"저건……. 평소에 그가 입던 케이프 코트가 아닌가? 어떤 연유로 이 마지막 무대에서?"

바람이 몰아쳤다. 트임 사이로 서서히 펼쳐지는 검은 날개. 깃털이 포개진 모양을 본딴 정교한 트임은 밀리오의 날개와 하나가 되었고, 허리께에 걸친 재단선에 닿은 케이프는 바람을 이고 펄럭였다.

날개 끝에서 시작된 검은 점이 선이 되고, 실이 되고, 등을 타고 흐르며 모든 순간, 모든 선택을 얽히고설킨 삶을 둥글게 펼쳤다.

남자의 입가에 희미한 미소가 스쳤다. 그는 천천히 몸을 돌려 무대 중앙에 우뚝 섰다.

그가 둥글게 펼쳐낸 하늘과 날개는 한데 이어져 하나의 큰 원이 되었다. W는 마침내 밀리오를 완성시켰다.

- 모자

풀 벨 크라운 탑햇. 강렬한 브림의 곡률이 시선을 사로잡는다. 장엄함을 극대화한 이 모자는 밀리오의 머리 위에서 왕관처럼 빛났다.

- **옷**

 밀리오의 거대한 날개와 등을 하늘과 이어지도록 보이는 걸작이다. 토퍼스 팀은 전통적인 오버코트인 케이프를 쓰리피스 안으로 들이는 대담한 혁신을 선보였다. 케이프 코트는 팔이 있는 얼스터와 팔이 없는 인버네스터로 분류되는데, 토퍼스 팀은 인버네스터 스타일을 선택해, 허리선까지 암홀을 확장해 개조했다. 그 결과, 날개와 케이프가 하나로 이어지는 유려한 실루엣이 탄생했다. 어깨 재봉선의 트임은 날개의 움직임을 해방하며, 날개의 움직임에 어떠한 제약도 받지 않도록 설계되었다. 이 트임은 움직임이 많아질수록 실루엣을 더욱 유려하게 만든다.

 코트의 앞섬은 체스터필드 코트처럼 단추가 겉으로 드러나지 않는 히든 클로징 방식을 선택했다. 덕분에 정제미를 유지하면서도 날렵한 디자인을 완성할 수 있었다. 고급 울 소재는 두께감과 부드러운 질감으로 풍성한 볼륨을 자아내며, 움직일 때마다 원단이 흘러 날개의 연장선처럼 역동적인 환영을 빚어냈다.

- **각반**

 미색이 감도는 백색 소재의 각반. 끝단은 짙은 회색으로 마감했다. 깊은 검은색의 단추가 발등을 따라 올라가는 버튼 부츠 스타일로, 케이프 코트의 흐름을 이어받아 세련된 균형을 더한다.

***

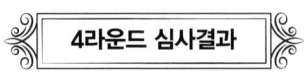

ROUND	1	2	3	4	총합
웹앤퍼	6	3	7	7	23
파필드	7	4	7	7	25
데니스	6	8	6	5	25
토퍼스	9	5	3	9	26

〈심사평-랜돌프〉

- 웹앤퍼: 등 라인이 유려하게 흐르며 상체의 볼륨을 돋보이게 한다. 잘록한 허리 라인은 모델의 공식 석상에서의 모습과는 또 다른 모습을 연출한다.
- 파필드: 모델의 큰 체형을 품위있게 정제한 예복이다. 부피감에서 비롯된 카리스마를 훌륭히 잡아냈다. 특히 어깨 라인의 견고함과 라펠의 정교함이 눈에 띈다.
- 데니스: 체형이 입체적이지 않고 다소 평면적으로 보이는 점이 옥에 티이나, 일상에서의 실용성만큼은 팀들 중에 가장 뛰어나다. '최선의 옷'이라 부를 만큼, 활동성을 고려한 설계가 돋보인다.
- 토퍼스: 모델의 거대한 날개를 감안한 혁신적인 구조가 돋보이는 걸작이다. 이런 구조에도 빈틈없는 완성도를 보여주었다는 점이 놀랍다. 콤플렉스로 여겨질 법한 날개를 오히려 장전으로 승화시켰다. 수많은 고민이 깃든 이 한 벌로 한 남자의 실루엣이 완성되었다.

"신사 숙녀 동물 여러분."

오랜 경연 대회의 대미를 장식하려는 밀리오의 목소리는 어느 때보다 깊고 뚜렷했다.

"마지막 경연의 무대를 보러 와 주신 모든 분들께 감사를 표합니다. 비록 우리가 마찰을 빚었지만, 리그레서 여러분 덕분에 이 무대는 더욱 치열하고 빛나는 장이 되었습니다. 진심으로 감사드

럽니다."

리그레서를 향한 그의 태도에는 이전과 같은 도발적인 기색은 없었다. 그는 정말로 고개를 숙여 진심어린 감사를 표했다. 그는 달라져 있었다.

"여러분들이 부르짖은 '근본으로' 덕에 이 경연 대회가 제대로 마무리될 수 있었다고 생각합니다. 근본이라는 것이 각자에게 어떤 의미인지 되묻는 기회가 되었죠. 그리고 여기엔 저 또한 포함됩니다."

밀리오는 천천히 걸음을 옮기며 관객석을 둘러보았다. 그의 눈은 누구 하나를 특정하지 않았지만, 그 시선은 모든 이들을 향해 있었다.

"근본이란 무엇입니까? 우리가 가장 제일 잘하는 것입니까? 아니면 전통과 책임? 대중성? 혹은 잃어버린 것들을 되찾고자 하는 노스탤지어일까요? 여러분, 제 대답은 다릅니다. 진정한 근본이란, '우리가 누구인지 선택하는 자유'에 있습니다.

오늘 이 무대에서 여러분이 보신 경연 대회의 옷은 단지 몸을 감싸는 천이 아니라, 우리의 내면을 드러내는 도구입니다. 멋진 옷을 입고 거리로 나와, 그 길 위를 걷는 자신을 사랑하는 것. 그것이 진정한 행복이고, 그것이 진정한 근본입니다."

밀리오는 잠시 말을 멈추고, 스스로 침묵에 잠겼다.

"여러분, 수인이든 인간이든, 우리는 모두 자신의 삶을 살아갑니다. 우리 모두의 등에 각자의 인생이 새겨지고, 우리의 이야기도 담기지요. 우리의 이야기는 고유하며, 그 누구도 침해할 수 없습니다. '근본으로' 돌아간다는 것은 전통과 본능을 강요받는 것이 아닙니다. 우리가 자신의 내면을 들여다보고, 각자의 자유를 재발견하는 것이지요."

그는 고개를 들어 자신을 바라보는 수많은 시선을 보았다. 그리고 반대로 그들은 밀리오를 바라보았다. 그리고 마지막으로 그는 자신과 닮은 또 다른 검은 새. 아버지의 눈을 마주했다.

"자신을 잃어버린 채, 규정된 행복만을 좇지 마십시오. 수인과 인간이라는 경계를 넘어서, 우리의 진정한 근본은 스스로를 사랑하고, 자신의 삶을 살아가는 데 있습니다. 멋진 옷을 입고, 당당히 거리로 나아가십시오. 여러분의 길을 걸으십시오! 그리고 여러분 자신의 이야기를 등에 새기십시오. 그것이야말로 '근본으로' 돌아가는 길이며, 우리가 이 무대를 통해 말하고자 했던 진정한 메시지입니다."

선명한 목소리가 퍼져 나오는 밀리오의 부리에는 작은 미소가 걸려있었다.

"오늘 이 무대가 여러분의 삶에 작은 영감이 되길 바랍니다. 자신의 근본을 찾고, 당당히 살아가기 위해 우리 함께, 우리를 무너뜨리려는 거짓된 근본을 물리칩시다. 매번 찾아올 추운 겨울을 이겨냅시다. 그리고 새로이 찾아올 봄을 당당히 맞이합시다. 감사합니다."

그의 마지막 말이 멀리, 멀리 흩어졌다.

(에필로그)

템스 강은 얼지 않았다. 근 2년의 겨울과는 달랐다. 강 표면에는 작은 얼음 조각들만 띄워져 있었다. 거리의 석탄 먼지가 묻어 칙칙한 얼음 위를 시민들은 아무렇지 않게 걸어 다녔다. 그들의 다리에는 구두와 각반이 신겨져 있었다.

어린 아이들은 검게 녹아 질척이는 눈에도 웃으며 좋아했다. 그들이 부르는 노래에는 여전히 추위가 배어있었지만, 이제는 털이 뒤덮인 귀든, 붉게 언 맨살의 귀든, 그 위에는 따스한 모자가 얹혀있었다. 입에서 김을 뿜는 사람들의 손은 코트 깃을 세우고 있었다. 몇몇은 매서운 강바람에도 아랑곳 않고 손을 바지 주머니에 찔러 넣은 채 걸어갔다.

토퍼스 양복점은 유례없는 문전성시를 맞았다. 경연 대회의 우승과 함께 여왕의 훈장이 가져다 준 명성이 가장 큰 이유였다. 손님들은 저마다 다른 이유로 이곳을 찾았다. 단골손님들은 바빠진 가게에 투덜대다가도, 여전히 이곳의 옷을 입으며 자부심을 느꼈다. W는 어찌어찌 단골들을 달래가며 예약을 잡고, 주문을 받았다.

오늘의 첫 예약 손님은 예전 리그레서 무리 중 하나였던 물소였다. 재킷만 맞추겠다며 고집을 부리는 그에게 감옥에서 잠시라도 함께한 정을 생각해 바지는 외상으로 맞춰주겠다 했다. 머쓱한 표정으로 물소는 리그레서의 근황을 전했다. 레브그로우 스캐들이 살인 혐의로 종적을 감춘 뒤, 리그레서 무리도 기를 못 펴고 있다고.

그 이야기를 들으니 플랜시 파커의 경박한 투덜거림이 W의 머릿속을 스쳤다.

"흠……. 내 감히 예상컨대, 저 가난한 광신도들은 가격 때문에 여길 찾아오는 걸 거야. 우리 미련한 토퍼스 팀은 경연 대회 우승 타이틀까지 가졌으면서도 가격을 올릴 줄도 모르니까 말이지. 저 보게, 파필드 팀과 웹앤퍼 팀은 우승도 못했는데 경연 대회 참가 님이라는 이유로 쁘리미엄을 붙여 시나뚰나는 듯이 가격을 5할이나 넘게 쳐서 받지 않나. 자네들은 뭐하는 겐가? 쯧쯧."

플랜시는 점점 오스카를 닮아가는 것 같았다.

토퍼스 양복점은 이미 보험 하나 없이 버텨오던 터라, 근래 입은 피해의 복구에만 상금의 상당 부분이 들어갔다. 건물이 언제까지고 버텨줄 리 없다는 걸 잘 알면서도, 토퍼스 팀의 세 명은 마치 약속이나 한 듯 이사할 생각조차 않았다. 그저 군데군데 보수하며 그 자리를 지켰다.

　그래서일까, 거리의 풍경은 변한 듯 하면서도 크게 달라지지 않았다. W는 매일 아침 정시에 출근했다. 문 앞에 서서 커피하우스의 향긋한 커피 냄새를 맡아보다가도, 혹여 양복에 냄새가 밸까 싶어 서둘러 문을 닫고 가게로 들어가곤 했다. 꿉꿉한 런던의 아침 안개 속에서 양복점의 특유의 냄새를 처음 맡는 것은 W만의 작은 특권이었다.

　곧 손님이 문을 열고 들어왔다. W는 웃으며 그를 맞았다.
"어서 오세요."

금수 의복 경연 대회

1판 1쇄 인쇄 2025년 7월 14일
1판 1쇄 발행 2025년 7월 21일

지은이 무모한 스튜디오 김진희
그린이 무모한 스튜디오 김동환
발행인 황민호

본부장 박정훈
책임편집 윤혜림
기획편집 김선림 신주식 최경민
마케팅 이승아
제작 최택순 성시원

발행처 대원씨아이㈜
주소 서울특별시 용산구 한강대로15길 9-12
전화 (02)2071-2094
팩스 (02)749-2105
등록 제3-563호
등록일자 1992년 5월 11일

www.dwci.co.kr

ISBN 979-11-423-2180-1 03810

- 이 책은 대원씨아이㈜와 저작권자의 계약에 의해 출판된 것이므로 무단 전재 및 유포, 공유, 복제를 금합니다.
- 이 책 내용의 전부 또는 일부를 이용하려면 반드시 저작권자와 대원씨아이㈜의 서면동의를 받아야 합니다.
- 잘못 만들어진 책은 판매처에서 교환해드립니다.